幻獸志異

1 神獸傳說

龍人 策劃 雨魔◎著

如同**魔獸世界**一般，馭獸齋擁有許多不同寵獸的角色，有的兇猛殘暴，有的純真可愛，有的忠心護主，有的見利忘友。擁有不同功能的寵獸，就像量身打造的個性裝備，寵獸們將與主人共同冒險犯難、打擊罪惡，探索未知的世界。

故事背景

三十世紀，地球上所有的國家和民族都統一在聯邦政府的大旗下，
幾個世紀後，人類成功在地球以外的方舟、夢幻、后羿三個星球定居下來。
由於地球經過三十個世紀的開採，資源遠遠少於其他三個星球，
聯邦政府也移居到后羿星。
人類對外界物質的研究彷彿到了盡頭，轉而致力於開發人類自身的潛能。
人類的身體非常脆弱，
雖然通過一些古老的功夫修煉，來達到強身的目的，但是並非每一個人都適合修煉，
要想達到一定的程度，動輒就是幾十年，實在是太久遠了。
於是，科學家們想利用一種簡單有效的方法，來取代按部就班的修煉，
幾十年過去了，終於讓他們研究出來利用其他生物來彌補自身缺陷的不足，
而且瞬間合體後DNA的組合，可以讓人類擁有該生物所獨有的本領，強化肉體。
在以後的幾個世紀裏，培養寵獸蔚然成風，
不只是聯邦政府每年投資大量資金在該研究上，

四大星球的各大財團也每年投入大量的人力物力，
就連有興趣的個人也會在家弄個實驗室來研究。
身體素質的提高將能更好的和寵獸合體，發揮出更強的實力，
因此武術武道武館再一次的興起。
然而好景不常，自身本領的極大提高，使人類的好勝心再一次顯現，
聯邦政府在巨大的衝擊下宣佈垮台，四大星球各自獨立分為四個星球聯邦政府。
據傳說，聯邦政府在垮台前，把每年研究寵獸的失敗品封鎖到一個秘密的地方，
而更在垮台後，將尚未成功的高等獸的實驗品統統封鎖在那個秘密地方，
後世之人將這個秘密的地方稱為——力量之源。
據說，只要能夠達到那裏，你就掌握了全世界，
因為只要從這裏隨便得到一隻高等獸，你就可以縱橫四大星球，唯你獨尊了。
聯邦政府有鑒於高等獸和人類合體後所發揮出來的駭人力量，
在垮台前將所有關於寵獸的寶貴資料付之一炬，
從而直接導致人類在這方面的研究倒退到最原始的地步，研究也停滯不前。
在大戰中倖存下來為數不多的幾隻七級護體獸，也就成了現今人類所知的最高級寵獸。
而威力強大的神獸，只有在夢中尋找，主人公的傳奇也就在夢中開始了……

四大星球

地球：人類的母星，是人類最早居住的地方。雖然地球的經濟與政治地位均低於其他星球，但是總有一些擁有強大力量的修煉武道之人隱於地球。更何況，地球有兩座聞名四大星球的高級武道學府：北斗武道、紫城書院，武道人才充沛促使地球可與其他星球分庭抗禮。

后羿星：地球外最先被發現適合人居的星球，地質地貌與地球無二，同樣是個蔚藍的星球。由於聯邦政府將總部從地球移到后羿星，后羿星一躍成為四大星球的政治中心，並發展迅速。四大星球中最有名的崑崙武道就在后羿星。而四大星球首屈一指的產藥集團「洗武堂」也設有頗具一定規模的附屬學校，培養了大量的醫藥人才。

夢幻星：夢幻星地勢平坦，多平原、丘陵，物產豐富，能源充沛，為各財團所看重，經過數十年的治理，很快成為四大星球經濟最發達的。此時習武成風，冷兵器與熱兵器同樣重要，夢幻星的「煉器坊」便是以此聞名，煉器坊的附屬學校每年為各個星球輸送了大量冷熱兵器方面的人才。

方舟星：最後一個被發現的星球，有著大面積的海洋湖泊，是一個以水為主的星球，少陸地。但是資源豐富，經濟發達。由於開發得不夠，這個星球比其他星球都充斥著未知的秘密和危險。

寵獸等級

寵獸分為一到九級，而每一級又分為上、中、下三品。

一到三級稱之為寵獸，較為常見，寵獸店能夠輕易地買到，但攻擊力不強，主要用來作一些輔助的用途，又被人稱之為奴隸獸。

四級到七級稱之為護體獸，四級和五級的護體獸較常見，寵獸店的搶手貨，不過越是高級的寵獸越脆弱，在未長大之前很容易死亡，四級以上的護體獸能夠大幅度增強主人的攻擊力，級別越高增強的幅度越大。

六級的護體獸就比較罕見了，千金難求，在寵獸店也很難見到，但仍可以在某些大型寵獸店買到，一般六級護體獸都會作為一個寵獸店的鎮店之寶。

七級的護體獸非常罕見，可以說是無價之寶，從百年前到現在四大星系數百億的人口中，據說能擁有七級護體獸的不超過十個，而在上個世紀大戰中倖存下來為數不多的七級護體獸，也不知散落在四大星球的哪個角落裏。

七級以上的稱之為神獸，力量之強大無與倫比，合體後力量更是非人力所能達，這種超強的力量一直為人所津津樂道，也因此有人把七級以上的神獸稱為高等獸，而七級以下的稱為低等獸。

七級獸處在中間，關係就比較曖昧，七級獸是最有可能升級躋身到神獸行列的寵獸。

但是由於到現在還沒有七級以上神獸出世的傳說，所以擁有一隻七級護體獸就成為了天下習武之人的夢想！

聯邦政府在毀滅前將所有資料付之一炬，仍有流落在民間的寶貴資料被保存下來，一些有心人在暗中默默地繼續研究。

那些在大戰中逃散的各級寵獸，有很多沒有被戰後的人類捕捉到，就和普通獸類在另一個世界中悄悄衍生自己的後代，也因此，人類世界不再寂寞，更有千奇百怪的獸類充斥在星球中人類痕跡不及的地方。

馭獸齋傳說
卷一 幻獸世家

目錄

CONTENTS

楔子

寂靜的夜，銀光遍灑大地，雖然是初夏，卻仍然給人帶來陣陣涼意，淡淡的霧氣使得這片林子顯得詭異，還好不時的一聲蟲鳴鳥叫，沖淡了不少這種讓人不安的氣氛。

混雜著泥土和陣陣青苔與腐木的氣味，地上滿是虯壘的樹根和錯雜的亂石，幾個人在這種艱難的地境裏行走著，然而動作之敏捷如履平地，悄無聲息彷彿是天生的暗夜精靈，使人不由得爲之咋舌。

隨著不斷的向林中深入，才令人驚奇的發覺這片林子並不如外表看來那麼狹小，整片的林子好似一個葫蘆，入口便是那葫蘆嘴，走出葫蘆嘴，眼前豁然開朗，視角無限的向兩邊擴張，竟比想像中的還要大，眼望遠方，彷佛是一個深幽的隧道難測遠近。

而那幾個奔行的人顯然是對這裏的環境十分熟悉，沒有任何遲疑與驚訝，身體飛快的在林中穿梭。

就以這種速度，大概有一個時辰之久，幾個人倏地同時停下來，就好像心有靈犀。

一個聲音在寂靜的夜顯得有些突兀，「大哥，直接把牠逼出來嗎？」

那個被稱作大哥的人，國字臉龐面容堅毅，四十上下的年紀，臉上已經刻滿了久經風霜的證明，筆直的站在那裏，彷佛雕塑，面向前方，胸膛寬厚，四肢粗壯，聞言回過頭來，望著說話之人，雙眸一縷精光陡然射出，呵呵笑了一聲道：

「三弟不要心急，這還不是時候。」

說完抬頭看天，這時一輪圓月正斜掛樹梢，嘴裏喃喃的說著什麼，彷佛是自語，又彷佛是要告訴另外幾個人，爲什麼現在還不是最佳時刻。

「滿月尙未升空，那個孽畜是不會出來的。」

順著他的目光，竟意外的發現，離此不遠處有一大片空地，在空地中心一個不知深淺的水潭赫然出現，就著月光，發現潭水並非碧綠而是深黑，反射淡淡的月光，令人不由得冷意上升，頭皮發麻。

四周靜悄無聲，就連剛才似有若無的蟲鳴也聽不到了，如同死一般的安靜，霧氣逐漸變濃，將整個林子籠蓋在其中。覆蓋在水潭上方的霧氣猶爲濃厚，而且緩慢、詭異，富有韻律感的上下翻動著。

在這種異常的情景下，心志稍爲差一點的人，早就哭爹喊娘的逃離這裏，希望逃得越遠越好，最好是永遠也不要再回來。

幾個夜行人卻絲毫不爲所動，全都靜靜的站在那兒，望著眼前的異象，彷彿是再尋常不過的事了。

令人驚奇的是，幾人周圍的霧氣如同遭到什麼力量的排擠，向外溢散開去，夜行人身上的衣服也無風自動起來，顯然是幾人體內的氣勁已經鼓動，看來幾人的內心並不如表面那般平靜。

雖然幾人對自己的造詣都頗爲自負，但是畢竟對手的厲害也是平生從未遇到過的，很有可能一個不小心就得埋骨於此。

霧氣越來越厚，逐漸將幾人的視線給遮住，遠處的那方水潭籠罩在水霧之中，已經微不可見。那個被稱作老大的中年人微微皺了皺眉頭，氣運雙眼，眸中陡然射出湛湛神光，穿破四周的霧氣，勉強可以觀察到水潭的情況。

其他的幾人也都有樣學樣，互相看了一眼，雙目逼射出兩道金光，緊緊盯著不遠處的水潭。

水潭、圓月遙相對立在淡淡的銀光下顯得寂寞而又孤傲。

清紗薄霧，隱約可見水潭上的霧氣驀地上下湧動由裏向外翻湧，水面不再如先前平靜如死，一圈圈水波從中心向四周蕩漾開去，速度越來越快，幅度也在不斷的增加。

突然一圈震動從地底傳出，彷彿大地都在爲之顫抖，幾人眼中都射出凝重的神色，雙手不由自主的緊緊握成拳頭，神色沉重的望著眼前的異變。

水波劇烈翻滾，水花不斷地從水潭中濺出，不到片刻，水潭臨近的四周霧氣已然全被濺出的水花給吞噬，顯露出幽深的黑潭。震動剛剛平息的剎那，一波更爲劇烈的震動緊緊銜接著餘波，以水潭爲中心向外傳出。

一波又一波的顫動，持續了不知多久才漸漸消沉，樹林又歸於死寂。

空氣中流動著緊張壓抑的氣氛，再觀那五個夜行人，個個掩飾不了自己內心的緊張，惴惴的緊緊盯著眼前的水潭。

先前還鎮定自若的那個大哥，此時也露出恐懼的神色，隨之一閃而過，代之而起的是堅定的眼神。

五人中一個年約三十許的漢子，突然開口道：「大哥，我看牠馬上就要出來了。」眉宇間流露出一絲絲的懼怕與期待。

再看其他幾人，每個人的表情都與他類似，恐懼與期待兩種不協調的情感，完美的融合在每個人的臉上。

雖然幾人都是當代的傑出人物，但是其中一人鶴立雞群彷彿更勝一籌，身著白服，脊直肩張，體型魁梧威武相貌卻清奇文秀，充滿儒雅氣息，一雙眼睛迸射智慧的光芒。

此人收回緊盯著水潭的目光，望向開口之人，眼帶笑意緩緩道：「三哥不要心急，這還只是前奏而已，現在圓月尚在半空，離當空而照少說還有半個時辰。」接著開玩笑道：「難道以三哥猛勇之人還怕了這小泥鰍不成，你的七級白虎可是堂堂獸中之王呢。」

在場之人哪一個都是當世豪傑，文武雙全，面對這個只有傳說中才有的事物，難免存在恐懼的心理，但被此人一說，俱都冷靜下來。

被稱作三哥的人，聞言一愣，隨即露出一絲輕鬆的苦笑，抹去頭上的冷汗，道：「還真被五弟猜到了，我剛剛是有一點膽戰心驚，也都怪這臭泥鰍不好，沒到時候窮喊個啥勁，搞得老子也跟著緊張兮兮的。」

眾人見他說得有趣，都跟著笑起來。先前沉悶的氣氛一掃而空，此時戰意高昂，談笑自若。

忽然，一聲低沉、厚實的獸鳴出乎眾人意料的驀地響起，彷彿來自地底，又好像就在身邊，使人不寒而慄，汗毛直豎。

幾人立即停住說笑，警惕地望著前方水波劇烈湧動的無底黑潭。

最長之人不愧被稱作大哥，見識也最爲廣博，面色沉凝，緩緩道：

016

「好像有點不大對勁，這種事情誰也沒見過，雖然經過我們半年的觀察，推算出牠必定會在這個月的月圓之夜，當月亮升到頭頂之時，會躥出毒潭吸食日月菁華，進行最後一次蛻皮。可這畢竟只是我們的推算，究竟事實會否像我們預料的那樣發生，誰也不敢保證，所以我們應該以安全爲主。」

說話間，一把利劍已經持在手裏，瞬間毫芒大湛，在充滿霧氣的黑夜森林中，彷彿是一個人造月亮照徹森林，在黑夜中光華一閃即沒，隨後一條巨大的蟒蛇憑空出現在眾人面前，蟒蛇長有十幾米，圓滾的軀體水桶般粗大，蜿蜒的橫在眼前，粗長的尾巴不時的掃動著，被牠碰上的樹木，全都被輕易折斷，讓人目瞪口呆驚訝於這條巨蟒的厲害。

老五淡淡一笑，道：「既然大哥的綠蟒都已經出來了，各位哥哥們也都放出自己的寵獸吧。」

話說完後，幾人都拿出自己的兵器，幾乎不分先後的綻放出不同色的光芒，光線奪目刺眼，卻不如大哥的來得那麼強烈。

一聲虎吼震耳欲聾，先聲奪人，隱隱有獸中之王的風采，震懾天下萬獸，體形雖然沒有那條綠蟒來得巨大，但比起同類卻仍然屬龐然大物。

一隻雄鷹展翅翱翔，在樹林上方盤旋迂迴，嘴中發出啾啾的長鳴，清脆嘹亮，震人心弦，通體雪白，嬌嫩的喙，誰又會想到一啄之力會有碎金裂石的威力，金黃色的爪子鋒銳無比，雙翅展開竟達六米之巨，遮天蔽日，落在老二的肩上，顧目自盼，竟有禽類雄者之姿，氣勢絲毫不亞於那隻威猛的白虎。

老四的面前停著一隻巨猿，除了眉間一撮金色毛髮，竟然也是全身的白色毛髮，凸出的下顎兩粒牙齒鋒利堅硬，令人不敢有絲毫懷疑牠可以輕易咬斷一頭壯碩雄豹的脖頸，粗大強壯的四肢向來都是力量的象徵。

倒是那個老五，身前半坐一隻大狗，烏油油的黑毛平淡無奇，幽綠的眼珠溫馴的望著前方。絲毫看不出有何驚人之處，除了牠那比一般狗較大些的體形，可是相比其他幾隻七級的寵獸，實在是相形見絀。

老五好像突然想到了什麼，道：「大哥，你的綠蟒雖然已經七級，屬於護體獸，有了自己的靈性，但是獸類天性相剋，我怕等會兒會有什麼意外，你還是先鎧化吧。」

此言一出，其他幾人略一思索都想出其中的關鍵，老大微微頷首，眸中精光一閃，喝道：「鎧化！」綠芒頓時暴漲，巨蟒化作流光附著在老大的身上，綠芒幾經閃滅，老大身著一身綠色鎧甲出現在眾人眼前，握在手中的利劍也變成了綠色。細看之下，綠色的詭異鎧甲竟然是由一片片滑膩的蛇鱗組成。

就在此時，突然水潭中的水向上爆裂飛濺，濺起的水箭竟然把歷經年代的大樹給射穿，五人你眼望我眼，都發現了對方眼中的恐懼，只不過是濺起的水花就有如此的威力……

一個龐然大物陡然從毒潭中破水而出，直沖天際，嘯聲破空，發出咻咻的刺耳響聲，氣勢駭人已極，一聲怒吼使大地為之顫抖，聲波經久不息的一波波撞擊著萬物的心靈。

五人不約而同的發出一聲驚呼，怔怔的望著眼前傳說中的神獸，內心的震撼非言語所能表達。

老五眼中射出熱烈的神采，嘴中念叨著：

「據典籍記載，龍的特徵是角似鹿、頭似駝、眼似兔、頸似蛇、腹似蜃、鱗似魚、爪似鷹、掌似虎、耳似牛。看來這條數百年的巨蟒，只差最後一次蛻皮，就可以進化成萬獸之王的龍了！」

幾人彷彿被傳說中的神獸給震住，一時間呆站在當地，沒有下一步動作，又或者是時機未到。

那條巨大的蟒蛇，或者說「龍」更為合適，身在毒潭外面的身長已經可以媲美老大的那條寵獸了，怪不得老五建議他先鎧化，龍乃蛇中祖宗的祖宗，老大的那條綠蟒若以實體出現，怕是只會俯首貼耳，哪還有一絲進攻的膽量。

龍好像並沒發現幾人的存在，抑或認為他們幾個小不點對自己造不成任何威脅，一聲象徵性的怒吼之後，突然張直身體，一粒火紅的珠子從嘴中吐出，在空中大放紅光，紅彤彤的一片彷彿空氣也被燒著。

珠子在龍的嘴邊吞吐著，老大低聲喝道：「牠在利用自己的內丹吸食日月菁華。」老五驀地驚呼：「不好，牠全身微微泛著紅光，竟比我們預料的要提前進化了，不能讓牠進行最後一次蛻化！」話說完，身子已經在空中，再看那隻黑狗，竟然肋生雙翅拍打著翅膀跟在主人身旁，速度之快，比起以速度著稱的飛馬也絲毫不顯遜色。

其他幾人雖沒有老五反應得這麼快，倒是馬上意識到他在說什麼。之前靠著老大的那條綠蟒感應到這條即將進化爲龍的蟒蛇祖宗，又花了半年的工夫詳細觀察牠的習性，發現牠在吸食月亮菁華的時候，都將自己最重要的內丹吐出來，用來當做儲存月亮精華的容器，來加快自己進化的速度，而且一旦吐出來後，牠一般不會在中途停下，即使有外力迫使牠這麼做，事實上，以牠現在的能力，很少有什麼東西能對牠造成傷害了。

最後，五人決定在最後一個月圓之夜合力將其收服。

一身鎧甲的老大一跺地，騰挪而起，躍高樹枝頭，似行雲流水，疾馳迂迴就如天馬行空，輕靈、飄逸、瀟灑。

老二眼中射出熾烈的神色，躍身坐在白虎身上，哈哈一聲大笑指揮著自己的寵獸，向正吸食著月華的龍飛奔而去。

老三和老四相視，發出豪爽的笑聲，老三腳點地，身體立刻拔空而起，那隻雄鷹發出嘹亮的鳴叫，將自己的主人給接住，向龍的方向快速投去。

老四長刀在手，一聲吆喝，急速向龍掠去，巨猿突然發出憤怒似的吼叫，四肢並用快速的跟在主人身後。三人在上，二人在下對龍進行了合圍之勢。

老大的劍迸發著刺眼的綠芒，雙手握劍，大喝道：「我先來！」語未畢，借著自己極快的速度使出全身力氣，人劍合一閃電似的向龍首投去。

老二此時業已趕到，豪氣沖天的大笑道：「大哥，別心急，這打頭陣的事，還是讓小弟來吧。」

話剛說完，老大那邊已經發生了突變，龍突然發出令人心寒的怒吼，毒潭中的水被激射而出，不約而同的射向正偷襲而來的老大，在龍丹的照耀下如千萬萬支火焰箭矢狂飆而至，始作俑者自然就是那隻即將發飆的龍了。

眾人眼見此奇景，不禁爲之動容。

夜空瞬間勁爆，滿天水箭如雨，光華燦爛，龐然蔚爲壯觀。水箭劃破虛空，產生尖銳的刺耳聲，使在場其他幾人瞠目結舌，內心狂顫。

老大的功夫亦算了得，全力的一擊亦能轉攻爲守，擰腰翻身，腳踏虛空避開迎面而來的箭矢，但仍被一道水箭擦邊而過，威武的鎧甲如同是泥捏紙造般不堪一擊，頓時被劃開一道口子，讓老大感到一陣火辣辣的疼痛。

正在此時，一股強大的氣流如天降隕石陡然出現在老大的眼前，老大抬頭望去，卻正好看見如同燈籠大小的龍眼怒視著自己，不由得一陣心虛，急急故技重施想避開牠的正面進攻。

可惜他無法擺脫那股摧枯拉朽的威力，被當胸一擊，如遭雷劈，重重摔在地面，鎧甲頓時被瓦解，化爲先前的巨蟒匍匐在一邊，在龍的淫威下不敢稍有動作。

龍以睥睨天下的氣勢掃過幾獸，目光所過，巨蟒首先臣服，其他幾獸也瑟瑟發抖，不復先前的勇猛。幾人也被牠君臨天下的氣勢給震住，呆立當場，心中狂顫不已，這是什麼威力，竟然如此可怕！

龍再次發出狂吼，沉厚的聲音令空氣也跟隨著顫抖，四獸再也抵擋不住，四肢失力，軟癱在地面，顫顫發抖，不敢有絲毫的抵抗。

彷彿做了一件微不足道的事情，龍眼帶著人類特有的表情，譏笑的掃過幾人，像是在嘲笑幾人的自不量力，轉而繼續吸食月亮的菁華。

幾人倒吸一口冷氣，心頭震撼無比，難道真的變成龍後，就會擁有人類的智慧了嗎？雖然不相信，可是剛才那富有人類表情的一眼，還真令自己心內震驚。

「鎧化！」寂靜的夜，雖然只有兩個字，卻令其他幾人頓時心內充滿了勇氣，老五身上的白衣立即為黑色鎧甲所代替，銀白色的軟劍也換上了黑色的外套，老五將氣勁灌注在內，立即變得鋒銳筆直，黑黝的薄薄劍身更令人有厚實的錯覺。

「鎧化！」

「鎧化！」

「鎧化！」

幾人受到感染，都鼓足餘勇，霎時間幾人同時鎧化，周圍的樹木在不同的光芒映射下，竟然也變得炫目多彩。

老三咽了口唾沫，目射奇光，罵道：

「直娘賊，老子跟你拚了，我就不信，四大星球最頂尖的五大高手，會打不過你這個臭泥鰍！」

老五朗笑道：「好，不能讓一個小泥鰍小瞧了我們，各位哥哥們，讓牠知道我們五人合力一擊是怎樣的驚天動地！」

每個人身上，驟然暴射出刺目光芒，彷彿一團團不同顏色的火焰在熾烈的燃燒，每人都將氣勁提到畢身的巔峰。

龍作為一種高智慧的動物馬上預感到了危機，扭轉過頭，瞪著幾個剛剛被自己視為毛毛蟲的人類，隱隱感到，可以危及到自己的力量在五人身上流轉著。

大戰一觸即發！

龍身上的紅芒愈來愈盛，照映天地。

天下之大，卻令人感到天地盡皆在這片紅芒的籠罩中！

第一章　春綠水畔

嚴寒的冬天終於度過，盼望已久的春天卻姍姍來遲，耀眼的陽光下，身前的潺潺小河泛起陣陣銀鱗，彷彿暗夜中的萬點銀星，煞是美麗。尚未融化的殘冰，以各種形狀隨著河水流向遠方。

岸邊片片青黃色嫩草，稀稀落落的順著河岸不斷的延伸著，像是在向世界證明萬物的復甦。分布在草中零星的野花不時有蝴蝶飛過，翩翩飛舞兩下，便逸向遠處了，這種蝴蝶極爲常見，是很普通的白色那種，在地球上隨處可見，實在沒什麼稀罕的，但是在這樣一個陽光明媚的初春早上，卻已能撥動人們心中對春天雀躍的心弦。

我呆呆的瞪著眼前讓人心醉的美景，好像已經沉浸在其中不可自拔。其實並非如此，雖然空洞的眼神盯著眼前流淌不息的小溪，心神卻早已飄到別處。

母親去世一年，我也守孝了一年，實際這裏的風俗是當自己的親人去世後，要家人爲之守孝百天，在這百天內，哪也不能去，只能身著孝衣伺候在親人的陵前，直到百天後親人的靈魂歸天才能脫去孝衣。

母親死前卻要我替她守孝一年，我不知道母親這麼做有什麼原因，但是我知道母親很疼我，她慈祥的微笑每每在我午夜夢醒時出現在我的眼前。很多年前父親就已經不在了，只有母親一個人含辛茹苦的把我養育成人。

母親很辛苦！我卻不能替母親分擔什麼，我很笨，什麼也做不好，雖然母親從來都沒有說我笨，可是同村的那些和我一塊長大的年輕人，卻總說我笨。

其實，我並不笨，只是反應遲鈍些，我喜歡平淡的生活，對於追求別人希冀的東西缺乏興趣，我的欲望很小，只希望每天幫母親分擔生計所需，可以每天看到母親慈祥的笑容就可以了。

每當我認真的把我的願望告訴母親時，母親總會輕撫我的頭髮，仔細的打量我，微笑著告訴我說：「孩子，你會成長爲一個偉大的人。」

每次我總會疑惑的問母親：「偉人都是很聰明的人，我這麼笨，怎麼會是偉人呢？」理智告訴我，這只是母親安慰我的話，可是當母親露出笑容時，我就會相信母親的話，因爲她的笑容是那麼的自信，還有一絲神秘，更多的是鼓勵，另外我還發現了驕傲——以子爲榮的驕傲。

母親微笑著望著我，道：「孩子，要知道偉人也是從普通人成長起來的，當他們很小的時候，人們也很難發現他們的偉大。」

我點了點頭，還有點懷疑的問道：「那您怎麼知道的呢？」

母親每逢我問這句話，略顯蒼老卻仍不失美麗的眼睛便透出開心的笑意：「因爲我是你母親呀，傻孩子，母親是天生的先知哦。」

「嘩啦啦。」奔流不息的潺潺水流聲，將我拉回現實。

莫名其妙，又好像若有所感的，我嘆了口氣，望著眼前的美景，耳朵中充滿了天地間的聲音：風聲，水聲，蟲鳴鳥叫聲，心臟有節奏的律動聲，忽然有種錯覺，自己置身於一個靜謐的空間，心神再次沉浸其內。

「孩子，你會是一個偉大的人呢，要對自己有信心哦。」母親曾經道。

我眨眨眼，疑問道：「可是我什麼都不會，也比別人都笨，怎麼會是偉人呢？」

母親照舊笑了笑道：「忘記了嗎？母親是先知哦。」

我忽然道：「母親，父親是個偉人嗎？」

母親先是一愣，怔怔的望著我，望著母親的眼神，我知道母親已經不由自主的沉浸在回憶中了。

過了一會，母親回過神來，嘆了一口氣，幽幽地道：「你父親是一個偉大的武道家，一個真正的男子漢，卻還不是一個偉人。」

我並沒有感覺到母親語氣中的哀傷和眼睛中的幽怨，卻對武道家身分的父親產生了無比的興趣：「父親是一個很厲害的武道家嗎？」

感受到我眼睛中的迫切，母親不忍拂了我的念頭，因爲我很少會對一件事情產生興趣的，母親露出苦澀的笑容道：「是啊，你的父親是個很厲害的武道家。」

我天真的問：「很厲害嗎，有多厲害？比里威還厲害嗎？」里威是村中最厲害的人，聽說他年輕的時候，在地球最大的武道學校學習過，會很多在我們孩子眼中既好看又威力大的功夫。

母親聽我拿里威來和武道家的父親比，眼中閃過一絲笑意，道：「你說山鷹和小雞誰厲害？」

我的腦海裏馬上出現山鷹展翅翱翔於藍天之下的雄姿，很顯然，只會在草叢中找蚱蜢吃的小雞怎麼也不是他的對手。

我心中頓時湧出強烈的自豪感，原來已經去世的父親竟是這麼厲害的一個人，不過，我卻沒有那種長大後也成爲一個偉大的武道家的念頭，因爲我很笨，里威爺爺在教村裏孩子的武技時，只有我學得最慢，也學得最少。

去世了的父親有好幾個結拜的兄弟，每年都會來看我和母親，母親對他們很平淡，一點也不像平時善良熱情的母親。可是母親還是讓我稱他們爲叔叔。

這些陌生的叔叔都很喜歡我，每次來的時候，都會教我一些稀奇的功夫，有一次，我不小心把叔叔教給我的功夫在里威爺爺面前給施展出來，從他熾熱的眼神中我可以看出，這是很厲害的功夫。

在他們教我功夫的時候，我一樣學得很慢，也很少，可是意外的，這些陌生的叔叔並沒有露出像里威爺爺在教我功夫時顯露的表情。他們的表情彷彿很滿意，每個人都會拍拍我的肩膀說我大智若愚，長大一定會有一番作爲。

這個時候我都會很納悶，爲什麼我這麼笨還說我聰明呢，我不知道，我問母親，母親卻令我意外的沒有回答我。所有人都說我笨，爲什麼只有他們說我聰明呢，得不到可以信任的答案，我告訴自己這一定是他們搞錯了。

看得出，母親是知道答案的，可是爲什麼不告訴我呢？

父親有四個結拜兄弟，這四位叔叔來了都會做一件事，就是帶來精美的食物餵家裏唯一的動物，一隻黑狗。平常時候，牠都會懶懶的待在我身邊曬太陽，我管牠叫大黑。里威爺爺說牠是一條罕見的三級寵獸，可是看牠平時蔫蔫的模樣，一點也沒有三級寵獸應有的雄姿。我很懷疑是不是里威爺爺太老以至於看錯了，畢竟里威爺爺的年齡已經很大了，這從他下巴上長著長長的鬍子就可以猜到。

看著叔叔們毫不心痛的將精美的食物餵給大黑，我在心中納悶爲什麼要這麼浪費呢，連村長吃的食物都還沒有這麼好呢，可是大黑彷彿並不領情，面對精美的食物，只是自顧自的打著瞌睡。

這些叔叔個個透著奇怪，讓我不明白。

有一次我突然問母親：「既然父親是個厲害的武道家，怎麼會死得這麼早呢？」母親嘆了口氣，眉頭擰成一塊，彷彿極不願提起此事，強烈的哀傷，連幼小的我都感覺到了。

母親的目光望向空中，好似穿透牆壁射向遠方，我知道這將是一個遙遠的故事。

過了一會兒，母親收回目光，吁出長長的一口氣，愛憐的眼神落在我身上，徐徐道：「你父親雖然是很厲害的武道家，但卻逆天行事，妄圖以人的微薄力量去降伏一條即將出世的龍，所以……」

我驚駭的張大了嘴巴，心中的震驚非語言可以形容。

原來如此，父親竟然是屠龍而死。

也就是在這天，母親把我改了名字——依天！提醒我以後不要走上父親逆天的路，讓我凡事依天意行事。

對此我不以為然，但我卻不想忤逆母親的意思。

從此我有了新名字——依天。

我知道母親是很愛父親的，父親死後，母親非常傷心，我想如果不是爲了將我養育成人，恐怕早就因爲思念和哀傷去尋找父親了，現在我終於長大了，所以母親可以放心的隨父親去了。我在心中暗暗祈禱，希望母親可以找到父親，並在另一個世界快樂的生活。

想到煩心處，煩躁的情緒把我的心神拖回到現實中來，淡淡的哀愁揮之不去，我驀地起身，大黑懶洋洋的抬頭斜望了我一眼，便又把頭枕在自己的前爪上，默默的享受陽光。

大黑是父親唯一留給我的可以思念他的動物，母親現在也不在了，頓時，彷彿整個地球我只剩下大黑一個親人了。大黑從來都是一副有氣無力的樣子，我懷疑牠還能活多久，可能很快就只剩我一個人了吧。

我俯下身拍拍牠的腦袋，大黑的毛在陽光下早已吸收了足夠的熱量，摸到手裏只感覺熱熱的。唉……

目光望向遠方，觸及流淌不停的小溪，我有投身其中的欲望，冷冷的溪水浸在身上應該很舒服吧。

我脫去衣物，健碩的身軀好似滑溜的魚兒沒入水中，只在水面留下一連串的氣泡，被我打亂了秩序的殘缺冰塊，很快又恢復了有條不紊的流淌次序，浮在水面，流向下一個目的地。

大黑抬頭望著我跳入水中的地方，搖搖大腦袋，費勁的爬起，努力的向河邊走去。

我剛進入水中，刺骨的寒冷使我不禁打了個冷顫，沒想到初春的河水這麼冷，我靈活的擺動身軀，游動的身姿像一尾魚，一個猛子扎向河水深處，下面的河水竟然比上面要暖和些。

魚群彷彿被我這個不速之客給驚嚇到，速度極快的躥到離我較遠的地方，我微微一笑不理會這些膽小的魚兒，雙手划動向更深的地方游去。

這是一條不深的小溪，但也並不淺。俗話說靠山吃山，靠水吃水，我們村子靠著這條小溪已經存在很多年了。因此在水邊長大的我，水性並不差，甚至比村子裏的其他人都好一點，這也是我唯一可以拿來安慰自己的本事。所以我比別人更愛這條河流。

冰冷的水面下，是另一個擁有豐富生命形式的世界，長長的水草隨著流動的水流微微的擺舞著。比魚兒更要膽小的蝦蟹便隱藏在這水草的根部，不時的探出腦袋來，看到我這個突然闖入的龐然大物，又立即恐懼的縮了回去。

我在水中直立而起，雙腳快速擺動，感受著水流由皮膚輕輕擦過的酥麻，向河面游去，頭探出水面，深深的吸了一口氣又潛向水底。

不深的小溪流在陽光的照射下，水底並非一片漆黑，朦朦朧朧，仍能讓我辨清眼前的事物。

胸肺裏剛補足了氧氣，我大著膽子貼著河岸徜徉，等到氧氣即將耗盡，我便探出水面給肺泡補充氧氣。就這樣逆流而上，不時的露出水面吸一口氧氣，又回到水裏。

水草愈發旺盛，彷彿秋天的稻田在微風拂動下掀起的一片金浪，茂盛的水草在水流中好像隨風飄舞，水草多的地方，魚類也格外豐富，在水草叢中靈活的穿梭著，看到我這個異物竟也不是如何的怕。

我露出頭深呼吸，讓肺部補足盡可能多的氧氣，抖動身軀游往水草群中，就在我恣意的享受纖嫩水草的愛撫時，忽然發現，在眼前不遠處，茂密的水草中竟然出現一個很大的空隙，觀其形狀好像是一個不規則的圓洞。

意外的發現令我愣了幾秒，年輕人的好奇心使我決定去一探究竟。身軀若魚兒般扭動，向目標快速游去。

來到跟前，我小心的撥開周圍的水草，發現河岸壁上確實有一個偌大的洞，小心翼翼的望向裏面，黑黝黝的什麼也看不見，我伸出手來觸摸洞壁，圓滑而堅固，看來這個洞有一些年限了。

我很想游進去看個究竟，但是又不知道會不會有什麼危險，怔怔的望著黑洞，呆了一會兒終於決定放棄。

不甘心地按原路返回，心裏暗自忖度，明天帶著照明物品，再叫上幾個人一塊來探個究竟。

正在我有點懊惱的當兒，忽然察覺水流有點不對勁。一股急流從左後方湧來，我反應不及被打個正著，在急流的衝擊下強行被推到幾米外，正想轉身看到底發生了什麼事，胸口驀地有些氣悶，知道是體內的氧氣已經耗盡了。

心念電轉，我顧不得看個究竟，竭力向上方躥去，與此同時，感到身後又有兩股強勁的水流急速的向我湧過來。

雖然不知道自己遇到什麼樣的意外，但是卻曉得襲擊者對我一定沒有什麼好感。回頭、身體繃直、側身避過其中一道水流，但仍不幸的被另一道給打中，水的衝擊力出乎意料的強，雖然我已經使出了自己全身的本事躲過正面的衝擊，但側面的打擊力仍讓我有點吃不消。

胸悶得更厲害，再吸不到新鮮的空氣，恐怕我就得活活被溺死在水裏。

善水者溺！

心裏感到一陣害怕，急中生智，我順著這股水流向遠處游去。這應該能夠更快讓我脫離危險。

果然如我所望，順著水流我很快游到十米開外，輕易脫離了未知危險的糾纏。

「呼，吁！」

我大口大口的呼吸著新鮮的空氣，回想剛才的險境，真是危險至極，只差一點就死在水裏了。

因缺氧而引起的肌肉僵硬，由於氧氣快速補充而逐漸恢復一貫的柔軟，浸在溪水裏的皮膚敏感的捕捉著水流最細微的變化，奇怪的是，剛剛還波濤洶湧，暗流肆虐，一眨眼的工夫就蹤影全無，水底平靜無比。

我不甘心的望著上流方向，涓涓溪流汩汩的流著，一如往常。

疑惑的搖了搖頭，仍堅持的瞪著上方。

從五歲開始習水，到至今已十五載，這條河裏還從沒發生過這種情況，我決定回頭搞個明白，心裏隱隱覺得剛才的異常和那個黑洞有關係。

一頭扎進水中，柔軟的身體模仿各種魚兒作出溯流而上的高難度動作，逆著溪流穿行而上，顯得滑溜無比。

周身三米以內的事物，一點都不遺漏的清晰映在眼中，而更遠的地方也能模糊的看個大概。

大概游了二十米回到先前的位置，四周都顯得很平靜，並無一絲異常，我立在那兒，仔細的傾聽周圍，看會否能讓我聽到異聲。

過了半晌，我始終沒有發現什麼反常的地方，如夢般了無痕跡，彷彿剛才發生的危險，就好像從沒發生過。

我撓撓頭，吐出一個氣泡，不知道該怎麼辦。

忽然靈光一閃，我再次游到藏身於水草叢中的洞。

望著洞，我卻拿不定主意是不是要進去，水底不比陸地，遇到了危險根本無處可逃，再說洞裏漆黑一片，什麼也看不清，如果發生了意外肯定死路一條。

想到這個結果，有點安慰的在心裏想：「雖然我是笨了點，但是這點還是能夠想到的。」想到這嘿嘿一聲傻笑，卻忘記身在水中，頓時令溪水在水壓的作用下擠入嘴裏。

數個氣泡在我眼前不斷的上升變大，我露出一絲苦笑，本來嘴裏含著的氧氣全換成了溪水。感到胸口有點發悶，知道氧氣又快被用完了。

擰轉身，擺動雙腳，向上游去。

一股異流倏地再次出現在身後。

幸好我一直都警惕的注意四周的變化，異變剛發生，我就以最快的反應速度避往一邊，閃過突然出現的攻擊，馬上轉過身來。

一隻碩大的黑殼龜出現在我視線中，此刻正輕鬆的划動四肢，嘴中叼著一根水草，看見我躲過攻擊並轉身發現了牠，綠幽幽的小眼珠直勾勾的望著我，只是嘴中的那根水草在不斷的縮短直至被咀嚼盡。

看來我的快速反應並沒給牠造成震撼。

看到牠通體黑漆漆的顏色，這才明白爲何我剛才怎麼也看不出牠藏在哪，顯然，牠是一直藏匿在洞裏，只是我看不見而已。我不由得開始慶幸先前做出的英明決定。

老龜看來並沒有停手和平解決的想法，看似短小無力的四肢正快速的鼓動著，正面面對牠的進攻，同樣熟悉水性的我並不感到怎麼害怕，不慌不忙的避開正面攻擊，偶爾被擦邊而過有一絲火辣辣的痛。

不知老龜是見我不是那麼容易對付，還是終於吃飽了，牠馱著看來十分沉重的背殼游近到我面前不足五米處。

見識過牠先前的作風，又見牠現在的認真神態，我猜牠大概是不會放過我了。

身體暗暗聚力，準備好下一輪的挑釁。

詭譎的水流仿若無有窮盡永不停息的向我襲來。

我在凶險的危境中，小心翼翼的躲閃著，生怕一不小心就落入萬劫不復之地。看牠氣勢洶洶、虎視眈眈，肯定是不會有什麼善意的，大有可能把我誤認為是一個闖入牠領地的壞蛋了。

見牠一副不將我弄死便誓不甘休的樣兒，我不得不打起十二萬分的精神應付牠的每一次攻擊。

氧氣在短暫而劇烈的對戰中，已經消耗得差不多了，由於缺氧而使我產生的無力感，使我早將「泰山崩於前而面不改色」的古訓拋至腦後，努力的想從戰局中脫身而出。戰勝眼前不知為幾級的神龜，猶如一件遙不可及的事情，就算是苟延殘喘，在此刻也變得遙遠起來。

我打小練就的水性，在危險的時刻終於顯示出優勢，出乎神龜意料的韌性，令我有機會從危險中脫離出來，我展開全身解數，以一點不是很嚴重的外傷換取了一個機會。一掙脫開水流的束縛，我便拚命往水面外鑽去。

我的神經繃得很緊，精神也前所未有的集中，雖然還未到生死的境地，我卻已經嚇得再也沒有勇氣面對了。

以前我認為那些艱苦的生活，此刻都變得微不足道起來，我甚至可以想像經歷此事過後，那些本來艱苦的生活和修煉，都可能令我產生幸福的感覺。

水面近在咫尺，我甚至可以很清楚看到水外的碧藍天空，猛地伸頭，新鮮的空氣立即被大口的吸入。

我顧不得多吸幾口氧氣，便展開四肢，近似瘋狂的向下游游去。剛游出幾米，腦中忽然閃過一絲靈光，好像是非常重要的訊息，可能是由於太緊張的緣故，產生的靈光並沒有稍作停留就不見了，我因此也沒有捕捉到靈光的內容。

我隱隱有點不安，卻想破腦袋也想不出原因。

不敢停留去思索這個事情，以更快的速度向下方游去，此時此刻沒有什麼比逃跑更重要的事了。

四肢並用，水花飛濺，耳朵中只剩下「咚咚」的心跳聲。就在我自以爲逃離危險的當兒，一股強大的吸力生生的將我疾快游動的身軀給阻礙了，雙臂兩腿仿若受千鈞之力，頓時令我力不從心，游動的速度迅速減了下來，直到爲零。

吸力越來越大，整個身軀開始下陷，水流被強行隔開，一個具有很大吸力的水漩在身下形成，我被一點點拽到水下。

我驚恐萬分開始死命掙扎，但是令人更爲恐懼的是，無論我怎麼用力，一切都是徒勞，彷彿是上天註定的事一樣，不論你怎麼努力，結果卻已經被上天註定了。

無力感既使我害怕，又使我絕望，我可以感到心臟也好似要爆炸開，在胸腔中快速的跳動，同時耳膜也飽受摧殘，好像是與外面世界完全隔離開，什麼也聽不到。

突然一個重物砸在我的胸口，力量出奇的大，胸肺一陣痙攣，嘴中甜味湧出，情不自禁的張口想吐出去，剛張開嘴巴，巨大的水壓無止盡的把水壓進我的喉嚨裏。

眼神變得朦朧，眼前也出現了只有在夏天雨後才會看見的七彩色，腦中「嗡」的一聲，世界出現絕對的靜止，再也感受不到什麼了，就好像生命已經到了盡頭一樣。

這時候，我的身體發出火一般的赤紅，照耀了整條河流，赤紅的光芒在明暗相間的閃動著，彷彿在召喚著什麼。

神龜好像被嚇到，突然的停下了所有動作，驚疑的盯著我，綠豆般的小眼睛透露出一絲絲的驚懼。

我身上的赤紅光芒亮了沒有幾秒鐘就徹底的不見了，讓人懷疑剛才是否爲自己眼花。

神龜試探似的拍出一股水流擊在我身上，我軟趴趴的四肢被打中後，隨著水流擺動了一下，看得出，我現在根本沒有什麼危險。

神龜忽然發出「咕嚕」的響聲，四肢竟長出鋒利的指甲，狹窄卻長長的嘴巴突然張開，露出尖銳的白森森牙齒，看了令人頭皮發麻，伸著長長的脖子狠狠的向我咬過來。

任何人看到都可以保證，我柔嫩的脖子在牠如同齒輪般有力的牙齒下會很輕易的被咬碎。眼看我就要喪生在龜吻下的剎那時刻，一聲低沉的獸鳴由遠及近的傳來。

如果我沒有昏迷的話，一定可以聽得出這是那隻讓我一直都以爲命不久矣的大黑發出來的，與往常相似的叫聲，此時聽來卻充滿了異常的震撼力，以至於那隻兇悍的神龜，在聽到聲音的同時倏地閉上嘴巴，驚恐的扭頭望向聲音傳來的方向。

大黑奔跑時踏地發出的聲音，彷彿鼓點般一聲聲敲在老龜的心頭，老龜不安的划動著四肢，小腦袋驚疑不定的來回擺動著，望望昏迷的我，又望望遠方。

突然神龜下定了決心，再一次露出森森鐵齒向我咬去，千鈞一髮之際，一個黑影閃電而至，如同炮彈一般砸向老龜，溪流頓時被砸成兩半，形成斷流，水花漫天飛揚，五米內的任何東西都未能倖免於難，被強大的衝擊力反彈上半空。

包括我在內，也被一波水流捲到半空。

之前威風八面的神龜，現在竟沒有了一點剛才的氣勢，在大黑面前就像是紙做的老虎一戳就破那樣不堪一擊。

大黑全部身體踏在老龜的殼上，而老龜卻早已龜縮在堅硬的黑殼內，大黑驀地發出一聲厲吼，身體忽然發生異變，開始脹大，肋間長出一雙寬大的肉翼，四肢佈滿了極爲堅硬的鱗片，在日光下閃動著一絲絲炫目的流彩，腳趾伸出細長如彎勾狀的指甲，緊緊扣在老龜的背上。「呼」的搧動肉翼，一下把老龜抓往半空中。

而此時還處在昏迷中的我，從半空中正好落在大黑的背上。大黑張開兩翼滑翔著向地面飛去。

我順著大黑寬大的肉翼滾落在鮮嫩的綠草中。所有事情都發生在電光火石之間。大黑將肉翼收在兩肋間，蹲坐在我的身邊。造成我昏迷的罪魁禍首——那隻神龜，此時匍匐在離我身邊不遠處。

直到這一刻，被震至半空的約半噸的水流這才「嘩啦」一聲落了下來，重擊在固有的管道上，發出「砰砰」的撞擊聲。再經過一陣混亂，溪流才又源源不斷的向下游流去。

日落日出，一直到第二天早上，我這才幽幽的甦醒過來。醒來之時，業已是日上三竿，太陽出奇的好，陽光明媚，潺潺水流奏出「叮叮咚咚」的清脆悅耳的音樂，野草的香味沁人心脾。

我朦朧中逐漸清醒，初春柔和的光線使我很輕易的睜開雙眼，本以爲最先映入眼簾會是一望無際的碧藍天空，誰知，我剛睜開雙眼就看到在頭頂上方是一片黑乎乎。頓時被嚇了一跳，雙手撐地掙扎著要站起來，不料胸口間卻傳來意外的疼痛，霍地腦中閃過一些熟悉的畫面，我便馬上想起之前發生的事情。

想到這兒，更是想掙扎著爬起來，於是手腳並用，忍著胸口的疼痛，終於費力的爬起身來。

望到眼前的一幕，立即令我大吃一驚，一個從沒見過的怪物，安穩的端坐在我剛才躺著的位置，我馬上滲出一身冷汗，暗自忖度自己不是一直躺在牠的身下吧。

我撒腿就想跑，驚慌之中來不及注意腳下，被草梗絆了一個趔趄，身子向前俯下的時候，又牽動了胸部的傷口，「哎呀！」一聲痛呼，跌倒在草地上。

我怕怪物乘機追來，連胸部的傷也不顧，快速的翻過身，向身後望去。奇怪的是怪物並沒有動，只是眼珠子一直瞪著我。

我一邊因爲傷疼抽著冷氣，一邊打量著這個奇怪的怪獸。看著看著，我忽然覺得有點眼熟，怎麼都覺得以前經常看到過。黑黑的獸毛披蓋全身，日光下油光亮彩，微風中隨風拂動，龐大的身軀在兩肋間豎著一對古怪的肉翼，斜倚在背的兩邊，頓生出威風凜凜的感覺，四肢竟覆蓋了一層鱗甲，更爲牠平添了許多威武，厚實的肉掌顯得格外有力。看完全身，最後望向牠的腦袋，讓我不解的是，如此威風的獸類，爲何腦袋長得像狗呢？

只是我覺得雖然牠的腦袋長得像狗，但仍是掩飾不了牠的風采，雙目中射出的眼神儼然有睥睨萬物之姿，望之令人生寒。

可是，就是這樣一個使人感嘆萬千的神獸，在和我目光相碰時，雙眸的神光突然消失，就在我驚訝的當兒，牠的身軀逐漸變小，一對大大的肉翼也在快速的縮小，直至消失不見。

意外的變化，使我覺得可能是自己眼花，揉揉眼睛，再望向牠的頭部，原來令人心折的眼神，變成了懶懶的目光，半坐的姿勢也已經改爲趴躺在田野中。

我呆呆的望了牠兩秒鐘再擦擦眼睛，向牠望去，忽然叫出令我自己也感到不可思議的兩個字：「大黑！」

我有些不敢相信的望著牠，從頭到尾仔細的來回看了兩遍，「沒錯，是大黑，牠的樣子我再熟悉也不過了，從懂事的那天起，牠便一直待在我身邊，我怎麼會認錯牠呢！」

我遲疑了一下，仍是跑過去，雙手捧住牠的腦袋，在眼前仔細的端詳。大黑並沒有反抗，任由我把牠的大腦袋搖來晃去。

實在無法想像剛才的那一幕竟會是真實的，每天都精神不振萎靡的大黑，也會有剛才那麼威風不凡的一面。「難道這才是大黑的真面目？」，我在心中揣測。

看慣了大黑平凡的一面，對牠剛才的樣子真的很不適應，可牠又如此的真實可靠，畢竟是我親眼所見，不由得我不相信。

我忽然想起那些每次來都給大黑帶來眾多精美食物的父親的結拜兄弟們，我不由得相信了，而且因此得出大黑一定是一隻罕見的寵獸。

聽里威爺爺說，大黑是一條三級的寵獸，或許這才是三級寵獸的真正面目。三級寵獸真是厲害哪！

突然憶起自己被一隻猙獰老龜給欺負的事，記得好像我是被打暈過去的，現在全身上下除了胸部的傷，幾乎一點事都沒有，望著懶洋洋睡在腳邊的大黑，心中掠過一絲疑惑，「難道是大黑救了我？」隨後便把猜測定爲事實，在這種荒郊野外，又是冬天，除了大黑，不可能會是別人救我。

下意識的向大黑道：「是你救了我吧，謝謝大黑。」

大黑好像聽懂了我的話，又好像沒有聽懂，只是隨意的抬起頭，慵懶的目光瞟了我一眼，便又垂了下去，再次恢復以前的懶樣。

脫離了危險，又驚喜的發現了大黑的真面目，開心的舒展了一下四肢，大口的吸了兩口充滿野草味的清新空氣，目光由近及遠向遠方掃去，突然發現了離我只有幾步之遙的距離，躺著那隻令我吃盡苦頭的老龜。

老龜雖然軀體很大，此時卻沒有一點威風，四肢趴著地面，小小的腦袋也耷拉著，眼神中透出慌張害怕的神色。

看到牠，先是令我的心爲之一震，接著發現牠可憐的神色後，隨即便平靜下來，也想到了原因。同時心中也醒悟到之前拚命逃跑的時候心中感到不安的原因了。

自我解嘲的笑容也出現在嘴角。龜本就是水中的生物，我的水性再好，也不可能超過牠的，所以當時我打算從水裏逃跑會感到有些不妥，只是那時候心裏太緊張，已經忘記考處這個了。

我大概可以推算出來，那個突然出現在身下的漩渦，十有八九是牠搞的鬼，只是後來那個把我砸暈的黑乎乎的重物，我便不清楚到底是什麼了。

眼光下意識的望向老實的神龜，餘光觸及到牠背上的黑殼，突然想到，牠重逾百斤的巨殼，大抵便是那兇手吧。

我暗道：「今天真是萬幸，要不是大黑救了我，可能要被活活的溺死在水中吧！」想到大黑適才展現的雄姿，心頭一陣火熱。我一直擔心最親近的大黑生命力隨時會隨風消失，現在我不用怕了，我相信牠再活個幾十年都不會有問題的。

打量著可惡的老龜現在的窘迫樣，心中也頗解氣，先前差點被牠害死！

微風中，不知是不是錯覺，好像看到牠在瑟瑟發抖，待要仔細看個清楚，竟然發現一連串的淚珠從牠的小眼睛中灑下，我吃驚之下，彷彿也感受到牠的哀傷。

心裏酸酸的有些不忍，先前的不快一掃而空，代之而起的是同情與可憐。我轉頭對大黑道：「大黑，我們放了牠吧，」爲了怕大黑不同意，我又加了一句道：「你看，我也沒受傷，就不難爲牠了吧。」

大黑好像根本沒有聽到一樣，一點反應都沒有。

看牠那可憐樣，我想走近點安慰牠，又怕牠突起發難，磨磨蹭蹭的最後還是壯起膽子來到牠身邊。

老龜的淚水還是不住的往下掉，豆粒般大小的淚滴把頭前的一片乾土地都打濕了，可憐兮兮的模樣，看起來不像會是突然暴起發難，我這才稍微放了心來到牠面前。

我小心翼翼的伸出手放在牠的黑殼上，想試著安慰牠幾句，卻忽然想不出詞來，我該怎麼安慰牠呢。本來就是牠的錯，我只不過是誤入到牠的領地而已，牠就不依不饒的，差點我的小命就沒了，何況大黑也沒怎麼傷害牠，全身上下一點傷都看不到。真搞不懂牠為什麼哭成這樣子。

我皺著眉頭苦著臉望著牠，道：「你別哭了，大黑又沒有傷著你，我們不會拿你怎麼樣的，不然，不然，你先走吧。」

我拍著牠的巨殼示意讓牠離開。

父親的幾個結拜兄弟中，其中一個，我管他叫三伯伯，他就曾經告訴過我說：「天下萬事萬物都有其獨特的靈性，尤其和人類最為親近的寵獸更是如此，你若是用心跟牠說話，牠會明白的。」

我說完這番話，瞪著眼看牠的反應，是否真如三伯伯所說的，寵獸會有靈性，可以瞭解我說的話。

等了半天，就在我快要失望的時候，老龜突然抬起牠的脖頸，一對小眼緊緊的望著我。我不知道牠是什麼意思，為什麼這樣盯著我看，忽然想到會不會是牠沒聽懂，以為我要傷害牠，所以現在想……

想及此，心中駭然，情不自禁的後退一步，和牠保持距離。

正在我惴惴不安，不知所措的時候。老龜相對身體很小的腦袋，忽然凌空向我點了幾點，然後轉身施施然走開了。

這一切發生得太突然，我目瞪口呆的望著老龜龐大的身體消失在水中，才回過神來。

老龜這樣就走了，我心中不免有一些悵惘和失落，轉念一想，這不正好證實了三伯伯說的話是正確的嗎？萬事萬物都是有靈性的，只是自大的人類，或者說粗心的人類不知道罷了。

嘆了一口氣，振奮精神轉頭對大黑喝道：「臭大黑，竟敢瞞著我，不要裝死了，我是不會再被你騙到的，咱們走吧。」

大黑在我罵完後，費力的爬起身來，抖抖身上的泥土，晃悠悠的跟了上來，我笑罵牠一聲，沿著河岸領頭向前走去。

清脆河水聲彷彿洗滌了心頭的不舒服，心情逐漸好轉起來。

突然間「嘩啦」一聲突兀的破水聲令我嚇了一跳，隨著聲音，一個龐然大物露出水面，我吃了一驚，剛要喊出聲，卻意外的發現來者是先前那隻老龜。

我頗爲驚喜的望著牠，道：「你怎麼又回來了，我不是說放你走了嗎？」

老龜馱著身上的重殼爬上岸，移到我的身前，望著我忽然張大嘴巴，從牠的嘴中吐出兩枚大小相同的蛋，一黑一白上面還沾著老龜的體液，一滴滴順著蛋殼流下來，絲絲熱氣嫋嫋飄向天空。

我愣在當場，猜不透老龜爲什麼突然吐出兩枚古怪的蛋，我吸了一口氣，暗自揣測難道這是龜蛋嗎？還是其他的什麼蛋？

老龜吐完蛋後，連連向我點頭，使我更加莫名其妙了。

第二章　兩枚龜蛋生事端

望著眼前兩枚古怪的蛋，蛋表面殘留的液體還在冒著熱氣。我有些弄不清身前的這隻老龜到底是什麼意思，爲什麼走了之後又忽然回來，還從嘴裏吐出兩枚模樣古怪的蛋在我面前，看牠的樣子，是要把牠們送給我。我還從來沒聽說過什麼動物產蛋是從嘴裏吐出來的，更別說是見過了。

我回頭瞟了一眼大黑，還是那副要死不活的樣子，好像眼前發生的事情跟牠一點關係都沒有。

從大黑那裏得不到什麼啓示，我又無奈的轉過頭來，望著老龜，指著蛋道：「你是要把牠們送給我嗎？」

不肯定的語氣卻得到了肯定的回答，老龜還沒等我說完，長長的脖子連著的小腦袋便點了起來，頗有欣喜若狂的味道。

我遲疑了一下，又問道：「這是龜……這是你產的蛋嗎？」

仰望著我的老龜忽然流下眼淚，晶瑩剔透的淚滴「吧嗒吧嗒」地落在地上，老龜的神情看來很悲傷，好像有什麼傷心事。

這是我第二次看到動物哭，可笑的是，第一次也是牠哭。我突然有些不明白了，寵獸也有感情的嗎？難道感情不是人類所獨有的嗎？望著老龜，我束手無策，看著牠黑黑的眼珠，我真實的感受到了其中包含的情感。

倏地，我感覺到一股很大的吸引力，將我的心神牢牢的控制住，我不知道這是不是錯覺，因爲從來也沒有體驗過這種感覺，我彷彿縱身投入一個陌生的空間，稀奇古怪的事物在身邊飛快的掠動，以至於我無法將牠們分清。

忽然空間恢復正常，我站在一個風景秀麗的水邊，陽光灑照，微風輕拂，令我不禁的爲之心動，心曠神怡抬腿向前走去，卻意外的發現自己竟不能動，向腳下望去，竟然空無一物，心中駭然轉頭四下看，什麼都很正常，唯獨不見自己的身軀。

正在思考中。

「嘩啦」水響，一個巨龜悠悠的爬出水面，看著眼熟，我定睛望去，那不就是老龜嗎，怎麼也出現在此地？看見熟人，心裏非常高興，大聲向老龜叫喊。

老龜置若罔聞，悠閒的邁著小腿繼續向岸上爬去。我心中焦急又大聲的喊了兩聲，老龜仍沒有反應。我心中納悶：「怎麼會聽不到呢！」突然腦中靈光一閃——「聽不到！」對呀，剛才喊牠的時候，我也沒有聽到自己的聲音。

就在我想再試一次的時候，一個令我意想不到的情況發生了。又是「嘩啦」一聲，一個我從沒見過的大龜踏著水波露出水面，緊隨著我認識的那隻老龜爬上岸來。

我有些驚嘆地道：「好漂亮的大龜！」話一出口，我便覺得有些不對，仔細一思考，發現了其中的不對，兩隻龜在我眼裏都是一個樣，沒有漂亮與不漂亮之分，那爲什麼我剛剛會說「好漂亮的大龜」這句話呢？

兩隻龜交頸磨蹭了一下，便並排向前走去。視角隨著兩隻龜的移動也不斷的移動著，我恍然大悟開了竅，我這是在老龜的記憶體裏，所以我沒有實在的身軀，也發不出聲音，老龜的記憶向前發展，我的視角也隨之發生變化。那我先前說的那句話，便也不足爲奇了，那句話自然是老龜的所想。

接著我靜下心來，安靜的以一個旁觀著身分看著發生的一切。

彷彿是電影一樣，可以說老龜的一生我都有了一個大概的瞭解，那隻後來從水中出來的大龜是老龜的配偶，兩隻龜一起生活了很多年，恩愛得很，讓我這個人類都頗爲眼饞。

從老龜的記憶體中，我瞭解到，野生的寵獸一般很少生育下一代，因爲每一次的生育都會消耗上一代近一半的生命力，雖然寵獸在無天敵的情況下可以活很長很長時間，生命力也可以在漫長的時間中漸漸的恢復。但是仍有很多寵獸死於生命力的匱乏，即使僥倖活了下來，沒有耗盡生命力，可是在這隨後的長時間裏，母親都會很虛弱，完全沒有應付突發事件的能力。

而因此，野生寵獸的存活率幾乎都是百分之百，這與上一代的自我犧牲有密不可分的關係。所以野生的寵獸在生養下一代的時候，都會儘量產下較少的後代，這樣可以盡可能的延長自己的生命。

而那隻不幸的老龜的妻子，在生蛋的時候不小心多產了一個蛋，這幾乎要了牠的命，本來龜類產下一個蛋就已經會耗去一半的生命，而多產下的另一枚蛋差點把牠的另一半生命也奪去。

幸運的是，老龜的妻子竟然出乎意料的挺了過來，雖然身體仍是非常的虛弱，但是只要長時間的休養就可以恢復。

這以後應該是舉家團圓的幸福生活，可惜，幾個人類破壞了這一切，從老龜的記憶中看，那幾個人都是很厲害的傢伙，即便以老龜的厲害，也只能隻身逃出，老龜的妻子沒有任何反抗的便被捉住，並當場死去，而那兩枚未來得及孵化的蛋，便被老龜吞在口中一併帶了出來。

我暗暗咒罵那些以捕捉野生寵獸爲生的傢伙們。

現在我才知道，爲什麼老龜一看見我，就立即惡狠狠的攻擊，這是對破壞牠家庭的人類的仇恨。我感受得到，要不是老龜爲了那兩枚尚未孵化的龜蛋，早就死去了。

即便龜寵的壽命在寵獸中是最長的，可是「哀莫大於心死」，老龜堅硬的外殼下所包裹的早就是一顆破碎的心了。

忠貞的愛情便是人類也比不上啊！

感嘆聲中，我忽然想起自己的母親，兩者竟是如此的相似，都是爲了後代，強忍失去配偶的痛苦，頓時，我一切都明白了。

剎那間時空飛快的後退，我再次回到現實中。彎腰蹲下，捧起那兩枚蛋，望著緊緊凝視著我的老龜，我鄭重地道：「你放心，我會幫你好好照顧你的孩子的，但是我從小就不會和寵獸合體，你的孩子和我待在一起，會埋沒了三級獸的威名，」頓了一頓又立即補充道：「不過你放心，我會幫你找一個合適的人託付與他的，你就放心吧。」

老龜點了一下頭，淚水仍沒有停下，可是我分明的感覺到那是欣喜的淚，那是放下沉重擔子後放心的淚。

老龜拖著蹣跚的腳步，一點點挪回河水中，望著牠的背影，我知道，這是最後一次見牠了，牠的事情終於完成了，牠該走了！

我萬分仔細的將兩枚熱乎乎的蛋給揣在懷裏，再望了一眼老龜下水的地方，長長的舒了一口氣，抬腿向來時的路走去，心中感嘆，老龜終於得到解脫了。

可能是我年齡太小的緣故，答應老龜的話的責任感很快就被好奇心與得到兩枚三級寵獸蛋的喜悅給沖散了。

兩枚蛋在我的懷裏微微的散發著熱量，我彷彿感受到蛋中的小生命心臟的跳動，好像馬上就要孵化了一樣，想到這，頓時加快步伐向村裏走去，得趕快回去準備一下，要是在路上孵化了，我可什麼準備都沒有。

心中越想便越發的焦急，疾步如飛，快速的向村中跑去。

要是在平時，我一定會回頭看看大黑是否跟得上，現在我不會這樣了，看到了大黑的真面目，我在想牠會不會嫌我跑得太慢了。

盞茶的工夫，終於讓我跑到村裏，雖然跑得上氣不接下氣，停下來後卻很快的恢復過來，要在往常，要是不休息半個多小時是不會恢復的，今天還真是有很多怪事發生。

我找來一個廢棄不用的櫃子，打開一面在裏面放上取暖之物，將兩枚蛋小心翼翼的放到裏面。

我不知道龜蛋是怎麼孵化的，我能做的只有這麼多，外面天不知何時已經黑了，時間過得真快啊，還是等到了明天，我再去里威爺爺家問問，他見多識廣，看他知不知道。

「依天哥哥，你回來了嗎？」一個脆生生的聲音在屋外響起。

我心道：「愛娃怎麼來了？」

愛娃是里威爺爺的孫女，是我們村裏兩朵花之一，人漂亮，心地也好，連外村的小夥子也來追她，按說她的年齡也可以談婚論嫁了，求婚者的聘禮都可以將家中的院子給堆滿嘍。可是無論哪一個求婚者，都過不了里威爺爺那一關。

里威爺爺自有一套說辭，說自己就這麼一個乖巧的孫女，還捨不得讓她嫁出去。而且呢，他還想等到明年在愛娃把自己的武技給學得差不多了，就把她送到地球最大的武道學院深造。

愛娃雖然是女孩子，卻非常聰明，里威爺爺在向大家傳授武技的時候，總有兩個例子，我就是那反面教材，而愛娃便是里威爺爺用來驕傲的正面教材。

可惜我們的村子實在是太偏僻了，大家都幾乎過著與世隔絕的生活，每每偶有從村外來的人向我們說起外面的精彩世界，總叫我們心血澎湃，熱血沸騰，暗暗的發誓長大後一定要出去走一遭。

里威爺爺對此不以爲異，常說我們毛頭小夥子不懂事，外面世界根本沒有什麼好，等長大出去以後就會知道現在生活的可貴。並且把我們村子以桃花源自居。

由於我們的村子太偏僻，離最近的城市也有好多天的路，所以村子裏只有少數人才擁有寵獸，即便是想去寵獸店買寵獸也不夠錢。因此到現在爲止，雖然愛娃早就應該擁有自己的寵獸了，卻一直都還沒有。

說著話，愛娃已經推門進來了。

見我站在屋中，先是一笑，接著又露出埋怨的神色，道：「依天哥哥，你出去兩天，不回來也不說一聲，大家都急死了。」

我一愣道：「什麼兩天？我不是早上才出去的嗎？」

愛娃瞅了我一眼，隨即從手中的籃子裏拿出一碗飯，兩碟菜，道：「依天哥哥，你該不會是病了吧，連自己出去多長時間都不知道了，快過來吃飯，還熱著呢，趁熱，不然就涼了。」

我應了一聲，不客氣的接過她手中的筷子坐下開始吃起來，剛剛還不覺得餓，這一吃還真是越吃越餓，最後連盤底都讓我舔個乾淨。

愛娃見我難看的吃相，掩嘴笑道：「依天哥哥，怎麼好像你兩天都沒吃飯似的。看你餓的，你慢點，要是不夠啊，我再給你添。」

我連連擺手道：「夠了，夠了，不用再麻煩了。」一邊吃一邊心裏也在納悶，自己真的跟兩天沒吃飯似的，感覺飯比平時香多了。

自我守孝的那天開始，我的三餐溫飽都是愛娃給解決的，雖然這是身爲一村之長的里威爺爺決定的，但是我仍是很感謝愛娃。

愛娃一邊收拾我吃完的盤碟，一邊笑吟吟地道：「依天哥哥，你的食量長了好多，明天我得給你多加一些飯菜，免得你吃不飽。」抬頭看了眼仍在一邊喝水的我，又道：「我先回去了，依天哥哥，明天再來看你。」

我道了聲謝，目送她婀娜的身姿消失在門外，忽然想起一事，忙起身對她喊道：「愛娃，愛娃！」

愛娃反身掀開門簾，疑惑的看著我道：「依天哥哥，你還有什麼事嗎？」

望著她被凍得紅撲撲的臉蛋，我笑道：「愛娃，給你看一樣東西，你一定沒見過。」

愛娃見我說得神秘，眨了眨她的大眼睛，道：「好玩嗎？要是好玩，那一定得讓愛娃看看。」

我道了聲：「你等著。」

便轉身走到裏屋，把那隻盛放著兩枚龜蛋的舊櫃子給拿了出來。

愛娃撲閃著可愛的大眼睛，好奇地望著兩枚蛋，道：「依天哥哥，這是什麼東西，我可以摸摸嗎？」

我這時也湊在旁邊仔細的看著兩枚蛋，聞言道：「可以，摸吧，但是要小心點，可千萬不要碰壞了，我答應過別人要好好照看這兩枚龜蛋的。」

「哦，我會小心的，原來是兩枚龜蛋，真好玩，你怎麼得來的？該不是你出去的這兩天就是爲了這兩枚蛋吧！」

愛娃不捨的摸摸這個又摸摸那個，最後還把那枚白色的蛋給輕輕地捧了起來，溫潤的紅唇在上面印了一下，又把牠給摟在懷裏。

那小心翼翼的神情真是可愛極了！

我不知該怎麼回答她，只是「嗯」了一聲來應付她，好在她心在龜蛋上，便也沒有追問下去。我捧起另一枚黑色的龜蛋，學她的樣子抱在懷中。

玩著玩著，愛娃忽然「啊」的叫了一聲。

我被嚇了一跳，道：「發生什麼事？」

愛娃不敢看我的臉，哭喪著道：「我，我好像把，把那個蛋給弄破了。」

我大吃一驚道：「怎麼會破的，你確定破了嗎？快拿過來。」

愛娃有些不忍心的把頭彎著，雙手把蛋捧過頭頂，我心驚肉跳的望著她手上的蛋，蛋殼上有明顯濕濕的痕跡，我趕緊往旁邊的地方望去，卻意外發現，其他地方都是乾乾的。

心中升起一絲僥倖，順著濕潤的液體痕跡向上搜索，突然我發現一個嫩小的爪子在空中使力的抓著。我一下子愣在那兒說不出話來。

「孵化了！」

愛娃見我半天不說話，抬起頭也發現了這個意外，接著就高興的喊出了剛剛那句話。

我與愛娃的眼神在半空中相遇，都發現了對方心中的喜色。我和愛娃大氣也不敢喘一下，屏住呼吸凝視著即將誕生的小生命。

不一會兒，一個光溜溜的小腦袋，也從缺口處鑽了出來，發出了誕生的第一聲：「嗯唧！」聲音雖然細小，卻顯得清晰有力，腦袋上還沾有黏糊糊的體液，這使牠一時半會無法把眼睛睜開。

愛娃忽然發出一聲驚呼：「是三級的寵獸耶！」

我摸頭望了望她道：「愛娃，你怎麼知道牠是三級寵獸？」

愛娃眼睛緊緊的盯著還在努力想睜開眼的小傢伙，一邊答我道：「我聽爺爺說的，他說三級以下的寵獸按著級別的不同，會在腦袋的正中間生有一道、兩道、三道橫，標誌牠們在寵獸的低微地位。好棒哦，依天哥哥，你怎麼得來的？」

我剛要回答，忽然感覺懷中有點不對，這才想起，那枚黑色的蛋還放在我的懷裏，我趕緊把那枚蛋給從懷裏拿出來，卻驚喜的發現，一個黑黑的小腦袋正努力的想破殼而出。

我開心地道：「愛娃，你看，我這枚蛋也孵化了呢！」

愛娃喜道：「真的嗎，我看看。哇，真的耶，你那隻是黑黑的腦袋，好可愛哦！」見我想幫忙動手助牠一臂之力，趕忙出聲制止我，嬌呼道：「依天哥哥！不可以幫牠哦，爺爺說，這是寵獸出生要完成的第一課，只有通過自己的努力爬出來，才會成爲一個優秀的寵獸。」

聽她這麼一說，我趕忙把剛伸出去的手縮了回來。

經過漫長的等待，兩隻小龜分別爬出了蛋殼，黏手的體液也逐漸風乾，兩隻小龜出殼後，一點也看不出疲勞，很有精神地在手上爬動著，不時發出令人感到好笑的低鳴。

忽然想到一個嚴重的問題，小龜出生了，我得餵牠們吃什麼呢？

我問愛娃，愛娃也被我問住了，搖搖頭說不知道。

就在我著急的當兒，愛娃突然道：「依天哥哥，快看。」

我忙低頭望去，那隻小黑龜正在賣力的吃著蛋殼碎片，我又向愛娃手中望去，她手上的那隻小白龜也正在做著同樣的事情。

愛娃看了一會兒道：「看來，咱們不用爲牠們食物的事發愁了，至少今晚不用發愁了，明天我再問問爺爺，爺爺見多識廣，應該可以知道的。」

過了很大一會兒，兩隻小龜大概都已經吃飽了，一屁股坐了起來，兩隻小爪子安分的放在自己的胸前，可是那小小的腦袋卻不安分的東瞧西看，對世界充滿了好奇。

看著正逗著小白龜的愛娃，美麗的嬌靨滿是笑意。我忽然產生一個主意。我開口道：「愛娃，喜歡牠嗎？」

愛娃頭也不抬的逗弄著小龜，聞言嘻嘻笑道：「嗯，喜歡。」

「那好，哥哥把牠送給你了。」

「什麼?!你要把這麼珍貴的三級龜寵送給我？」

看著她不經意露出的傻乎乎的樣，望著她傻乎乎的樣子，我笑道：「就當你照顧我這麼長時間的謝禮了。」

睡夢中，我感覺到一個濕濕的東西在臉邊蠕動。驀地睜開眼，不覺得啞然失笑，昨晚剛孵化出來的小龜，正撐著自己嬌嫩的四肢，努力地在我臉邊爬著。

黑乎乎的小腦袋在我下巴處拱著，我笑罵一聲：「小東西，剛孵出來就這麼淘氣。」

被牠這麼一鬧，我睡意已經全無，索性穿起衣服，爬起床來，將淘氣的小傢伙給捧在手心裏，幼嫩的爪子，抓在我的皮膚上，使我感到一點點的疼痛，並有一些癢癢的感覺。

看著牠黑黝黝的身體，我在想是不是該給牠起個名字了，起個什麼名字好呢?從頭到腳都是烏溜溜的和大黑差不多，乾脆就叫小黑得了，既得體又省事。

現在的我其實不知道，此時看似弱不禁風的小黑，為我日後「鎧甲王」的威名立下了汗馬功勞。

早上的小黑看起來精神不錯，好像有用不完的精力不知疲倦的和我嬉戲，小黑雖然剛出生，但是出乎我意料的精力旺盛，而且力氣也不小，比我想像的要大多了，看來這野生的寵獸就是要比人工培育的要優良，怎麼說也擁有牠母親一半的生命力呢。

忽然想到牠死去的母親，心情變得憂鬱起來。由於剛出生的寵獸十分弱小很容易死亡，人工培育的還好，可以在人類的呵護下沒什麼危險的逐漸長大，野生的便不行，牠們都有很多的天敵，不知什麼時候危險就會出現。為了讓自己的後代能夠安全的長大，那些生長在野外的寵獸不惜消耗自己的生命力，在將後代生出來時，轉借到牠們身上，以使牠們可以相對安全的快速生長。

「這種精神實在太偉大了。」我嘆了口氣，沒有了逗弄牠的興致。我走出屋子開始一天的功課。

「抱神守一，氣勢凝沉，峻嚴如山，似九天神龍盤踞。」這是家傳的功法——「九曲十八彎」，說是家傳，其實我自己也不能確定這個功法究竟在我家傳了幾代，這個功法並非是母親傳給我的，母親也並不會這種功法，這是大伯伯帶來教與我的，說是父親身前所練的神功，現在將之傳與我也算是子承父業，母親也沒有反對我學，所以我也就安心的將這種功法練了有好多年。大概有七八年之久吧，記得當時大伯伯在傳我的時候曾好像說過什麼「八年一坎」的話。

這八年對我來說並沒有什麼感覺，母親說過，父親是很厲害的武道家。我想父親練的功夫應該很厲害才是，可是，我練了這麼多年卻並沒有什麼顯著的變化，呵呵，可能是我太笨的緣故吧。

同村的其他孩子們學的都是村長教的功法，這是他從號稱地球最強的武道學院——北斗武道學來的，據村長說，這種是當時北斗學院較為流行的基礎武學之一——「大海之心」。

經過這麼多年的修煉，我雖然並沒有正式和別人對打過，但是我很清楚，我不是最強的，可以說若不是有幾個懶孩子，我很有可能是墊底的，這個事實使我在很長的時間裏有點悲哀、有點想不開。

不過後來我想開了，並非是父親的功夫不厲害，而是我並非那塊練武的料，所以練這麼久也並沒有什麼了不起的成就，隨後我也就坦然了。

「笨蛋，你給我出來！」尖細的聲音，驚飛了樹上的棲鳥，立刻「撲棱棱」的振翅飛離枝頭。

這個聲音我再熟悉也不過了，是我的未婚妻凝翠。乃是我們村兩朵花的另一朵。平常她並不怎麼來看我，怎麼今天一大早便來看我，聽她的口氣，好像找我沒什麼好事。

凝翠的脾氣可不大好，我急忙推門走出去，一個女孩子頂著明媚的陽光站在門口，十七八歲的模樣，個子很高，容貌也很亮麗，豐滿的身材和一對勾人心魄的眼看起來更像是一個懷春少婦。凝翠是母親在我十歲的時候給我定下的一門親事。凝翠是我們村脾氣最壞的姑娘，我並不中意她，曾經向母親抗議過，可是母親說我以後會明白爲什麼要她作我的未婚妻。

「小翠，你怎麼來了？」我傻愣愣地道。

陽光射在臉上，頓使我感到暖洋洋的舒服。兩道目光直直的逼進我的眼內，立即將我從春天拉回到寒風凜冽的冬天，猶如身入冰窖，寒到骨髓。

我訥訥地道：「有，有什麼事嗎？翠兒。」

「哟！」凝翠咬牙切齒的故作嬌媚狀，不過旋即轉爲本來面目，如潑婦罵街，動作利索的一個箭步衝上前來，迅雷不及掩耳之勢，一把揪住我的耳朵，罵道：「我來幹什麼？虧你問得出口，以前我只以爲你笨，現在看來，你何止是笨蛋，你簡直就是混蛋。」

我竭力的把身體放低，以適應她擰著我耳朵的那隻手，只求可以減輕點痛苦，我低聲哀求道：「我沒做什麼呀！」

「還敢跟我裝傻充愣，當老娘是傻子呢！」手上使勁，我頓時痛得齜牙咧嘴，身體前傾就合著她的手。

「凝翠，依天大哥又怎麼得罪你了，你這麼欺負他！」

凝翠聽到來人為我抱不平的聲音，倏地鬆開手，面目不善的轉頭向聲音的方向望去。

我終於得到了短暫的解脫，抱著耳朵趕緊站到另一邊。

來人是愛娃，關切的走到我身邊，輕輕撥開我的手，向我被擰紅了的耳朵呵了幾口熱氣，邊揉邊問：「還疼嗎，依天大哥？」

「心疼了吧！」凝翠橫了愛娃一眼道，「我告訴你，愛娃，他是我未婚夫，我想怎麼樣就怎麼樣，你管得著嗎？」

我剛想替愛娃說話，被她瞪了一眼，又嚇得咽了回去。

凝翠哼了一聲道：「笨蛋，這是怎麼回事，和愛娃這麼親熱的，是不是想休了我，再認一個村長老丈人啊，有了靠山膽子變大了你啊！」

愛娃被她氣得半天說不出話來，只是氣瞪著她。

我輕輕推開愛娃的雙手，低聲下氣地道：「沒，沒這回事。」

「還敢說！看你們郎情妾意的，要不是我親眼看到，還真不敢相信，平時一本正經的你竟有一肚花花腸子。」

愛娃怒聲道：「少以小人之心度君子之腹，不要以爲別人都和你一樣，依天大哥在我心裏就好像我親大哥一樣。」

「哼，誰信哪！」凝翠不屑地道。

看凝翠有些無賴的口吻，愛娃氣不過道：「愛信不信，只要我和依天大哥走得正，不怕你誣賴。」

「我誣賴？他要不是對你有意思，會把那隻珍貴的三級白龜給你！」

凝翠的話一出口，我就明白了，原來她這麼鬧，是爲了我送給愛娃的那隻白龜。

「我說你怎麼胳臂肘往外拐呢，你知不知道三級的寵獸有多寶貴，你竟然送人，你是不是傻了你，還是成心氣老娘。到底她是你未婚妻，還是我是你未婚妻？」凝翠罵道。

我陪著笑臉走到她身邊低聲道：「不是這麼回事，我本來是想送給你來著。」

「送給我？哼，當老娘是三歲孩童呢，送給我怎麼現在到了她手裏？」

「這，這，這原本是龜蛋，昨天我回來，愛娃給我送飯，我讓她看來著，可是我不知道龜蛋就在那個時候孵化，後來就送給她了。」

凝翠不依饒的擰了我一把道：「你說得倒輕巧，我到現在還缺一隻寵獸呢，我不管你，我現在就要。」

「翠兒，那送出去的哪能再要回來呢，再說，我守孝這麼長時間，她頓頓給我送飯菜，多辛苦，送她白龜也是應當的。」

無論我怎麼說，凝翠就是不依不饒的讓我去討回那隻白龜。終於我忍不住，皺皺眉頭道：「你別鬧了，誰叫你來遲了，那是愛娃的緣分。」

「哼，我看是你和她的緣分吧，你們倆這段時間眉來眼去的別當我不知道，告訴你，依天，我一天不和你分手，你都別想那些花花腸子。」

我不理她的冷嘲熱諷，接著道：「我和愛娃根本沒有你想像的那樣，我守孝這麼多天，愛娃又是送飯又是洗衣，這隻白龜是她應得的。你要是再鬧，看我不……」

凝翠尖著嗓子道：「收拾我是吧，現在有了新情人了，嫌棄老娘了，有本事就來收拾我吧，你有幾斤幾兩，老娘還不知道，你要是帶種，就做個男人來收拾我，老娘讓你三招。」

見她一副潑婦的樣子，泥人也有三分性子，頓時窩了一肚子火，我知道自己恐怕真的打不過她，就算她讓我三招，大概我也不是她的對手。唉，想起來真是汗顏，翠兒和愛娃不但是村裏的兩朵花，功夫也是最好的，村裏鮮有小夥子是她們的對手。

我上前一步，臉容一整，斥道：「悍婦！」怒目掃過，不自覺得散發出平時拍馬也及不上的威嚴氣勢，凝翠與我視線相對，竟然不敵的避往一旁。

凝翠忽然覺出不對，揚眉道：「好啊，真是有了新人忘了舊人，竟然想打老娘！」

氣氛緊張至一觸即發的當兒，愛娃忽然道：「依天大哥，不要爲了我傷了你們的和氣，不就是一隻寵獸嗎，我給她好了。」說完立即拿出白龜遞了過去。

我來不及阻止，只好眼睜睜的看著凝翠興奮的接過白龜。

凝翠寶貝似的把白龜給捧在手裏，瞥了愛娃一眼道：「算你識相，」接著又橫了我一眼，不屑地道：「沒出息的男人。」

「你瞧瞧純一色，真是極品，以後就管你叫白玉，白玉乖，到媽媽這來。」凝翠愛不釋手的和白龜說話，忽然自語道：「咦，怎麼會一點都不聽話，難道認主了？不可能啊，這麼小還沒到認主的年齡呢。」

白龜好像對凝翠一點興趣都沒有，在她手掌裏只是掙扎著向愛娃的方向爬著。

我下意識的看向愛娃，眼角隱見淚光，從蛋中孵化到現在雖然只是一個晚上，看來愛娃已經和小白龜建立了深厚的感情。

我靜靜的走到她身邊道：「愛娃，都是大哥不好，我把那隻小黑龜送給你吧。」

愛娃連忙掩飾的擦去眼淚，道：「不用了，那隻小黑龜是大哥的，愛娃不會要的。」

我在這邊忙著勸愛娃接受我那隻小黑龜的時候，卻沒有發現凝翠那邊的情況越來越奇怪。小白龜彷彿認定了愛娃才是自己的主人，努力的在翠兒手裏掙扎著，動作也越發激烈，看翠兒不時的皺眉頭，可見小白龜的力道並不輕。

「啊！」

聽到尖叫，我和愛娃訝異的別轉頭向凝翠望去，正好看見她柳眉倒豎，銀牙緊咬，罵道：「該死的東西！」說著話，反手作勢欲要把小白龜給拋出去。

看她氣狠狠的樣子，這隻剛出生的小白龜非得被摔死不可。我一看不好，趕緊搶身過去，想阻止他。

愛娃驚叫一聲，和我同時搶出，雖是同時卻快我半個身子。

我們和凝翠大概六七步的距離，我心裏曉得十有八九是趕不上的。可是卻不能眼睜睜的看著她把小白龜給摔死在當場吧。

愛娃速度雖然快，卻仍沒有凝翠扔的動作快，當愛娃離她還有兩步之遙的時候，小白龜急速下降的身子已經接近地面了。

愛娃頓時急了眼，怒喝一聲，縱身向前撲去，欲要在小白龜落下來之前將其接住。

電光火石的一剎那間，突然響起一記蒼老的聲音如洪鐘大呂，底氣十足，「定！」隨著聲音，小白龜下降的幼小身體突然停在半空，龜殼向下，四肢朝上，小腦袋歪在一邊。

一幕慘劇及時被制止，我放下心嘆了一口氣。只聽愛娃發出喜極而泣的叫聲，慌忙把停在半空的小白龜抱在懷裏，生怕一不小心再失去牠。「謝謝爺爺，還好爺爺來得及時，不然小白龜差點被她摔死。」

我轉頭看去，來人可不正是村長里威爺爺嗎！一頭白髮，鬍子剃得乾乾淨淨，精神矍鑠，手裏拿著拐杖，正昂首闊步的向我們走過來。

剛才里威爺爺露的那一手，應是他以前提到過的「內氣外放」，沒想到里威爺爺這麼大年齡竟有這麼好的本領，真讓人羨慕。可是里威爺爺說他這點本領根本算不上什麼，在北斗武道，連一百名內都排不上。真想去看看，究竟高手是什麼樣的。

里威目光灼灼的掃過我們幾人，最後停在凝翠的身上，正容道：「小翠，你是我看著長大的，聽爺爺一句話，做人要厚道，心腸太狠對別人對你都不好。」

凝翠道：「哼，別跟我假正經，愛娃是你孫女，你當然向著她，我得不到的東西，別人也別想要。」

雖然凝翠出言不遜，里威爺爺卻沒和她計較，嘆了口氣道：「小翠，這樣的性格遲早會害到你自己。那隻白龜不認你，其實並怪不了別人，」說到這，停下看了我們一眼，又道：「這野生的寵獸和家寵不一樣，家寵要等到即將成年的時候才會認主，而且認了主以後，可能還會再重新認主。這野寵獸卻比較特殊，一生只認一次主人，而且是一出生就認主，除非主人離開人世，否則是不會再重新認主的。昨天，小白龜出生時正巧愛娃在身邊，便認了愛娃為主。所以剛才雖然愛娃把小白龜送給了你，牠卻不聽你的話，原因就在這裏。」

凝翠氣恨地道：「怪不得，哼！一隻破龜，早該把你給摔死，還敢把我的手給抓傷。」

我聞言一愣，向凝翠望去，只見她用右手捧著自己的左手，鮮血曾滴下過的痕跡還可以看見，剛才心裏緊張沒有注意到，心裏暗自忖度：「小白龜哪有這麼大勁，我也讓小黑龜抓了好多下，也一點沒事，難道小黑龜沒有小白龜力氣大嗎？」

里威爺爺呵呵笑了一聲道：「這就是野生的寵獸比人工培育的寵獸珍貴的地方，由於野外環境比較惡劣，而這些寵獸的天敵又多，爲了讓自己的後代能夠安全的成長，故在生小寶寶的時候將自己一半的生命力轉到後代身上，這樣一來，小寶寶一出生就有了很強的抵抗和防禦能力，而且更爲珍貴的是，野生的寵獸比人工培育的寵獸要高一到兩品，比如同樣三級的白龜，野生白龜就得比培育出的高兩品。」

沒想到野生的寵獸還有這麼多好處，我聽得如癡如醉。然而，我忽然想到一個問題，這些野生寵獸是從哪裏來的？

里威爺爺聽了我的問題，緩了口氣，徐徐道：「這些野生的寵獸最初其實也是人工培育出來的，是幾個世紀前人們培育出來的，後來星球大戰，聯合政府垮台，有很多當時研究的寵獸，就散落在四個星球的各個地方，繁殖到現在，怕是與人工培育已經沒有一絲關係了。」

我爲之一愣，沒想到野生的寵獸還牽扯到幾個世紀前的星球大戰。那這些野生的寵獸是受到當時戰火波及，丟了家園，幾個世紀的繁殖演化也真是夠可憐的呢！

里威爺爺輕輕地道：「就因爲野生寵獸的這點好處，很多人到處尋找並捕捉牠們，唉，現在的野生寵獸真的是越來越少了。」

「滅了種更好！」凝翠咒罵一聲，眼看得不到好處，轉身走開。

我們幾人望著她的背影，都有點不知該說什麼才好的意味。最後還是里威爺爺嘆了一口氣，轉頭望著我道：「依天你的性子太軟了，以後要改一改，不然結了婚要受氣的，爺爺可不能幫你一輩子。」

我撓撓頭，不好意思的笑了笑。

里威爺爺又笑道：「不過，小天，爺爺沒看出你還挺大方的，願意把這麼珍貴的白龜送給愛娃。我替愛娃謝謝你了。這野生寵獸長得很快，生長期是人工培育的一半時間，平常只要吃些水草便可以了。要記住，只有等到牠成年才可以將其封在武器中。」

知道了怎麼餵養小龜，我興奮地道：「謝謝里威爺爺。」

第三章　神跡九幽草

時間過得很快，轉眼就過了一個月，這段時間，我用里威爺爺教給我的法子給小黑弄吃的，小黑長得很快，差不多是一個月前的一倍大了，身上背著的殼愈發的黑硬。只是愛娃的那隻小白龜卻長得很慢，同樣是一個月，現在卻只有小黑的三分之二大小。

小龜吃的東西其實很簡單，牠是雜食性動物，不但吃水草更吃魚蝦。小黑好像更愛吃水草多一些，但是牠不大愛吃我從河中給牠撈來的水草。因爲小龜的水性很好，我經常帶著牠下水，不過我都會緊緊的跟在身邊，畢竟牠還太小，遇到天敵沒有什麼抵抗力。

每逢我帶牠下水，牠都會歡快的在水中躥動，彷彿小馬駒在碧綠的廣闊草原上撒開蹄子自由奔跑，又如山鷹翺翔在美麗的天際。

牠每每鑽進旺盛的水草群中，雖然茂密的水草若迷宮般使我眼花繚亂，牠卻總能很容易的找到我，且嘴裏通常都會叼著幾根嫩綠的水草，綠的晶瑩透明，裏面的纖維都可看得很真切。

我用之拌上魚蝦，小黑吃得很起勁。

我曾經自己到河中找過這種水草，茫茫的水草群在河中綿延有數里之遠，茂盛處猶若森林，幽不可探，萬千水草隨水流一起搖動身肢，煞是壯觀，但也更增加了我尋找小黑吃的那種特殊水草的難度。

費盡心機，用盡力氣，卻一無所獲，最後只有放棄。每天我都帶著小黑到河中戲耍，這個時候我也就放心的讓牠自己去找喜歡吃的水草，這種水草和普通水草模樣差不太多，只是更短，更嫩，更細小。莖上的葉子比普通的要多一個杈。

聞之有股淡淡的腥味，咬破莖根會有股澀澀的液汁流入嘴中，但是很快就會轉爲一股醇酒的香味，非常奇特。

這種草其實是很寶貴的東西，如果有專家在此一定會認出來，這種草叫做「九幽草」，對寵獸具有獨特的用處，功能促進寵獸生長，並能具有很強的療傷功能。

這種草是地球獨特的產物，在很久以前，星球聯盟還未解散之前，地球很多地方都可以找到這種寶貴的草，雖然不能說俯拾皆是，但也不是什麼稀有的東西。

戰爭結束，地球受到戰火的波及最大，簡直滿目瘡痍，落後其他星球至少有五十年。

經過這百多年的發展，才慢慢的恢復元氣。可惜的是如「九幽草」這種寶貝都幾乎消失殆盡，沒有消失的，也剩下極少數生存在隱秘的地方，無從尋跡了。

這大概也是爲什麼戰後寵獸數量劇減，直到現在也無法恢復往日朝氣的原因，戰爭的破壞，由此可見一斑。

我懵懂不知，每天當作普通小草餵給小黑的「九幽草」，會是這樣的寶貝。但是我知小黑很喜歡吃，只是小黑每次叼出的些微幾根根本不夠牠吃的，以前兩天才吃一根，隨著身體不斷長大，兩根也僅夠牠一天吃的。

沒辦法，我只有再次嘗試著去水草群中尋找。

緊緊跟著小黑在水草中出沒，暈頭轉向跟的次數多了，終於讓我發現了，這種水草的生長地。

「九幽草」大多生長在水草群的中部，並非直接紮根在泥中，而是生長在普通的水草的根部，緊靠在莖邊，靠水草提供養分，由於「九幽草」實在是太細小，而周圍水草太多，如果不是細心的查看，根本無法發現牠的存在。

由於無法找到合適的容器存放，我不敢一次摘得太多，採夠小黑一個星期吃的就行。

再過兩天就是月中了，算算日子，離上次父親那幾個結拜兄弟來地球看我和母親，已經差不多一年了，他們通常都會在那幾天來的。

義父也就是幾人中最大的一個，他傳給我的，父親的「九曲十八彎」神功，我已經練了八年之久，平常練功運氣之時，氣機平和如潺潺河水，奔流不息流淌全身，運完功氣血兩旺，神清目明。

這些天，我隱隱的有些不安。因爲每次練功都會有些異況發生，平時安詳的河水時而如漲潮般起伏不定，時而如泥石流狂奔不息，時而停滯不前，時而又被氣漩隔成兩截。

想起義父當年說過的話——八年一坎，雖然我不知道其中正確的解釋，但是也隱約猜到，這些反常的情況，大概和這個有一些關係。

每次運功發生的異狀，都對我的經脈造成很大的傷害。

小黑很黏我，平時都要待在我身邊，因此每日清晨我沐浴在陽光下練功的時候，牠也會默默地爬到我懷裏。

幾次運功出現危機的時候，都會有一絲絲的陰寒氣息從我的腹部斷斷續續的傳來，對我暴躁的氣機起了一定的緩衝作用，讓我好受了不少。細心的觀察了幾次，意外的讓我發現，傳出陰寒氣息的部位，恰好是小龜趴著的位置。

這樣一來，原因幾乎可以脫口而出了，這一定是從小龜身上傳來的。

發現了這個好處，每次練功的時候，也就任由牠爬到我身上陪我一起練功。

小黑一天天的快速長大，生長速度卻是那小白龜的很多倍。這天如同往常一般，天邊微微的透出紅暈，我便來到院子中練我的「九曲十八彎」。聞雞起舞，是里威爺爺常跟我們說的道理，他經常說外面的世界很大，了不起的武道者數不勝數，要想出去闖出一番天地，就得聞雞起舞，勤加修煉。

雖然我不敢妄想成爲如同父親般厲害的武道家，但是亦不想一輩子功夫都這麼差，何況母親說我以後會是個偉大的人，一個偉大的人功夫太差怎麼行！

運起家傳的心法，調動縮在丹田中的內氣，引導它們流經身上的大大小小已經貫通了的經脈，這次很成功的將內息帶動著在周身流轉了十八圈，再次將內息歸引回丹田。

剛想收功，突然，已經收回到丹田中的內息暴躁不安的跳動起來，劇烈的疼痛立即令我無法保持打坐的姿勢，頹然歪身倒躺在地面。

丹田中的氣息彷彿化成了液體，如同沸騰的開水，一滴滴的濺出水面，又落回水中。撞開丹田尙未來得及收口的位置，蜂擁而出。帶著火熱的溫度，快速的在體內湧動著。

一連在體內轉動十八圈，卻仍沒有回歸丹田的意思。我已經漸漸地被熾熱的氣息熏得意識迷糊。

這時從小黑身上傳來一股股冰冷的氣息，雖是杯水車薪，卻讓我好過了不少，火熱的氣勁彷彿找到了發洩的出口，齊齊朝小黑湧了過去。

強烈的氣勁根本不是尙在幼年期的小龜能夠承受的。我拚起最後一股餘勇，強行駕馭著發了瘋的氣息，將其驅趕回丹田。

在我強大的意識干預下，熾烈的火一般的氣息終於放慢了速度，僵持不下，我卻咬牙承受著腹內一陣陣的絞痛。即將崩潰的剎那，一股彷彿源源不絕的陰涼之氣，突然從天而降，在我體內肆虐的火熱氣勁連反抗也沒有，如同搖曳在狂風暴雨中的點點星火，一下子就消失得無影無蹤。

於此同時，我雙手握拳，兩眼盡赤，拚盡全力發出一聲大喝，時間瞬間停止，無限廣大的腦海深處彷彿傳來一聲經久不息的龍吟，迴盪在腦中，聲音越來越低、越來越遠，但卻清楚的像是在你耳邊低吟。

小黑被我瞬間爆發出的氣勁撞出很遠，重重的跌落地面，發出「吧嗒」的脆響。

我躺在地上，動也不能動，剛才極為強烈的氣勁衝擊力，以摧枯拉朽之勢，電石火光之間，穿行了我的七經八脈。經脈好像有碎裂之感，令我不敢稍動。

我可以感覺到，一向濕潤的經脈，現在如是煙薰火燎火辣辣的痛。就像久經曝曬的稻田，水已乾涸，龜裂成一塊塊的，使種田人心痛不已。

雖然我很擔心小黑的死活，但是仍只能勉強的把頭微微偏向小黑跌落的方向觀看著，令我驚異的是，很快煙塵中一個熟悉的影子爬了出來，正是小龜。我差點驚喜的叫出聲來，真不愧是野寵之命，生命力相當旺盛，受了這麼強的衝擊仍能安然無恙。

我奇怪的看著牠直奔屋中爬去，不大會兒，就看見小龜搖搖晃晃的往我這爬來，嘴中還叼著什麼東西。及到走近，這才發現，小龜嘴中的東西，根本就是牠平常最愛吃的那種水草。

我好笑的望著牠，卻牽動了傷勢，頓時變爲苦笑，道：「小黑啊，你不是讓我吃水草吧，我現在是受傷。」說完，忽然看見小龜背著的龜殼，本是最堅硬的東西，卻有一道明顯的裂縫。

我這才知道，原來小龜並沒有我想像中的那麼耐打，在大力的衝擊下，牠也受了不輕的傷。

小龜好像明白我不想吃牠叼來的「九幽草」，用腦袋在我的臉邊頂了頂，濕濕涼涼的，接著伸長小腦袋把一棵「九幽草」擱在我朝天的那半邊臉上。

可愛的小眼睛與我對視，「骨碌碌」的轉了幾圈，好像安慰我心一樣，當著我的面把嘴中的另一棵水草一口口的吃了下去。然後就那樣趴著一動不動，彷彿人類練氣的姿勢。

我驚喜的發現，原本小龜身上很深的那道裂縫，竟然變淺了不少。小龜睜開眼睛，一對小小的黑眼珠精神了不少，把腦袋伸到我臉龐下，不斷的蹭著我。

原來這種東西是可以治傷的。我不再猶豫，張開嘴，水草便掉到嘴中，我不敢太大力，輕輕的咀嚼著。水草比我想像中要容易咀嚼多了，一股清淡的醇酒味，很快瀰漫口腔，沁人心脾。

小龜瞪著眼睛望著我，天真的表情讓我忍俊不禁。

龜裂的經脈如同久旱逢甘霖，舒服得讓我忍不住呻吟出來。

費力的爬起身，盤腿做好運氣療傷。意識剛把內息引出丹田，突然記起剛才受傷就是因爲自己的內息做怪，我怎麼敢重蹈覆轍，趕緊引導著才出丹田不遠的內息重歸本體。

大大的喘了口氣，還好沒有再出差錯。忽然回味到剛才引導內息時非常順利，氣機溫和，沒有一點暴躁的跡象，只是不同往日的是，原來涼涼的內息變得溫溫的。

睜開眼睛無意識的望著遠方，心中回憶著頭腦裏淺薄的武學常識，內息涼呈陰屬性，內息熱呈陽屬性，怎麼會原本陰屬性的內息變得如此溫和呢，難道是被改變了屬性？

想來想去沒有頭緒，我決定親身再體驗一下，自己全新的內息。爲了保險起見，我又拿來一棵「九幽草」，細細的咀嚼吃進肚中。我開始冥想，等到思慮純淨，身無外物，意識慢慢的才沉進到丹田中。

小心翼翼的將內息引出來。陌生的內息像是一個乖寶寶，循規蹈矩的守著原有的經脈循環著，十八圈之後，經脈受的傷已讓溫熱的內息，再加上「九幽草」之功，好得七七八八了。

平常十八圈之後，我就有了力盡的感覺，不得不把內息導入丹田，如果強行爲之，醒來之後，意識會很累。

今次十八圈之後，我只是感到有些微微的疲勞，離平常的情況還差很遠。用意識駕馭內息在體內活動，尤其是療傷或者打通新的經脈，這可不是輕鬆的活。

比如駕馭飛馬狂奔的騎手，一段路程下來，不但飛馬很累，騎手也同樣不輕鬆。

所以現在修煉武學不但重視自身功力的增長，同樣很注重意識的提高。平常都會用冥想來提高自身的意識。

光靠打坐冥想來提高自身的意識是遠遠不夠的，這種單一的方法只能令意識緩慢的增長。另外一種方法就是和寵獸合體，長時間的合體能夠極快的提高人類意識力量的提高，但是也更累。

但是相反的，不是任何一個人都可以和高級的寵獸合體，畢竟護體寵不是奴隸寵所能比的，有很強大的攻擊力，和耐擊打能力。

更別說七級以上的高級神獸了，沒有極強的意識力，根本無法合體，想要如臂使指的熟練指揮寵獸，更是想也不要想。

兩者相輔相成，究竟哪一個更爲重要點，倒顯得曖昧了。

我駕馭著內息，一口氣在體內轉動了六十四圈才停下來，這時候我已經有點疲倦了。意識不再駕馭它，將其慢慢歸引回丹田儲存起來。

溫熱的內息濃度很高，以前的那股內息真是拍馬都不及，雖然濃度很高，運轉的速度卻仍可以與以前的並駕齊驅。

意識掃過以前那些貫通的經脈，個個圓潤、彈性十足，一點也不像受傷的樣子，受到衝擊的經脈都比以前擴大了不少。同時還讓我發現很多以前沒有貫通的經脈，現在也豁然開朗。

想來應是受到波及，被強行打開的，我應該是因禍得福了，讓我省了不少事，貫通一條全新的經脈是很累的，往往十天半個月都無法打通一條很短的經脈。

現在可好，一下子打通了這麼多，令我開心不已。

待我從入定中醒來，已經是晚上了，外面涼風徐徐，夜空下月華如水，星羅棋佈，濕潤的空氣令人精神一振。

沒想到，這一入定就是一個白天。奇怪的是，坐了一天竟沒有餓的感覺。懷中有個東西在蠕動，我啞然失笑，將賴在懷中的小龜給拿到手中，湊著月光，將目光放在小龜受傷的背殼上。

不知何時，那道裂縫現在只剩一條發白的痕跡，除此再也不見受傷的跡象。我湊到小龜腦袋前，低聲道：「你也會打坐療傷的嗎？謝謝你的水草了，不然主人現在可能仍躺著不能動彈呢。」

想起水草的神效，我起身往屋中走去，我要給小龜弄個水草大餐，及早把牠受的傷全部治好，不要留下什麼隱患。

走回屋中才發現，幾天前摘的水草，今天剩下的唯一兩棵，被我和小黑一人一棵，給分吃了。

感受著美麗的夜空，我突然興起夜晚水中摘草的念頭。

帶著照明設備，脫光身上的羈絆，就那麼光溜溜的一頭扎進河中，水中很暗，就著照明設施射出的光，周圍一尺的景物我仍能盡收眼底。

小龜四肢輪流擺動，姿勢優美之極，時而滑翔，時而擺動，調皮處臉朝上，背朝下，四肢滑動，像是在浴缸中的嬰兒般可愛。

看牠自娛自樂似的演繹著華爾滋的動人舞蹈，我好笑的緊隨著牠逐漸深入水草群中。

沉睡中的魚兒們，彷彿被不請自入的我倆給嚇到了，紛紛從藏身之所跑出來，在我們身邊倏地逃向遠處。

感到有些可笑，忽然莫名的有點不安，記起以前來的時候，這些安詳游動的魚兒就好像是自家後花園的蜜蜂，對我的出現理也不理。

086

前面的小龜也突然停了下來，懸浮在水中，警惕的望著幽黑的前方。我小心的將燈光加強在前方水草中，來回的逡巡著。

一個異物，以極快的速度從暗處突然閃動，出現在燈光的範圍中。

一條白蛇，體形不大，大概一米左右，尾部曲橫在身邊，使我想像到，牠剛才出現時的驚人速度，大概就是靠尾部的彈動力量，如上弦的快箭，行動時定是迅雷不及掩耳。

小龜顯得既害怕又興奮，四肢划水的速度越來越快。黑黑的眼珠眨也不眨的望著眼前的白蛇。

看著白蛇面對兩個敵人，仍是動也不動的沉著，我在心裏暗暗嘀咕著這肯定也是一條野寵。只是不知道會是幾級幾品的寵獸。

看牠的樣子，大概不會低給我的小黑龜。身長不長，應該不會是成年的野生寵獸。里威爺爺曾經說過，三級以上的野生寵物有很強大的攻擊力，比之四級低品的培育寵獸也毫不遜色。

以我現在的能力大概是打不過的，想到這心中有些打鼓，不過還是慶幸自己只是遇到一條未成年的三級寵獸，我們這邊有兩個，應該可以打得過的。

其實我猜的大概不差，這是一條野生的三級蛇類寵獸，只不過牠是一隻成了年的三級上品野寵，這可以從牠的純白皮色可以看出來。四級以下的蛇類寵獸由於天生的限制，身長無法增長到一米以外。

燈光中，白蛇的眼睛顯露出妖異的神色，珍珠般的皮色真的可愛至極。尾巴尖的部位，不停的抽打著。

小龜好像忍不住了，四肢突然飛快的撥動水流，我大吃一驚，小龜還是太嫩了，不是白蛇的對手，只看白蛇蓄勢以待的樣子，就知道牠比小龜技高一籌。小龜這一招我見過，牠父親就在我身上用過。

小龜屬於防禦性的寵獸，而白蛇才是攻擊性的寵獸，現在本末倒置，形勢不容樂觀。這麼多念頭於電光火石間一下子閃過。

一個水流漩渦很快形成，浮游物紛紛被捲進去，然後被強勁的水流絞得什麼也沒有了。水流漩渦徐徐的向白蛇移動過去。

這個漩渦的殺傷力還是非常大的，可惜缺憾也是顯而易見，只要在之前避開牠，逃出殺傷力範圍就可令漩渦無功而返。小龜還太小，力量有限，能發出這個已經很厲害了。

想當初，牠老爸就是突然在我的身下變出個漩渦出來。

白蛇望著慢慢移過來的漩渦，突然甩動尾巴，嗖的把身體拉得筆直，朝著漩渦飆射而來，就在我驚訝爲何牠要自投羅網的時候，白蛇毫無阻礙的一下子就從漩渦中橫穿過來。絲毫不受漩渦的影響。

我大吃一驚，白蛇來勢極快，根本令我無法出援手。小龜眼望著衝過來的白蛇倒顯得鎮定了，就在滿口白森森的牙齒出現在眼前的瞬間，突然張口吐出一個氣泡，氣泡一出來就迅速漲大，一下就把白蛇給包裹在其中。

白蛇爲之一頓，前衝的身體馬上慢下來，慢慢向上漂浮。甩起尾巴狠狠抽在氣泡上，氣泡卻沒有如牠所願被輕易擊破，仍是慢慢上浮。

氣泡破裂只是早晚之事，我不再遲疑，運氣於掌，抖手甩了出去，水流發出「砰」的悶響，水流沖天而起，再灑落回來，無數氣泡湧滿四周。

我沒想到，自己沒怎麼用力的一掌會有這種聲勢，困著白蛇的氣泡已破，白蛇也軟趴趴的浮在水中，不知道是被我震暈了，還是已經死了。

小龜歡叫一聲，飛快的游了過去。

白蛇被小龜咬著拖到了岸上，白蛇的身體入手發涼，剛才在河中沒發現，白蛇被我普普通通的一掌給震死。身體的柔韌度極佳，鱗片堅硬在光照下反射著濛濛的光暈。

小龜神情顯得很著急，張開嘴在蛇的頸下咬著，可是任牠怎麼努力的咬，蛇皮仍是不動分毫。我奇怪的看著牠，心中猜想可能是小龜想吃蛇肉吧。

我搓指成刀，運力在小龜撕咬的部位劃動，沒想到，這張蛇皮可真夠硬的，任我怎麼努力，也休想動牠一絲一分。徒勞了半天，我和小龜累得躺在地上呼呼的喘著氣。

小龜不甘心的胡亂在白蛇身上又咬了幾口。望著靜靜躺在地上的蛇屍，我回憶剛才我擊出那一掌的樣子，看了看自己的手，沒想到什麼時候自己有了這麼大的進步，竟然一掌就可以把這麼厲害的三級野寵給震死。可是爲什麼現在我運足了力氣，卻割不開牠的皮呢？

自己進步這麼大，可能和小龜吃的那種水草有關。

小龜突然快速的向河中爬去，撲通一聲沒入河中。我納悶的緊跟在後，也躍入水中。再次入水，心中格外小心。上一次是小黑的老爸那隻成年大龜，差點讓我掛了，還莫名其妙的讓我暈了好幾天。今天卻是突然出現一隻白蛇，要不是功力暴長，恐怕也得掛在河裏。

這條古老的河流，究竟還隱藏著什麼未知的危險還未可知，不小心點怎麼行。

小龜快速的在齊人高的水草群中穿梭著，不時的停下來，小腦袋往四周點點，這讓我想起大黑在嗅氣味的時候就是這個動作，難道小龜也是在嗅什麼東西嗎？

功力長了這麼多後，感覺連自己在水下憋氣的時間也長了很多，不需要頻繁的到水面換氣。我輕鬆的跟著小黑，不時的眼尖的發現了不少「九幽草」，順手採了過來。

小龜突然停下來嗅了嗅，飛快的向右前方游過去，東拐西彎轉了兩道彎，眼前赫然出現一個空出來的水草疊成的窩，兩枚蛋躺在窩中，四周的水草特別茂盛，在窩的周圍形成天然屏障，這裏水流平緩，流動緩慢，這可保水流不會把蛋給沖走。

還在我愣神的當兒，小龜「吱」的衝了下去，爬上窩中，一口吞下其中一個蛋，我看著蛋在小龜的喉嚨裏慢慢的往下滑。小黑的猴急樣真是好笑。

這應該是那條白蛇的蛋。這裏是白蛇的勢力範圍，大概是發現了我們，尤其是小龜這個天敵，以爲我們要對牠的蛋不利，才衝了出來，只是沒想到，會意外的被我給幹掉。

在小龜下口之前，我搶先一步，把剩下的另一枚蛋給搶在手中。這種蛋很珍貴的，讓小龜吃了真是可惜了。

小龜吃了口中的那一枚蛋，眼看我把那枚蛋拿在懷裏，愣了一下，不知道我爲什麼要把蛋拿走不讓牠吃，接著迅速游到我臉前，眼巴巴的望著我，用牠那滑膩膩的小腦袋在我鼻子上蹭。

我好笑的把牠捧在懷中，游上岸，看著牠道：「小黑乖，你知道嗎，這可是很珍貴的喲，你已經吃了一枚，這枚不准吃了。」

其實我心裏是想把這枚蛋送給凝翠的，她從我這兒沒有得到小龜，肯定不會甘心的，我很清楚她的個性，雖然她這一個月都沒有來找我麻煩，但是我確定她不會這麼輕易放棄的。這下可好，把這枚珍貴的蛇蛋給她，她應該沒有什麼話說了吧。

小龜看在我這得不到想要的東西，卻看見了我採摘的大量新鮮的「九幽草」，頓時來了精神，歪著頭吃了兩根，然後突然不動的趴在那兒。

我感覺有些不對勁，月光明亮如雪，照在小黑的背上，我驚奇的發現牠竟然又開始長了，身體緩慢的膨脹著，黑油油的顏色愈發的黑亮，細細的看去，背殼上的紋路隨著體形的長大也越來越細密。

我走上一步，才發現原來那些並不是紋路，而是類似鱗片的東西，細小看起來很柔軟，短小的四肢竟然伸出鋒銳的刀甲。

事實上，這個時候是小龜正由三級向更高階進化。很多事現在的我都不明白，幾個月後，才真正的明白今天發生的事。

理論上，一個寵獸向上一階進化是可能的，但是在現實中卻很困難，小龜在短短的月餘時間就能夠進化，和我是密不可分的。

先是，「九幽草」之功能讓牠能夠快速發育，其次每次練功的時候把牠抱在懷中，令牠從我這得到不少好處，爲牠的進化打下了堅實基礎。關鍵的是那枚白蛇的蛋。

本來白蛇頷下的那枚經年累月形成的血精也可以令牠快速進化，可惜白蛇那身皮鱗委實堅不可摧。所以小龜退而求次。白蛇一旦生命消逝，身上的鱗皮卻變得更加柔韌，堅硬牢不可破，這是最上等的護甲材料，千金難求。

進化後的小黑突然吐出一個彈丸大小的東西，瑩黃可愛，放著圈圈的淡淡黃芒，吞吐了幾下又吸回了腹中。

回到家中，望著如磨盤大小的小黑，撓了撓頭想，以後可能不能再稱牠是小龜了，沒想到吃了一個蛋就長大成這個樣，突然想到一件事，拍牠的腦袋道：「你太大了，以後不准再爬到我身上了。」

小龜似懂非懂的對我點點頭，看來小龜雖然身體長大了，心理上可沒有跟著成熟。

已經是深夜，可能快要天亮了，我漸漸有點疲乏，把蛇蛋放好，躺在床上，不大會就熟熟的睡了過去。

拂曉的時候，我耳邊突然傳來悉悉的聲音，好像是破蛋聲，想到這，本來還不太清醒的神經一下子清醒了。

原來放龜蛋的那個盒子裏，蛇蛋頂部已經裂了個口子，一隻蛇的腦袋鑽了出來，只是就那麼卡在那兒，卻不再往外鑽了，好像很害怕的樣子，我往旁邊望去，卻見小黑竟然瞪大了眼睛望著牠。

我不禁爲之莞爾，怪不得小蛇不敢動呢，蛇龜天生便是夙敵，有小黑注視著，小蛇當然是動也不敢動。

我笑罵了小黑一聲，小黑無辜地瞅著我，不知道爲什麼我要罵牠。伸手把蛋拿到手中，小蛇眼見脫離了危險，滑溜的身軀陡然的從蛋殼中鑽出，順著手臂爬到我身上，居高臨下的望著令牠感到恐懼的小黑。

我愛憐的摸了摸小蛇的腦袋，心中嘆了口氣，「唉，真是沒辦法，誰想到這麼快小蛇就孵了出來，這下子可好，都認了主，還怎麼送出去。」

心中惴惴的又過了數天，天色漸暖，河邊一派欣欣向榮，草木旺盛的生長起來，各色昆蟲也逐漸的多了起來。

自從那天過後，小黑的胃口越來越大，現在我已經任由牠下水自己找東西吃了，很奇怪，小白蛇跟小黑吃的東西差不多，平常沒事的時候總是纏在我的手腕上。

「九曲十八彎」的功法也比往日修煉得更勤了。那天見識過自己增長的實力，更是倍增對家傳功法的信心，我還不知道，憑我現在的功力，就是和村長里威爺爺相比，也差不了多少。同一輩中，更是沒人是我敵手。

這天剛練功結束，就聽到一個粗豪的聲音，「小天，叔叔來看你來了。」

我一聽這個聲音馬上就知道這是三叔來了，三叔生活在方舟星，離地球最遠，卻是第一個到的。

忽然又一個聲音傳來：「老三，你也到了，讓你搶先一步。」

三叔聽見聲音高興的道：「原來是二哥，怎麼一個人，四弟呢，四弟不是一向和你同來同往的嗎？」

二叔笑了一聲道：「老四那邊有些事脫不開身，我就一個人來了。」

三叔聽了有些不高興，沉聲道：「什麼事比來這看五弟的孩子重要，難道他不知道今年是『九曲十八彎』功法第一劫的時間。」

我抬頭望著天空，卻看不到一個人影，每次他們都是從天而降，而且並沒有使用寵獸來御空飛行，而是全憑個人修爲而爲之，真是駭世驚俗。現在只聽聲音見不到人，恐怕也是在使用什麼我不知道的功法吧。

這時候突然一個威嚴的聲音伴隨著破空聲而至：「小天，一年不見，長高了不少。」

「義父！」看清來人，我叫了一聲迎上去，義父的修爲在幾人中是最高的，後發而先至。義父面相威嚴，仙風道骨，一襲丹青色的長衣，在微風中飄飄欲仙。

義父笑著拍拍我的肩膀，然後別轉頭對著空中道：「老三，你不要怪老四，這事我知道，並非是他不來，確實有事脫不開身，再者雖說這『九曲十八彎』了得，但是我們幾個人爲小天護航已經夠了，老四來不了也無妨大礙。」

三叔見義父也爲四叔說話，頓時不吱聲了，二叔又道：「來的時候，老四托我帶來了魚皮蛇紋刀，說是送給小天作爲他成人的禮物。」

三叔聽到他這麼一說，哼了一聲便不再說話。

過了半晌，義父道：「你兩位叔叔到了。」

我睜大眼睛望著天邊，過了一會兒，遠遠的看見一個虛影破雲穿空而來，速度之快只比義父稍差，眨眼的工夫，分別是兩聲刺耳的響聲，二叔和三叔不分先後的分別從兩個方向凌空虛渡而至。

三人功力之高，真可謂是曠古爍今，無人可比。

三叔腳尖點地，輕巧的落在我面前，動作自然，卻自有一股子霸氣，二叔姿態瀟灑，動作輕盈不帶一絲火氣，炯炯神光，一看就知道是睿智之人。

我開心的迎上去道：「二叔，三叔你們又來看天兒了。」父親母親先後過世，父親這幫子結拜兄弟現在可以說是我最親的親人了，看到他們接踵而至，心中滿是喜悅。

二叔首先開口道：「小天，這次你四叔有事來不了，你可不要怪你四叔，你四叔說了這次事情一了，讓你去他那玩。」說著遞出一把彎刀，精巧細緻，巴掌大小，裝在一個古樸的刀鞘中。接著道：「小天，這是你四叔送你的禮物——魚皮蛇紋刀。」

我趕忙伸手接了過來，刀柄入手，一股子陰冷的氣息順著手臂直躥了上來，我「啊」的叫了一聲，這把刀還真是邪門，差點讓我把刀給拋出去。

冷氣源源不絕，沁透我七經八脈，全身猶如浸入萬年冰河，直入骨髓。幾秒鐘後，手已經握不住了，血液有凍僵的趨勢。我哆嗦了一下，正想把刀還給二叔。丹田中那股溫熱的內息，呼的全體出動，雖然沒有意識的知道，卻彷彿有了靈性般穿越全身經脈。

冷氣由外及內，熱氣由內及外，冷熱交匯卻化為一股子涼暈暈的氣息遊走在各大經脈，身體有種說不出的舒坦。

二叔發出「咦」的一聲，狀甚驚訝。

我沉浸在舒服中，沒有注意到二叔他們驚訝的表情。

二叔這時候忽然道：「這把刀是你四叔的寶貝，採用百年寒鐵混合千年雪魄，整整鍛煉了一年的時間，才基本成型，又用了兩年的時間採集了百種異草和百斤白金，其中更添加了一個五級中品的野龍綠蛇修煉的精魄，混合一隻四級上品的龍紋魚精血，再用本身的真火焚燒了一個月，這才真正的完成。這把刀可大可小，大可至數米，小可至巴掌般，由於其中有寒鐵與雪魄功力低一點的人，拿都拿不穩，用來封印自己的寵獸，更可以讓寵獸得到意想不到的好處。刀本身由白金為體，可說是無堅不摧，功力高深者，一刀在手可催發無形刀罡，端的是萬夫莫敵。」

我一邊聽二叔說刀的來歷，一邊徐徐的把刀身抽出。刀身出鞘的剎那，腦中突然響起若有似無的蜂鳴。

刀身在陽光的照耀下，放射著刺眼的五彩毫光，刀刃薄如紙張，雪白無瑕，刀身猶若活物，螢光流轉彷彿水在流動。

在我驚訝天下竟然還可有這種寶物的時候，一直匍匐在我身上的小蛇，尾巴凝動，快若閃電，直奔刀身，皎潔的身軀在刀身上扭動，狀甚歡娛，久久不肯離去。

三叔脫口道：「野生寵獸，還是陰性白蛇，真是好東西。」

義父輕輕拂了下頷下的美髯鬚，哈哈笑了聲道：「真是沒想到，今天小天給咱們的驚喜還真多啊。」

二叔也看著我微微的笑道：「是啊，沒料到，小天不但已經過了『九曲十八彎』的第一劫，功力飛升，而且龍丹也在逐漸甦醒，更是得到珍貴的野生白蛇寵獸。」

三叔拍拍我的腦袋道：「好小子，還有什麼讓我們驚訝的，一併都拿出來吧。」

被幾人一說，我頓時有點不好意思，羞赧的道：「三叔，天兒哪有什麼隱瞞您的。」

說著就把這幾天發生的事都一一的說給幾位長輩聽。

義父聽完哈哈笑道：「怪不得，你知道嗎，義父傳你的這套功法，是你家祖傳，可以說是天下最神奇的功法。練到盡頭可奪天地之造化，移山倒海，上天入地無所不能。此功法初練時，並無任何威力，原因在於這個神奇的功法有十八劫，每過一劫，功力便會暴增數倍，就因爲如此霸道，所以前八年你每年的勤修苦練都用來改造你經脈，這樣每次功力暴增你才能承受而不至於經脈爆裂。這『九曲十八彎』，每一曲有兩劫，第一曲得要八年，此後每一曲逐年遞減，練此功法初時無法和寵獸合體，因為合體後，寵獸需要你體內的精氣供應，但是你自己改造經脈都還嫌不夠，哪有剩餘分給寵獸。當你度過改造期，便可以了。」

原來如此，聽義父說了半天，我總算是明白了，以前不解的地方，現在終於豁然開朗。前兩天差點死了的那次，就是我度過的第一劫。所以之後功力暴長。

第四章　百鳥朝鳳圖

按照義父所說，「九曲十八彎」的功法奪天地造化。一般人修煉，按照本身的屬性修煉或陰性或者火屬性的功法，只有等到爐火純青再有巧合的機緣，才能陰陽互轉。

再或者一直等到功參造化之時，才能由陰轉陽，陰陽同體。而我練的這個功法，第一曲之前，按照本身的屬性修煉內息，等到你安然度過第一曲之後就會強行逆轉本身的屬性，將本身固有的屬性內息轉化為相反的屬性。

這樣一來，我就可以比別人更早更容易修煉到陰陽同體的無上境界，而且不需要任何機緣，只要按部就班的修煉就可以達到。無怪義父給「九曲十八彎」這麼高的評價。

要知道陰陽同體，很多人練到老死仍是只能望洋興嘆。

忽然，三叔雙手放出柔和的白光，籠罩在盤繞在刀身上的小白蛇，白光過後，小白蛇也隨之消失不見了。

我愣了一愣，望著三叔道：「三叔，我的小白蛇呢？」

二叔笑罵道：「三弟，你還是這麼急性子，武道修煉到你這種程度，竟然急性子的毛病還沒變，真是難能可貴了。」頓了頓，轉頭向我道：「別擔心，你三叔把你的白蛇給封到刀中了。」

我大駭道：「三叔，小蛇是今天早上才孵化的，還沒到能夠封印的年齡。」

三叔先是尷尬的一笑道：「你還不相信你三叔嗎，這把刀可不是一般的刀，其中更含有綠蛇一生的精華，對你的小白蛇有無上的好處，不過牠還是太小了，所以不能長時間待在裏面，每過幾天要把牠放出來吃點東西，就餵你那個『九幽草』，這樣能更快的促進牠的進化。」

二叔悠然的對義父道：「咱們的天兒還真是個福星，野寵，九幽草，此都不可多得之物，世人尋覓一世尙不可得，他卻一股腦的都弄到手了。」

義父平靜地道：「天兒乃是有緣之人，五弟在天之靈該安慰了。」

三叔見義父提到了父親，頓時眼睛濕潤起來，我看得出，三叔是性情中人。

三叔聲音有些沙啞，道：「唉，五弟要是在就好了，當年一起屠龍，數五弟修爲最高，要不是爲了我們幾人，五弟怎麼會被毒龍給……唉……」

二叔也嘆了口氣道：「往事不可回首，都怪我們當時太自信了，否則五弟也不會爲了救我們白白賠了性命。」

義父悵然若失，清臒的臉龐寫著淡淡的哀傷，半晌始道：「這些過去的事就不提了，現在最重要的是把天兒這個可憐的孩子好好培養成人，弟妹一死，現在我們是天兒唯一的親人了。」

三叔虎淚斑斑，道：「弟妹人好，不計較我們，臨死之前的唯一一個願望就是讓我們照顧天兒，我就是拚了這條命，也要幫天兒成為天下最偉大的武道家。我決定了，我要把我一身的煉器本領全部傳給天兒。」

就連義父那麼處世不驚的性格都被震驚了，瞪著他道：「三弟，你可想好了，煉器之學是你獨門絕學，一脈相承，你不要意氣用事。」

三叔這時收拾情懷，神色平靜地道：「我家那個臭小子，成天不務正業，對我煉器的本領一點興趣都沒有，我看我要是不再找個傳人，遲早這門絕學會喪在我手裏。你們說，要找傳人還有比天兒更合適的嗎？」

二叔神色有點尷尬的拿出一個漂亮的錦囊，仲手在錦囊中掏出幾粒藥丸，藥丸絲毫不起眼，只是氣味清香誘人，不知為何物。

三叔看見二叔拿出來的藥丸，驚道：「造化清丹！這可是很難提煉的。」

二叔道：「本來我煉了幾味藥，正好供天兒此次度第一道劫用的，現在用不上了，劫都度了，這藥丸還有什麼用處。」

我忙上前從二叔手中接過那幾枚藥丸，謝道：「多謝二叔，這幾粒藥丸天兒收下了，天兒還有很多次劫要度的，下次用好了。」

二叔看我這樣更是不好意思，道：「傻孩子，每段時期所要用的藥丸都不同，這幾粒可以說對你毫無益處了。」

聽他這麼說，倒輪到我尷尬了，真是不懂裝懂。二叔咬牙道：「罷了，你三叔這麼大方，如果二叔不拿點東西出來，一輩子在你三叔面前抬不起頭來。我就將我畢生的煉丹心得傳給你。」

雖然不知道這些東西對我有什麼用處，但是看二叔和三叔慎重的樣子，我就曉得這一定非常珍貴。

義父看起來非常開心，道：「你們真是可夠大方的，一個把自己祖傳絕學不傳給自己兒子都傳給小天，另一個門下弟子千人，竟也把鎮派的絕學傳給小天，小天福分可真夠大的，可是這樣一來，你們讓我這個作大哥的，拿什麼送人？」

我道：「義父，天兒不要你東西，二叔和三叔已經送了這麼多珍貴的東西，孩兒學都學不過來，哪還有時間學義父的東西。」

義父拂著鬍鬚道：「你不要義父也要送給你，這次再和你分開，我要拋卻塵世，專一武道最高境界，何時再見真的是遙遙無期。」

二叔和三叔大概也是第一次聽到義父宣佈這個消息，齊齊動容道：「大哥，你要閉關嗎？我們五兄弟現在只剩四人，你再閉關就只剩下我們弟兄三人了。」

義父先是慈愛的看了我一眼，接著望著二叔和三叔道：「這事我已經決定了，你們不用勸我。天道雖難尋，卻非不可尋，近些年靜心參悟，已經有所收獲。我唯一割捨不下的就是天兒，天兒安然度過第一曲的第一劫，我就放心了，雖然是神功剛有小乘境界，但天下亦可去得了。世上無不散之筵席，你們也應該放下手中俗事了，我們兄弟哪一個不是活了一百多年，哪一個不是一方霸主，稱雄天下多年，權利、金錢、美女也早應該參透了。該是時候放下了。潛心修煉，或許我們幾兄弟在幾百年後尚能相聚，否則真的就是遙遙無期了。」

二叔和三叔被義父一番話鎮呆在當場，半晌說不出一句話來。只是這個時候我還不能完全明白義父話中的意思。只不過在不多久後，四大星球相繼聲明當世四大聖者，方舟星球的「化天王」，夢幻星的「虎王」，后羿星的「鷹王」和「力王」相繼宣佈歸隱。

剛平靜了百年多的四大星球，由於四大最強者的歸隱，再沒有實力相當的強者的牽制，再次陷入動盪。

世人沒有幾人知道，四大星球最強的四聖者原本是結拜兄弟，更沒有人知道，未來的混亂只是因爲，今天化天王由感而發的幾句話。

本來地球在四大聖者中沒有一個人，所以四大聖者宣佈歸隱並從此消失以後，基本上沒有受到什麼影響。而最受影響的就是后羿星了，一下就喪失了兩個最強的人。而且隨著鷹王一塊消失的還有鷹王一手創建的「洗武堂」。所以后羿星在四大星球中實力大減，還好有力王的「崑崙武道」這個四大星球最知名的武道最高學府撐著場面。

義父看了看若有所悟的兩個兄弟，和藹的笑臉轉向我道：「天兒，我們到河邊走走，讓你兩個叔叔在這靜靜吧。」

我點點頭默默的跟在義父身後，來到河邊，靈潔清澄的溪水潺潺激蕩亂石，傳出喧鬧水聲，兩旁植物愈發旺盛，顯出一片生機勃勃。

義父雙目透出神光，望著無邊的天際，悠然的聲音似小橋流水從義父嘴邊緩緩流淌出，「天兒，義父本來此次打算和你三叔、二叔之力幫你度過第一曲的第一劫和第二劫，不過看到你後，我卻改變了主意，你可知爲什麼？」

望著有點出神的義父，我感到有點莫名其妙，愣愣的搖了搖頭，不知道該說什麼。

義父道：「九曲神功乃是天下第一神功，自然也不會那麼容易就能練成功，這最難的就是第一曲的第一劫屬性逆轉，如果一旦失敗，就等於是廢人一個，此生再也無法修煉了。所以我和你的幾個叔叔才非常緊張，只是出乎我們意料的，你竟然獨自一個人安然度過，實在讓我們吃驚但更令我們幾人欣慰。以後每一曲的兩劫仍然危險異常，只是就算失敗了本人也能安然無恙，不過，你的神功再也不會有一點提升，直到死的那一天也只能停留到當時的程度，難有寸進。」

嘆了口氣，好像是感嘆神功的奇特，頓了頓又道：「你是五弟唯一的血脈，我們幾個一定要負責到底，只是我們幾個老不死的雖然沒有五弟的通天本領，但是保護你長大也只是舉手之功，不過這樣一來，卻掩蓋了你自身的光芒。有句古話說得好，兒孫自有兒孫福，既然你有能力度過最艱難的第一劫，便也可以度過第二劫。」

我有點明白的點了點頭。

義父雖然沒有回頭看我，但仍感應到我點頭的動作，欣慰地道：「你明白就好。義父此次回去，恐怕很難再出現在俗世之中。你的路還有很長，義父不能再幫你了，你幾個叔叔恐怕也會不久跟著義父一塊追求武道的最高境界，不再問世事了。」

和幾個叔叔雖然相處時間不長，卻很清晰的感覺到他們對我的愛護和關懷，現在聽到不久後他們幾人就都再也見不著了，心裏一酸，眼眶不禁有些濕潤，哽咽道：「以後真的再也見不到義父了嗎？」

義父哈哈笑道：「傻孩子，不是真的見不到了，只是會在很長一段時間見不到了，如果有一天你把『九曲十八彎』神功練到大乘境界，或許我們還能相見。」

我嗚咽地道：「義父放心，天兒一定會努力的。」

義父摸摸我的頭，忽然道：「你看，光顧說話，倒把正經事給忘了，這枚烏金戒指送給你了。」

我伸手接過來，一股火熱的氣勁「轟」的衝進身體，和體內的陽屬性內息相得益彰，令我一陣的舒服。

義父看我享受的樣兒，呵呵笑道：「這是義父歸隱前送給你最後的禮物了。這枚不起眼的戒指，是當今最高科技研發出來的，可裝百物，與另一個空間相通，這個空間完全屬於你。大可裝江河，小可裝芥子，此物予人金銀之感，實則非金非銀，乃是一種奇怪的玉質，經過你三叔的鍛煉，取火之精魄以我的三昧之火爲引，地心之火爲心鍛煉百天，才形成這枚戒指。堅愈金剛，剛好你的屬性轉化爲火屬性，這枚戒指對你有很大的裨益。」

聽到有這麼大好處，我期期艾艾的想收下來，又有點不好意思，已經收了三叔和二叔這麼多好處，我本不想收義父的東西的，只是聽義父說得這麼好，突然起了一些貪心。

義父看我的樣子，大笑兩聲道：「男子漢大丈夫，何必扭扭捏捏，義父只有你這麼一個義子，有什麼不好意思的，只管收下，再說這種東西對義父已經無甚大用，收下吧。」

被義父說得臉色微紅，將戒指套在手上，老實的站在旁邊。

義父道：「天兒，你什麼都好，就是這個性格實在有點柔弱，大丈夫處世，當任性而爲，只要不愧本心，又有何不可呢。」

義父臉上忽而現出淡淡的哀傷，道：「你知道你母親爲什麼很早就給你定了一門並不適合你的親事嗎？」

我大爲訝異，原來這其中還有蹊蹺，搖搖頭望著義父，等他說出答案。

「弟妹就是太擔心你陰柔的性格，怕你過不了第一曲第一劫的屬性轉變。所以定了這門親事，」說到這，義父語氣中充滿了笑意，「聽說你那個未過門的媳婦是個悍婦。」

我尷尬的應了聲。

義父接著道：「弟妹想用她來刺激你，轉變你柔弱的性格，好幫助你度過第一曲第一劫，當真是用心良苦啊。」

我大爲驚訝，不知道，一門親事背後竟然還有這麼多潛藏的秘密。

義父道：「弟妹本也沒想到爲你訂一門你不喜歡的親事，既然你已度了第一劫，明天義父做主，到你媳婦家把這門親事給取消了。我的天兒乃是好男兒，以後還要作一番驚天偉業出來，怎能讓這種事給拖累了，何況她如何配得上我的天兒。」

我沒料到義父會說出這樣一番話來，深刻體會到義父他老人家對我的寵愛和寄予的深厚希望。

學義父般望向天邊，只感覺一番熱血沸騰，暗暗發誓要作出一點樣子出來，不要讓幾位老人家丟臉。

義父道：「天兒，我們走後，你去后羿星去一下，到你四叔那裏，你四叔會安排你進入『崑崙武道』，系統的掌握一些基本武道知識。到了你四叔那裏，就跟在家一樣，有什麼事只管跟你四叔說，他會幫你的。」

我應了聲，接著問道：「義父，這個崑崙武道，和地球上的北斗武道，哪一個更厲害？」

義父開心的大笑道：「北斗武道只是地球最厲害的武道學府，但是崑崙武道是四大星球最厲害的武道學府，你說哪一個更厲害？」

沒想到北斗武道比崑崙武道差了這麼多，暗罵自己眼界太淺，真應該出去見識一番，很久沒看到四叔了，趁四叔沒和義父一樣歸隱之前看看他，不然就可能再也見不到了。

等我和義父回到家，二叔和三叔早就做好了中飯，香噴噴的飯香，惹得我垂涎欲滴。

二叔招呼我道：「天兒，坐過來，吃飯吧。」

我有點羞赧的道：「應該天兒做飯的，倒讓兩位叔叔給天兒做飯了。」

三叔端上最後一道菜道：「這也是我和你二叔在塵世中做最後一次飯了，」邊夾了一條魚放到我的碗中邊道：「來，嘗嘗三叔的手藝。大哥我和二哥也想開了，此番回去，交代一番，就隨大哥一起閉關追求武道最高境界，這個世界應該是年輕人的了，我們這幾個老不死的占著位置太長時間了，早該讓出來了，想來我們幾人退出後，世界會變得熱鬧起來的。哈哈。」

二叔也跟著笑道：「天道便是這麼回事，否極泰來，盛極必衰，世界安靜太長時間了，也該熱鬧熱鬧了。」

杯來盞去，一頓飯吃完已經是傍晚時分。看得出義父幾人今天心情特別好。

飯後，二叔開始傳我他的煉丹之術，煉丹之術博大精深，牽扯範圍極廣，很多東西，我都無法理解。還好二叔只是先傳我煉丹的基礎，只是雖然是基礎，仍是讓我頭疼不已，光是記憶那些成千上萬的草藥名稱和形狀，就已經讓我叫苦不堪，更別說草藥的藥性。

一個晚上下來，記得頭暈腦漲，等到第二天竟然忘了個精光。義父幾人看著我的苦瓜臉，出乎我意料的沒有責罵我，幾人同時哈哈大笑，開心不已。

二叔笑著道：「天兒，煉丹雖然很好玩，記這些藥名和藥性卻最是煩瑣要命，想當年我也是這麼過來的，只要記得多看得多，自然就會記得了。」說著拿出一個晶片遞給我道，「我畢生的經驗都在這個晶片中，以後你需要什麼都可以在這裏查到。現在你只需記住一些煉丹的基礎和原理，再來我會告訴你一些對你有用的丹藥的製作之法，以後只需找到煉製丹藥的材料，就可以自己動手煉製了。」

我點頭稱是，接過晶片放進烏金戒指中。心道，這還差不多，不然光是那些藥名就夠記一年的。

三叔用二叔傳我煉丹術的時間，將我得到的那條已經死了的白蛇給我煉製了一副護臂，套在小臂上。

白色護臂的柔軟度極佳，一點也不影響手臂的活動，蛇皮上的鱗甲如絲般柔軟，三叔告訴我，這副護臂只要加入自己的內息，就會自動把手包裹在內，形成一個靈活的雙手武器，這時候鱗甲就會伸出有兩釐米左右，鋒利堅硬，可碎金斷玉。可攻可防，端的是了不得。

俗話說，山水相連。離我們村不遠的地方也有一個村落，我們靠水吃水，他們則靠著大山的養育也傳了很多代。

平時兩個村子也很少往來，但是每年總有那麼幾次較大的聚會，人們也就利用這種時候來交換貨物，而年輕人們則趁此良機尋找自己中意的配偶。

二叔給我講煉丹術也有七八天的樣子了，今天突然要帶我上山實地觀察一些植物，說是只有在實踐中，才能有更深的體會，記憶也才會更牢靠。於是，今天很早，我和二叔就出發了。

二叔沒有如同往常那般，御氣而行。御氣術縱橫天地間，千里之路，也不過數息之間即可達到。二叔傳了我一套輕身功夫，因爲我雖然功力大進，但是也只限於內息的增加，外在的一些運用技巧尙差很多。

邊走邊學，百里路程竟也走了許久。

二叔傳我的這套功夫並無名稱，乃是他自己在很久以前功力未達御氣飛行而總結經驗創出來的一套功法，比之在民間流傳已久的「八步趕蟬」、「踏雪無痕」要快上許多。

其實這套功法著實有投機之嫌，是駕馭流動的空氣來達到飛行的效果。如果遇上逆風便不靈光了。雖說有取巧的嫌疑，但是如果本身對外界沒有很靈敏的觸覺，和較深厚的功力便沒辦法使用。

我從小在深山中長大，心志淳樸，接近大自然，心靈最是靈動，六識也非常靈敏，所以在二叔諄諄的教誨下，不多久竟也學上手了，只是尙不是很熟悉，御風之時，時高時低，搖晃不停，在捕捉到風的微妙變化時，不能及時隨著改變。

不過這樣，二叔也很開心了，畢竟看到自己一手創造的功夫有了傳人，當然很欣慰。

我們所要去的地方，只是整個山脈群的一部分。由三座山峰組成，遠遠看去，三座山彷彿三隻壽龜頭背交接，其中最中間的那座山較其他兩座要高，約二三千的高度，一道山泉從上筆直流下。所以這裏的人又管這三座山叫做三龜戲水。

其上山峰連綿，雲凝碧漢，青松蒼鬱，枝虬剛毅挺拔，千姿百態；煙雲翻飛虛無縹緲，波瀾起伏，浩瀚似海；巧石星羅棋佈，競相崛起，站在山腳，一條似有若無的山路，蜿蜒盤旋直達山頂。兩旁樹林鬱鬱蔥蔥，更有存活幾十年的樹木，撐天蔽日，直插雲霄。

可能這裏很少有人來，走到不到三分之一的路程，狹窄的山路已經完全被草木藤蔓給掩蓋，地面鋪滿了樹葉松針，厚厚的一層，不時有松鼠靈巧的在上面閃跳。

再往上，大概山腰的位置，倏地豁然開朗，一大片桃林出現在眼前，桃花朵朵綻放爭豔，處處鳥語花香，數十種不知名的豔麗彩蝶滿天紛飛，一群的大小獼猴活蹦亂跳，尙有不少溫順的食草動物安詳的吃著嫩草，見到我們突然出現也不爲所動，等到我們接近時，才忽然一下子跑開，警戒的望著我們。

二叔道：「這裏的藥草太稀鬆平常，沒有什麼出奇的地方，更煉不出什麼珍貴的丹丸。不過你認識一下也好。」

其實，這只是二叔的眼界太高，一路走來，二叔給我指出了近百種各式藥草，形狀千奇百怪，味道也是獨特怪異，或是隱藏在草群中，或是攀爬在藤蔓上，或是寄居在朽木中，或是一枝獨秀亭亭玉立於鳥窩。而他們的藥性更是讓我匪夷所思，有補血的，有養氣的，或強身，或潤喉，更有見血封喉的毒藥草。其中有七十種我都是聞所未聞，端的是讓我長了不少見識。

在二叔的指點下，我倒是收獲頗豐，收集了近百株藥草，心中已有所打算，準備回去親自動手煉幾爐丹藥出來。二叔說這些藥對我度劫已經沒有用處了。其實我是打算煉些治療傷勢的藥丸，那天度第一劫時的慘相，我還歷歷在目，要不是小黑幫我，我還不知道是死是活呢！要是有這麼些樣的藥丸，可以暫時壓制傷勢，我也不用那麼慘了。

況且傳我的煉丹心得裏面有說一些特殊丹藥的煉製方法，這種丹藥不是人吃的，而是給寵獸吃的，能在一定程度上，提高牠們的級別。但是也只限於在一定程度上，到了一定的級別就不可能在提升了。

剛才收集到幾味藥，剛好可以和「九幽草」配合煉製一爐「黑獸丸」的藥丸，可以在百天之內將寵獸提高一個級別。而且對寵獸有很強的療傷功能，珍貴異常。

時間已經接近正午，太陽透過濃密的枝葉射入一道道光束，斑駁的光點在大片的樹蔭中煞是好看。

二叔功力通神，可以幾日不吃不喝。我卻餓得不行，從早上到現在消耗了很大的體力和內息，二叔很體諒我的，找了一片空曠乾燥的地方休息，順便就地取材，挖了一些草藥，摘了一些鮮嫩的不知名野果遞給我吃。

我早已餓得不行，先謝過二叔，便狼吞虎嚥的吃得不亦樂乎。邊吃的當中，二叔還不忘向我灌輸藥理知識。通過一早上的身體力行，自己對這些的生長地，以及形狀樣貌有了更深刻的體會，不會犯錯把毒藥當良藥的低級錯誤。

野果草藥吃入嘴中，清爽可口，液汁多而香甜，雖偶有草藥腥澀淡苦，但是吞入腹中竟有股股清香傳出，縈繞在口舌間，真是口齒留香，餘韻不絕，別具獨特的誘惑，使我對丹藥術更添興趣。

吃完一堆，腹中已有飽意，但是腦中有股貪念，仍讓我戀戀不捨，使我感覺如果不再吃上十粒二十粒實在乃一大憾事。

二叔在一邊看得很真切，含笑道：「你可看到，我剛才從哪些地方獲得這些東西？」我臉色一紅，搖了搖頭，剛才只顧著吃，倒是真的沒有注意。

二叔道：「野果乃是大自然賜給萬物生靈的，是令牠們活命生長的根本，所以這些東西都長在一些很顯眼的地方，以便動物採摘，像這般大森林，可以說俯拾皆是。可是如草藥之類的東西，是大自然的額外恩賜，那就要花一些氣力，有一定的經驗才能夠找得到它們生長的地方，不過通常這些地方也很難找到。」

說著話，二叔突然伸手插入土中，入土及臂的位置，等到把手縮回的時候，手中已經多了一樣東西，赫然是我剛才吃的那堆草藥中的一種。

我瞠目結舌的望著二叔，心中佩服得實在是五體投地。

二叔哈哈一笑道：「些微本事，不值一提，這些都是你二叔我剛走出師門時，所積累的經驗，只要你將我留給你的晶片中的東西，學得二成，這些東西你便看不上眼了。」

我敬佩地道：「二叔，這麼珍貴的東西，你送給天兒，天兒實在是有些承受不起。」

二叔道：「傻孩子，你是二叔最親近的人，二叔無子無女，不把好東西留給你，難道讓二叔帶到棺材裏嗎。只要天兒能夠好好參悟二叔留給你的百草經，我就會很開心了。」

我點了點頭，道：「原來是叫百草經，嗯，這個名字蠻好聽的。」

學著二叔的經驗，不多會兒，我也找了不少的草藥回來，坐在地上，大口的咀嚼，吃得津津有味。

二叔慈愛的望著我道：「天兒，這些東西雖然寶貴，對人的身體亦有很大的好處，但是過猶不及，如果一次吃很多，同樣會對身體造成傷害。所以切記不可貪吃。」

我大口大口的吃得正興奮呢，忽然聽到二叔說出這麼一句話，馬上尷尬的停住，不敢再吃。

二叔看著我想吃又不敢吃的模樣，不禁莞爾道：「二叔不是不讓你吃，而是給你忠告。你現在的情況不同，所以二叔沒有阻止你，本來以你的情況來說，要再經過一段時間的積累，才能夠度第一劫，但是你卻由於意外的情況吸收了小黑身上的內息，提前引起體內龍丹力量的甦醒，雖然當年一整顆龍丹被你父親的寵獸大黑狗吞了一半，但是在你體內的另一半龍丹的力量亦是非同小可，在龍丹的力量下，逆轉屬性改造經脈被強行施展，沒有達到水到渠成的功效，現在你雖然安全度過了，但亦留下了後遺症，經脈受創，枯燥缺乏彈性，無法再經受很快就要到來的第二劫的衝擊。」

竟然這麼可怕，我大駭道：「那怎麼辦，那這樣講，我很難度過嘍？」

二叔微微搖頭道：「有二叔在這，哪有這麼容易死的。由於你現在屬性轉陽，對恢復經脈並無多大益處，所以這個時候經脈就要吸收更多外來的營養來彌補自身的不足，也因此，你現在吃得越多，對恢復經脈就越有好處。」

「哦，原來是這樣，我說自從那天度了第一劫以後，我就老感覺吃不飽，總是覺得很餓的樣子，現在總算知道原因了。」我抱起堆在地上的果子，狠狠的吃了起來，恨不得一下子把牠們都吃光。

二叔欣然道：「唉，還是年輕好，從來不把憂愁放在心裏，這種感覺只有在百年前時才有啊。」

嘴中嚼著東西，含糊不清地問道：「二叔，你和義父還有三叔、四叔都有一百多歲了吧，不過你們看起來都很年輕。」

二叔有些感慨地道：「你義父年齡最大，大概有兩百歲了，而我和你三叔、四叔也都活了差不多一百八十多年了，真的是老了。」

「哇，」我驚嘆地道：「竟然這麼長了，真的看不出來哩。」其實，現在一個普通人差不多沒有什麼意外的話，都能活到一百五十歲左右，最高的能活到兩百歲。

但是像義父和二叔他們這樣，活了這麼大歲數，仍看起來像三十歲的人，就真的非常非常少見。

和二叔聊了這麼久，心中更加堅定了對武道的修煉，而且也增加了自身對煉丹術的很大興趣。

三龜山被我和二叔轉了個遍，此時已接近傍晚時分，天邊丹紅如血，如一抹紅綢飄掛在天際。

在夕陽的映照下，二叔準備結束我今天的實踐課程。春風拂面，薄霧繚繞，我和二叔繞過山頭，從山的另一面往回走。

走不多遠，忽然看到一間涼亭建在空地上，一條清澈的泉流汩汩而出，緊緊依傍著涼亭，水中是亂石雜處，泉水在亂石間鑽流，漩起朵朵的小花，與晚霞相對映，一片瀲灩光彩，十分怡人。

二叔忽而有感而發吟唱道：「水光瀲灩晴方好，山色空濛雨亦奇。」接著發出一聲朗笑，「沒想到，山中還有這麼一個好去處。」說著一馬當先領頭向那邊走去。

走入涼亭才發現，涼亭並未如我想像般那樣簡陋，四面掛著卷起的簾布，簾布如指厚，放下來該可擋風避雨。涼亭內石桌木凳，茶壺茶碗竟是一應俱全。

二叔端坐亭邊，身邊亭外泉水叮噹，水花濺射，遙望天邊，一抹夕陽灑照，疑幻似真，還真的以爲身在夢中。

我站在亭內，四下打量一下，別轉頭望著二叔道：「二叔，這間涼亭應該是有主人的。」

二叔道：「咱叔侄就在這耽擱片刻，看是否有緣遇到此間主人。能依山傍水建造此間涼亭，當非普通之人。」

我點點頭，也靜靜的坐在一邊，欣賞這不可多得的景色，大概約是盞茶的時間，仍不見有人的蹤影，二叔「霍」的長身而起，遺憾地道：「看來我們和此間主人乃是無緣，咱們走吧。」

我隨著二叔一同走出亭外，就在此時突然傳來一聲嘹亮悠遠的鳥鳴，在幽曠的山谷中回聲激蕩，撩人心魄。

二叔聽見鳥聲，忽然驚喜地道：「呵呵，天兒，你可真是有福之人，這次咱們的山中之行，真是來對了。你可知剛剛的鳥鳴爲何物？」

看見二叔突然變得激動的臉龐，我一頭霧水地道：「是什麼鳥？」

「此乃有百鳥之首稱號的鳳凰，正要浴火重生，鳳凰所在必有寶物，踏破鐵鞋無覓處，得來全不費功夫。」

二叔身形微一晃動，人已經在百米開外。我從來沒見過二叔這麼激動，見狀趕緊施展出御氣之術緊隨其後。同時大聲喊道：「二叔，這鳳凰也是寵獸嗎？」

「當然是寵獸，而且是八級神獸，四星球大戰之前，這種上古神物就已經很少見了，沒想到我們今日會有緣見到這種快要絕種的神獸，眼福非淺啊。」

二叔在一棵巨樹前停下，一棵參天古木的頂端，正有一隻漂亮的大鳥欲破殼而出，上半身已經身在殼外，火紅的身體流光異彩，火焰似的光芒彷彿水銀在周身流動著。不一會兒，整個身體便已暴露在空氣中，昂首挺立，頓顯鳥王的神采。

那雙翅一展開，至少有八九尺，鳳羽如焰，頭上火冠如拳，長喙若鋼，利爪似鉤，威武駭人！一聲長鳴，驚天動地。

隨著鳳凰的嘯聲，無數大小靈禽爭先前來朝拜，排著整齊的隊伍，裏三層外三層圍繞著鳳凰繞著圈。整個天空霎時變得黑壓壓的一片，若烏雲翻滾，被無數隻珍禽給遮擋住。

二叔動容道：「好一幅百鳥朝拜圖！」

我目瞪口呆的看著這幅奇景，竟久久不能自拔，實在太震人心魄了。神鳥鳳凰顧盼間神采飛揚，若一團熊熊火焰，無人能掩蓋其風采。

二叔將手搭在我肩上，將我從夢幻般的奇景中給驚醒，二叔道：「鳳凰乃是鳥中之王，在寵獸中也是神獸級別的人物，不過比起寵獸之王的龍來說還差了兩個級別，你體內的龍丹乃是一巨莽所化，但是即將飛升爲龍的時候，被我們所破，所以仍只停留在第九級，比起這隻小鳳凰來說，卻仍高了一級。」

我咽了口唾液，不曉得該說什麼，這個消息實在太驚人了。

二叔道：「鳳凰的壽命無有盡頭，但是每隔五百年要化作蛋狀，歷經十年方可浴火重生。」

二叔轉頭見我仍傻愣愣的看著鳳凰，笑道：「傻小子別看了，快隨二叔去撿寶貝。」

我醒悟過來，二叔說鳳凰所在的地方必有寶物的，自己可千萬別錯過這種千載難逢的好機會。

二叔道：「剛重生的鳳凰最是脆弱，但這也是相對而言。只看牠重生的氣勢，就知道想趁這個時間對牠不利也是十分不理智的。你看牠進行重生的這株千年鐵樹，本來千年鐵樹已經很寶貴了，而且現在又吸收了這麼多年的鳳凰靈氣，牠的珍貴實在是……嘖嘖。」

我仰頭望了一眼幾可快要衝破霄漢的鐵樹，支吾道：「二叔，你看這鐵樹也太高了點，我上不去。」

二叔心情非常好，聞言哈哈大笑道：「難道你二叔是白叫的嗎？待二叔助你一臂之力送你上去。咱們快上去，不然好東西可就一點都剩不下了。」

我愣了一愣，疑惑的向上望去，鳳凰此時已經輕輕地拍打翅膀飛在空中，來適應自己的新身體。很多鳥爭先恐後的飛在鳳凰原落腳的位置，好像在爭搶著什麼。

這時我也明白過來，這些鳥在搶鳳凰留下的好東西。忙道：「二叔，咱們快上去，不然來不及了。」

二叔道：「來得及！」然後一聲大喝，身體平地拔起。

看著二叔冉冉上升狀若飄仙，我急道：「二叔，你把我忘了。」二叔聞言大樂，道：「凝氣，輕身，施展御風術。」

我聞言，趕忙施展御風術，突然感到一股氣流從腳底往上冒，頓時知道二叔催動真氣鼓動我腳底的空氣流動，將我托了上來。我心繫樹頂的寶物，實在來不及驚嘆二叔的蓋世奇功。

突然耳邊傳來二叔的音束，「收攝心神，不要掉下去。」

接著二叔發出一聲暴喝：「臨！」音波如魔音般穿透腦髓，我差點受不住心神，給震得跌落下去。

在上面爭搶的靈禽們大多被震得跌落下來，落到一半的距離，又醒了過來，拍打翅膀，盤旋著不敢再落下來。

二叔倏地甩動衣袖，姿態瀟灑，動作優美，一股絕大的氣流湧了上來，上升的速度陡然增快，眨眼工夫樹頂已經近在咫尺。

第五章　一曲兩劫

真是奇怪得很，這千年鐵樹下半部分，光禿禿的沒有一根枝椏和葉子，反而到了樹頂竟是枝繁葉茂，形成一個反方向的傘狀，其中間的部分是個窩，上面還凌亂的散著大塊小塊的蛋殼。

我四下尋找二叔口中的所謂寶物。看了一遍，發現除了樹葉樹枝，便只剩一些蛋殼了，難道這些蛋殼是寶貝嗎？

二叔將我疑惑的表情盡收眼底，樂呵呵地道：「傻瓜，還不趕快把那些蛋殼給撿起來收到你的烏金戒指中，這可是難得的煉丹的好寶貝，雖然對人沒用，可是對你的寵獸那可就是靈丹妙藥了。你沒看這些鳥兒一個個的搶著吃嗎！」

我恍然大悟，忙著去撿，幾隻大小的鳥兒，大著膽子落到身邊，見我對牠們視而不見，如小雞啄米般啄食巢中小片的蛋殼。

看牠們啄得不亦樂乎，我疑慮盡去，手腳並用的把大塊的蛋殼給放到烏金戒指中，沒料到鳳凰的蛋殼還真是大，我怕有撿了幾十斤。身邊的鳥兒漸漸多起來，我也不管牠們，讓牠們吃好了，反正那些太小塊了，散落在巢中，我也不好撿。

等到把最後一個大塊的蛋殼給收起來，忽然看見蛋殼的下面竟有一支短小的鐵木枝，與其他相比竟是頗有不同，手臂粗細，不足一米，呈紫紅色，似有實質，仿若檀木只是沒有檀木的香味。

入手微溫，予我金屬質地的感覺。

二叔這時候忽然道：「這才是我們這次要找的真正寶貝，此乃吸收了大部分鳳凰靈氣而生長出來的鐵木。用此可爲神器，劈金斷銀比起你四叔贈你的魚皮蛇紋刀尤勝幾分，而且此物性溫，並且沒有重量，以之爲劍可勝劍氣，以之爲刀可破刀罡。」

我訥訥的望著眼前的鐵木，實在不敢相信天下還有這樣的寶貝，愣了半晌，有點口吃地道：「難，難道沒有任何缺陷嗎？」

二叔朗笑道：「孺子可教，這個問題問得好，要想煉出真正屬於自己的神兵利器，就得掌握煉器材料的所有特點。此物唯獨怕火！」

二叔見我露出失望的神色，正容道：「萬萬不要小看了這神鐵木，雖然它怕火，但亦只是如你三叔般那種三昧真火，其他凡火皆不足道哉，鐵木本就可耐高溫，更何況經過煉製後，就更增添其耐火性。」

鐵木堅不可摧，我全力發出的幾道掌刃，都無法在上面留下絲毫的痕跡，我道：「二叔，這鐵木堅硬異常，我怎麼能把它給弄下來呢。」

二叔道：「你的魚皮蛇紋刀足可擔此重任。」

我邊從烏金戒指中拿出刀，邊問道：「二叔，你不是說它比這魚皮蛇紋刀更利嗎，魚皮蛇紋刀能砍斷它嗎？」

「只管放心，全力催出刀罡必可破之。」

手甫入刀柄，寒冷的氣勁立即傳了過來，頓時讓我精神爲之一振，全力推動丹田中的內息，神刀受到我內息之助，恍若實質的刀身放出耀眼的光暈，刀罡近半米長短，在刀身上吞吐不定。

見自己竟真能催發出刀罡，頓時大喜，要知，能夠催發出劍氣刀罡，便足以證明身手已入一級高手的行列。雖然是借神刀之力而發出的，但也足可令我自慰的了。

在根結處，全力吐出刀罡，大力的劈了下去，刀身毫無阻礙的將神木整根截了下來。

二叔伸手一招，鐵木從跌落處飛到他手中，二叔仔細的審查著，最後道：「不愧是神物，與魚皮蛇紋刀這種用俗物精煉而成勉強可爲神兵的傢伙相比，實在是強太多了。你三叔要是在這，一定非常高興。」

我接過神木開心的看著，夢想著自己有一天可以親自把它煉成自己喜歡的東西。

二叔接著道：「趕快收一些鐵木吧，以後你學習你三叔的煉器術，這些可都是不可多得的頂級煉器材料。而且這頂上的其他鐵木，也或多或少的吸收了一些鳳凰的靈氣，不要給浪費了。」

我手持魚皮蛇紋刀，催發刀罡，大開大闔當者披靡，令我產生了自己也變成二叔這種級數的絕頂高手的錯覺。刀罡縱橫，冷意撲面，雖是快意無比，但是催發刀罡卻極是耗力，幾下功夫，我已經內息匱乏刀罡不及釐米。我仗著魚皮蛇紋刀的鋒利又砍了幾枝，最後實在無力，只得作罷。手忙腳亂的撿拾著鐵木，邊開心的喃喃道：「沒想到，撿寶貝也能撿到手軟。真是開心。」

二叔道：「看看你的刀，有沒有一團淺色綠芒在刀身？」

我如言將刀身橫起，果然看到一團不大的綠芒，竟好像在緩緩遊動。

二叔又道：「那是你的小白蛇吸食了一些刀中綠蛇的精魄，產生了進化。你現在可以把牠放出來，這裏正好還有一些沒被鳥兒吃完的碎殼，對牠的進化大有裨益。」

我依言釋放出小白蛇，小白蛇閃電般躥了出來，環著我的脖子轉了兩圈，順著我的身體遊了下去，貪婪的吃著剩餘的蛋渣。

忽然肩膀一緊，我愕然的別頭看去，竟是一隻美麗的鳥兒身著五彩鳳羽，爪似金鉤，落在我身上，如若不是體形很小，還真以爲是鳳凰呢！

牠竟然不怕我，我伸出手捋了捋牠的羽毛，牠很享受的閉著眼睛，頭一點一點的非常好玩。

我輕輕推了推，牠竟不肯離去，二叔見狀，呵呵笑道：「天兒，這種鳥因爲外形很像鳳凰，所以被人叫作『似鳳』，牠也是一種寵獸，位屬三級，雖然級別低，卻是稀罕之物，沒有任何攻擊力，也不能和人合體，但是這種鳥最拿手的便是聲音，可出百音，發出的聲音猶若天籟，餘音繞梁三日不絕。這種鳥很聰明，但有一個壞脾氣就是貪吃，尤其是那些難得的珍貴藥材對牠們有莫大的誘惑，可能牠剛剛看見你收了很多的鳳凰蛋殼，所以賴定你了，呵呵。」

我好奇的望著牠，心道這鳥還真是有趣，我逗牠道：「小鳥，給我唱個歌，我給你好東西吃。」

小鳥好像聽懂了我的話，昂起頭，往旁邊移了兩步，彷彿對我不屑一顧，但卻始終不肯離去。

我心中一動，伸手從戒指中掏出一片蛋殼，在牠面前晃了晃，牠馬上忍不住追逐著我的手，我笑道：「快唱歌啊，唱歌就給你吃。」

「似鳳」眼見吃不著，著急的又落回到我肩上，張開嘴巴唱了起來，一個個音符從牠的喙中蹦出，如泉水叮咚，又若春風吹動萬物，音韻悠揚旋繞大地，美妙自然而有若天籟。

二叔微笑道：「真不愧是『似鳳』之名，這等聲音說是天籟，卻也是名副其實。」

就在我要把手中的鳳凰蛋殼給「似鳳」作獎賞時，忽的眼前掠過一道青光，接著便聞到一股腥臭的氣味，肩膀上的「似鳳」發出「哇」的一聲尖叫，「撲棱棱」的迅速飛到半空中。

脖上一陣冷意傳來，我待要做出反應之時，卻忽然發現纏繞在我脖子上的竟是我的小白蛇，現在已經不復初生時通體瑩白如玉的顏色，而是換上了一身的青裝，淡淡的青色彷彿柳葉。

我垂下已經揮起的「魚皮蛇紋刀」，驚訝地道：「二叔，是不是小白蛇已經進化了？」我著實沒想到，牠會進化得這麼快，由此可見，鳳凰蛋的功效，對寵獸們來說確是珍貴。

二叔道：「沒錯，你的小白蛇已由原來的三級獸變成現在的四級下品了，而且有了很強的毒性。不過這只是暫時的，必須等到牠蓄夠足夠的能量進行一次蛻皮，才能真正的脫離奴隸獸進入護體獸的行列。仔細看著吧，貪吃的『似鳳』不會這麼容易就被你的小蛇打跑的。」

我聞言，定睛望去，果然如此，「似鳳」盤旋飛舞著久久不肯離去，只是礙於我的小白蛇（**以後稱為小青蛇**），才不敢落下來。

小青蛇好像也知道牠的不好惹，早已從我身上滑落下來，盤成一個蛇陣，蛇信不斷的吞吐著。

「似鳳」忽然發出淒厲的「呷呷」聲，好像在爲自己打抱不平，驀地，「似鳳」後腿伸直宛若炮彈一樣，直直的衝向小青蛇。

看牠的架子，一定是不會善罷甘休，報剛才青蛇搶自己食物的仇，我仔細的望著小青蛇，看牠怎麼應付。

小青蛇不慌不忙，陡地從口中吐出一口毒煙，「似鳳」落入毒煙中，一頭栽了下來。

我不由大感好笑，這個鳥還真是夠貪吃的，明知不敵，爲了吃的，卻仍然敢來拚命，好吃成性！

二叔忽然道：「收了你的小蛇，有人正往這裏趕來，應該爲重生的鳳凰來的。大有可能是涼亭的主人。」

我忙把蠢蠢欲動的小青蛇給封回刀中，那隻中了蛇毒的「似鳳」竟也搖搖晃晃地站了起來，出乎意料的，牠竟然不怕蛇毒。

聽二叔所言，我旋即明白過來，不禁對二叔的智慧大爲佩服，如二叔所言，來人假如是涼亭的主人，那麼說明他早就發現了選擇在此地重生的鳳凰，所以我們先前才會在涼亭中發現很多用具，由此可知，涼亭的主人已經在此等待多時了。

現在寶貝被我搶先一步拿到，定然不會甘休。想到這，我不由得有點著急起來，畢竟這是人家先發現的，難不成要把神鐵木還給他們？捫心自問，我還真是捨不得，不過我已經意外收獲了很多鳳凰蛋殼和次一級的鐵木，也算是對我的補償了。

還是以和爲貴，把神鐵木還給他們好了，怎麼說我們都有些理虧。

我道：「二叔，我還是把神鐵木還給他們吧，怎麼說都是別人先發現的。」

二叔微微笑道：「天下神物皆是無主之物，有緣者得之，他們雖先發現在此誕生的鳳凰，但是恰恰在鳳凰重生的關鍵時刻離開了此地，可見他們並非有緣之人。不過他們在此看了這麼久也非常辛苦，該有所補償。」

聽二叔的意思是，神鐵木並非是我們從他們手裏搶來的，乃是他們無緣怪不得別人，不過還是要給他們一些東西作爲補償。

奔跑的聲音逐漸變得清晰起來。

「什麼人敢站在神木之上，還不給我滾下來！」

聲音囂張跋扈，出言不遜。二叔聽到來人的聲音，有些不悅的皺了皺眉頭，別轉頭看著我道：「天兒，來人好像不是十分客氣，等一會你只要跟著二叔就是，神鐵木的事如果二叔不提，你也不要說出來。」

我聞言點了點頭，跟著二叔身後施展御風術，飄飄忽忽的從若高的樹頂飄落下來。

我們剛落地，一群人就把我們圍了起來，爲首是個年輕人三十歲上下，其餘大部分人都差不多五十歲，剛進入壯年。個個手持刀槍棍棒，面目不善的盯著我們。

我一看他們的穿著就知道，這群人就是我們鄰村高山村的人，我低聲在二叔耳邊告訴他這群人的身分。二叔點了點頭，沒有說話。

爲首的年輕人是村長的兒子劉一勇，平時就很傲氣，脾氣暴烈，武功也算不錯，在年輕人一輩中穩居前三，相貌英俊，骨骼粗壯，力若蠻牛，再加上老爸是村長，養成了他目空一切的缺點。

雖說他從來沒有欺男霸女，但是爲人傲慢，一言不合就向人挑戰大打出手，到最後，十個人倒有九個人被打得頭破血流，上次我們兩村舉辦聚會的時候，死皮賴臉的追求愛娃，結果愛娃出言只要他能夠勝過自己，就陪他一夜，然而最後竟只打了個平手，引爲平生大恥。

劉一勇喝道：「你們是什麼人？難道不知道這是我村的寶樹嗎，外人不得靠近，你們竟大膽攀上鐵樹，要是不給我交代出個子丑寅卯來，今天休想離開我們高山村。」

對他盛氣凌人的語氣，我倒是無所謂，只是二叔這種絕代高手，自從百年前就沒有人敢以這種語氣跟他說過話了，如今沒想到竟被一個不知天高地厚的小子喝來呼去。

二叔哈哈一笑道：「真是奇怪了，你說鐵樹是你的，那這座山是不是也是你家的啊，這千年鐵樹乃是秉承日月精華生長至今，是無主之物，今天竟被無知的黃口小兒占爲己有，實在可笑。」

劉一勇被二叔的一番話說紅了臉，兀自嘴硬道：「我們村落在這裏紮根好幾代，前輩先人在鐵樹前蓋有涼亭，囑咐後代看養此樹，歷經這麼多年，自然屬於我們村所有。」

二叔斥道：「當真可笑，如你所說，那你們也在地球傳宗接代幾百年，是不是地球也是你們的，哈哈！」

劉一勇臉色發青，羞怒道：「我不與你作這口舌之爭，我只問你，你來此做甚？」

二叔瞥了他一眼，淡淡地道：「遊山玩水。」

劉一勇惡聲道：「你們剛剛從鐵樹頂端下來，是不是你們在鳳凰重生後，拿走了先天至寶，要是不給我交出來，今天讓你們好看。」

說著，一揮手，那群體格健碩的手持兵器的壯漢在劉一勇的號令下，慢慢的向我們逼近過來。

雖說我以前沒見過這種陣勢，心中頗有些懼怕，但是我相信有二叔這種高手在，他們不可能奈何我們一根毛髮。

二叔不屑地搖了搖頭，悠然地道：「你可知天下至寶乃是有緣之人方可得，你得不到說明你不是有緣之人，還敢仗著人多想明搶不成？」

劉一勇見我們在一群人包圍中，仍是一番平靜的樣子，尤其是二叔的樣子使他有莫測高深的感覺，心中微微打鼓，但仍覺著自己人多，就算對方比自己厲害也打不過這麼多人，硬著頭皮道：「這麼說，你是承認你得到寶貝了，把東西交出來，我就讓你們安然的離開。」言下頗有威脅的意味。

二叔本來打算拿些次一級的鐵木給他們略作補償，誰知道，這群人不知好歹，一出來就咄咄逼人，一副不知天高地厚的模樣，使自己心裏不舒服，想自己打出名那日起，誰不看自己的臉色做人，今天竟有不知死活的黃口小兒對自己指手劃腳，遂理也不理他道：「看在涼亭主人的份上，我不跟你計較，讓你家大人出來說話。」

劉一勇見他一點也不把自己放在眼裏，氣怒道：「小爺一個人就能招呼你了，你們都給我上，把寶貝給我搶回來。」

這幫人在劉一勇的帶領下，齊齊大喝一聲揮舞著手中的兵器，向我倆殺過來，二叔冷哼一聲道：「不知死活。」

大袖揮舞，頓時狂風大作，塵土飛揚，聲勢駭人之極，我屏住呼吸，運力努力的站穩身形，才沒被狂風給刮出去。

再看其他人更是不濟，周圍躺了一圈，手中的兵器早已脫手飛了出去，人倒在地上，唉叫連連才互相攙扶著爬了起來，驚懼的望著二叔。劉一勇也好不到哪去，手中拿著一把兵器拄在地面，努力的支撐著才沒被狂風吹走。

二叔的功夫實在太厲害了，只是揮揮衣袖竟能發揮出這般鬼神辟易的駭人力量。真不知道自己何年月日才能達到這種程度，想到自己的功夫與二叔相比不啻螢蟲與皓月，令我頗為沮喪。

劉一勇恐懼的望著二叔，色厲內荏地道：「你是什麼人，有膽的留下名字，不要以為勝過我就有多厲害，我父親比我厲害十倍。」

二叔嘆了口氣道：「現在的年輕人難道都是這樣的嗎，輸了就要提出自己大人的名頭，你要是真的有種，就再練十年來找我，不過我看你再練一百年也沒機會了。像你這般口氣，在百年前早就把你給斬了，還容你站在我面前囉嗦。」

一群人聽二叔的口氣頗為不善，立即緊張起來，不安的望著二叔。劉一勇見識過二叔的功夫，知道兩人實在相差太遠，雖然說的話一點面子都沒給他留，令他覺得很不爽，但還是忍住了，畢竟還是自己的命最重要。

二叔悠悠地道：「這樣吧，你要是能戰勝我這個小侄子，我就放過你們，你們冒犯我的罪也一併饒過，如果要是勝不了，哼！」

我聞言一愣，望著二叔道：「讓我和他打？」

二叔道：「不用怕，你一定可以勝過他的。你功力大進，正好拿他可以練習一下實戰，瞭解自己的實力。全力而爲！」

聽二叔這麼一說，我也覺得自己應該能行的，望著劉一勇，鮮血禁不住竟澎湃起來，第一次有這種感覺，令我有種衝動的感覺。

劉一勇喝道：「我認識你，你不是鄰村高老村的嗎，原來是你們村的人想來偷我們的寶物，看我怎麼修理你。」

劉一勇排眾而出，手中拿著剛才拄在地面的兵器，那是一把金質的短棍，約一米長短，此刻正握在他的手中，兩手持在棍底，棍頭遙遙的指著我。雖然滿臉怒色，卻氣勢沉凝，竟比起上次和愛娃的一戰有了極大的提高。

我朝二叔點了點頭，然後大步走到他面前。

熱血沸騰，有一種奇怪的情緒在身體中迅速的滋長。那是我以前從沒有體驗過的感覺，令我恨不得馬上放手一搏，殺得遍體鱗傷才好。

其實我還不清楚，在度過了第一劫之後，我體內的陰柔內息轉化爲陽剛，這在一定程度上亦影響了我的性格，但是這個時候還不是很明顯，等到我度過第一曲的第二劫之後，才會很明顯的顯現出來。

熱血在體內不斷的膨脹著，仿若從山頂滾下的雪球，越滾越大。我的鬥志飛般的往上飆升，整個人鬥志昂揚，頗有飄飄欲仙的感覺，使我很享受這種情緒。

我倏地向前跨出一步，左手撮掌爲刀立在眼前，右手化拳掩至肋下。此爲前虛後實，但亦可化虛爲實，化實爲虛，其中的變化要看個人臨敵時的經驗而定了。

鬥志亦隨著我擺出的架勢，向周圍擴散開去。

劉一勇看到我擺出虛實不定的架勢，又受到我強大鬥志的影響，眼中射出驚訝的神色，立即收下輕視之心，雙眼緊緊的望著我，尋找我身上可能出現的破綻。

二叔眼見比起一年前，我的功夫有了質的飛躍，對敵時也顯得比較老練。微微點了一下頭，對我的進步心中十分滿意。

如同沸騰的開水，我的鬥志已經升到了臨界點，不吐不快。右手猛的使勁，發出「劈哩啪啦」的響聲，口中大喝一聲：「霍！」提起全身氣勁，就待要掠過去。

就在這個時候，忽然耳邊響起幾聲清脆悅耳的鳥叫，接著肩上一緊，我蓄勢待發的氣勁霎時泄了一半，別轉頭卻發現是那隻貪吃的「似鳳」，我心中暗嘆一聲，這個該死的小鳥來得真不是時候，同時也十分驚訝，牠竟然無視我強大的鬥志直接落在我肩上。

劉一勇本來被我的強大鬥志所迫，雖未真正交手卻已經落在了下風，主動權在我手中，想攻便攻想走便走。現在突然被「似鳳」泄了氣，再也不能隨心所欲，攻守由心。

那種境界也是我第一次體驗，現在泄了氣，想再找回那種感覺卻不是那麼容易了。

正所謂一鼓作氣，再而衰。這倒讓劉一勇撿了個便宜，從我的強大鬥志中解脫出來，劉一勇顧不上擦去額頭滲出的絲絲汗水，更不會顧忌什麼道義，手中一緊，快奔幾步，騰身躍起，手中金棍凌空砸了下來。

氣勢萬千，頗有一去不回之勢，實在不愧是高山村年輕一輩中前三的高手，實力不可小覷。

眼見劉一勇的金棍已如泰山壓頂之勢，我即使自己一個人也不好應付，何況身上的這隻蠢鳥膽子奇大，「呼嘯」的勁風逼近，竟然不知害怕，仍是左顧右盼。

雖然這些念頭都產生在電光火石間，卻已經耽誤了應付的最佳時機。我暗嘆一聲，只有硬拚了，希望他沒有我內息深厚。

當然我知道這是最蠢的應付方法，他由上而下，速度又快，再加上自身的重力，怕是攻擊力度會增加兩倍以上，這時候以硬碰硬，實在不是明智選擇。

我暗嘆一聲，百忙中來不及將內息全貫注到迎擊的雙手上，雖然只有七成功力，也能硬著頭皮，雙手化掌迎上劉一勇力愈千斤的一棍。

劉一勇雖是身在空中，仍將我的情形全部收於眼底，眼見我採用最笨的打法，心中十分得意，手中更是用力，一瞬間，竟將留下的兩成內力全都用上。希望借此機會扳回剛才丟的臉面。

身在不遠處的二叔，將我和劉一勇的情形一毫不差的收入眼底，二叔是什麼樣的人，心如明鏡似的，我和劉一勇的那點心思，哪能逃過他老人家的法眼。

對我臨敵的變化深不以爲然，大敵當前，怎麼能夠如此輕易的就被外界給影響了，其後更是優柔寡斷，爲了一隻鳥兒將自己陷入危險的境地，這種做法實不可取。

而那劉一勇更是糟糕，氣量狹窄，爲了一點面子竟欲取人性命，端的是心狠手辣。

二叔感覺到我的危險，仍是站在原處，冷眼旁觀，他在心中暗自忖度：「如果天兒不能獨自解決這點危險，救與不救實在沒什麼區別了，做事不夠果斷，又缺乏應變之法，以後進入大千世界如何自救。還不如生活在這種偏僻的地方來得安全。」

當時我還不知道，自己未來的命運，已經與這場比試掛了勾，勝負直接影響到我一生的命運。

勁風迫體而來，沉重的壓力無形之間將我鎖定。我咬緊牙關，雙掌一錯迎了上去。

就在關鍵時刻，異變陡然產生。「砰！砰！」的悶聲突然響起，一波波的傳出去，聽在耳中響在心裏，如戰鼓雷鳴，催人發勁，鮮血在體內激蕩不休，令我有衝上去廝殺的欲望，丹田中的內息蠢蠢欲動，傾巢而出。

而不同的是，同樣的響聲聽在劉一勇的耳朵裏卻是另一番滋味，戰鼓喧囂，殺聲震天並沒有給他帶來勇氣，反是「砰砰！」的鼓聲割斷了他內息的正常運行，氣血翻騰下無法保持剛才的狀態，身子在空中倏地一滯，下劈而來的動作出現了空隙。

眼見出現了轉機，又受到鼓點聲的激化，情緒變得十分激昂，哪還遲疑，口中一聲厲喝，右腳跺地而起，飛身迎上力量大減的金棍。雙掌運足了內息，手掌在內息的催動下竟現出熠熠金光。

掌棍交擊發出金屬碰擊的聲音。「噹」的一聲中，劉一勇被我擊退，倒飛著落往地面。我全身熱血翻滾，一聲喝叫，跟著他下落之勢如影隨形的追了過去。

劉一勇踉蹌地邊揮棍邊退，看起來凌厲的棍影在眼前精彩紛呈，實際上是外強中乾，徒具其形罷了。

和他硬碰了二十來招，招招都擊實在他的金棍上，最後一擊，劉一勇「啊」的一聲，連續退後幾步「哇」的一聲吐出鮮血，筋疲力盡的大口大口的喘著氣，一向以金色長髮自詡英俊的髮型，早已凌亂的披在腦後。雖然如此，仍是不服的惡狠狠的盯著我。

出乎意料的，勝利竟是這般容易就到手了，原以爲要經過一番惡戰才能戰勝劉一勇的，沒想到……

我搖了搖頭，體內翻騰的熱血尚未平復，這才幾下的功夫就打贏了，實在是沒過癮。

那幫高山村的人，眼見劉一勇落敗，擔心他的傷勢，都聚到他的身後。看到少主只是脫力而已，放下心的時候突然想起剛才的賭約，少主如果贏了，對方就答應放過我們，現在打敗了可如何是好，記起方才對方所展現出的威勢，現在仍是心有餘悸。

我望著惴惴不安的高山村的人，心有不忍，我求二叔道：「二叔，您老人家還是饒過他們吧，畢竟他們也沒對我們怎麼樣。」

二叔望著那群人，心道本來就沒打算對他們怎麼樣，饒過他們也不是什麼大不了的事，何況高山村和高老莊鄰近，相處幾百年之久，不看僧面看佛面，就饒過他們一次。想到這，二叔淡淡地道：「看在我侄兒的面上，你們走吧，下次不要這般囂張。」

本來還膽戰心驚的高山村的人，見對方這麼好說話，怕對方翻悔，馬上扶起少主，迅速的離開這裏。

看著立了大功，停在肩膀上的「似鳳」若無其事的啄理著身上的羽毛，我笑著摸著牠身上的羽毛道：「謝謝你，小傢伙。」

二叔也看著我身上的「似鳳」，有點感慨地道：「天兒，你真是天生的福星，這個古怪的傢伙竟然可以發出類似和我練了幾十年的魔音，擾亂敵人的心智。」

天色漸漸黑了起來，我和二叔也施展輕功下山而去。

我全力運起「御風術」在二叔的說明下向家中飛掠而去。待到家中，身上已佈滿大汗，雖然氣喘吁吁，卻仍感到酣暢淋漓。

回到家中，二叔馬上督促我立即運功補充已經用得絲毫不剩的內息。練功練了這麼多年，高深的道理不明白，但是這點知識還是有的。當內息消耗得差不多，精神又十分疲乏的情況下，努力運功補充真氣，會極大的提高自己在內息與精神上的修煉。

月光下，我盤腿打坐。意識沉到虛無中，觀察著體內的玄妙情況。意識帶領著丹田內所剩不多的一股涓涓細流順著經脈徐徐的流動著。白天所吃的那些野果和藥材發揮了作用，混合著內息在體內流動，所過之處，經脈競相吸收。

運行了幾圈後，經脈變得比以前更細膩，柔滑，一收一擴間充盈著生命力。真氣繞體內運行還未足九九之數，內息竟已恢復得差不多了。我知道自己又有進步了，努力的壓抑住心頭的喜悅，古井不波的繼續催動著內息在體內運轉。

我發現，經脈在吸收野果和藥材的效用時，也在緩慢的釋放著一股清涼之氣，甫一釋放出來，便被經過的內息給卷了進來，隨後立即被同化，一同向前運轉。

雖然經脈不斷的釋放著清涼之氣，但是令我奇怪的是，我本身溫熱的真氣不但沒有變涼，卻越來越熱，火熱火熱的，彷彿置身火爐內，可是使我不能理解的是，我不但沒有那種汗如雨下，口乾舌燥等應有的感覺，反而感到十分自在，希望更熱一點才好。

真氣漸漸將丹田添滿，我慢慢將其歸回丹田，但是停止運動的內息，仍是火熱熾人。經脈也彷彿不甘示弱的連續不斷的向外吐出清涼之氣，但是隨著內息的停止運行，經脈的行爲變爲無本之末，吐出的氣體越來越稀薄，逐漸也停了下來。

兩種截然相反的真氣屬性同時產生，兩者不但互不排斥，而且連我也很受用，不論是熱的還是冷的，進入身體內都讓我感到很舒坦。

行滿九九之數，慢慢放鬆身體，將意識收回，長呼一口氣吐出胸中的淤氣，驀地睜開雙眼，一道似有若無的金光陡然從眼中射出，直透蒼穹，消失在無邊的虛空中。

我雖然看不到自己的變化，卻在睜開眼的刹那，感覺到了有些和平時的不同，收回目光，淡淡的望著無盡的璀璨星空，不凡的變化在悄無聲息的改變著我。

癡情的望著明亮如洗的月光，我有種想抓它下來的念頭，右手不由自主的抓向天空，收手的時候忽然發現抓了個空，我莞爾一笑，將待要把停在半空的手給收回來，不經意的一瞥，意外的發現今天的手和往常的手大有不同。

皮膚如皎潔的月光般白皙，五指如女子般纖細，柔嫩的連我自己都不敢相信，難道這麼潔白無瑕、這麼完美的一雙手竟然是我的嗎，毫無瑕玼，以前練功留下來的傷痕都消失無蹤，甚至連手掌上的老繭都不見了。

我深深的望著這雙手，此刻我更加相信自己在武道上的修煉有了質的改變，這雙手便是最好的證明。

徐徐微風從身邊飄過，我敏覺得捕捉到其中包含的青草混合著泥土的氣味。心中難以抑制的喜悅瀰漫全身，白天和那個劉一勇的一戰畫面，接連不斷的在腦海中閃過。

自己竟然可以輕鬆擊敗那個一向高傲的傢伙，我真的強大起來了，這個再不只是一個念頭，而是一個無比真實的事實。

我情不自禁的一躍而起，身在空中，倏地覺察到圍繞在身邊，無處不在的微風，心中一動，二叔傳我的「御風術」已然施展開來。雙手張開擁抱著虛無，閉上眼睛，感受著微風最細微的變化。

正面吹來的春風，本來是依照著本身的方向運動的，卻想不到，快要到我身邊時卻由於我這個障礙物的影響，陡然改變了方向，本來一致的方向，卻變爲四面八方溢散開去。

本來以爲很容易的事情，這會兒竟忽然變得棘手起來，剛才還只是用意識捕捉正面而來的風向，如果再加上從側面和後面而來的風……我不敢想了。

原以爲很容易的功法，一時間變得全無頭緒。我睜開雙眼望著漆黑的夜晚，想不出一點辦法。只是我沒有發覺，此時我雖然沒有施展「御風術」，卻仍然漂浮在半空。

迷茫之間，耳邊忽然響起威嚴慈愛的聲音，「河流雖多，仍將流進大海，萬變不離其宗，天兒，你捨本逐末了。」

聲音一響起，我就聽出來是義父的聲音。還沒來得及別過頭來向他老人家問好，就被話中的內容給震撼了。雖然只有兩句話，但是我總感到其中的含義不止於此，反覆咀嚼，恍然大悟！

義父說得對，是我捨本逐末了，不管江河湖海有多少支流，最終仍是流入大海之中。一條河流不管中途遇到什麼阻礙，碰到多少礁石，霎時間的水花飛濺後，不還是要歸回大流中嗎！

不管風在撞到我後發生什麼樣的變化，我都不用管牠，因爲這些微小變化實在是微不足道，我只要順著之前的方向便可以了。

悟通之點，我大喜的一聲長嘯，內息瞬間在體內運轉起來，我駕馭著微風，在半空中飄蕩。

這個時候，旁邊也響起義父和兩位叔叔的笑聲。原來剛才的一切都被他們看到眼裏了，眼看著我的變化，他們心中的喜悅竟不下於我。

三叔爽朗的笑聲，聲音最大，開心的搓著手道：「不錯，不錯，五弟的悟性那麼好，天兒又會差到哪去，我家那個死小子還自以爲悟性最好，比起天兒還是差了一截，哪天也要讓他見識一下才好，不要一整天總以爲自己是天下第一呢。」

我的變化二叔最爲清楚，白天才傳給我，到了晚上就已經臻至爐火純青，端的是不可思議。心中也替我高興，剛想開口贊我兩句，卻突然發現我身在空中的姿勢陡然發生了奇妙的變化，禁不住發出「咦」的一聲。

義父和三叔見二叔發出訝異的聲音，馬上定睛向我望來，一看之下，兩人也同時發出驚訝的聲音，三叔苦笑道：「我真該讓家裏那個臭小子來看看，這才叫悟性！」

義父呵呵一笑道：「咱們都小看了天兒，二弟這門功法雖是早年所創，登不上武道的大雅之堂，但是另闢蹊徑，自成一家，其中自有不凡的奧妙之處。天兒這麼短時間就能了悟於心，我等不如也。」

二叔露出感慨的神情，道：「這難道就是九曲十八彎功法真正的奧妙所在嗎？雖說以前未度第一劫之前天兒若未經雕琢的美玉，仍令我想不到現在竟會具有如此高的悟性，放眼世界，除了五弟我想不出第二個人了。」

義父和三叔兩人也露出深思的表情，如果「九曲十八彎」的功法真的可以改變一個人對武道的悟性，那就實在太可怕了，那代表任何再笨的人練過這種功法後，都會變得悟性奇高。

但是事實證明這是不可能的，據五弟說，這套祖傳的功法，鮮有人完全練成。

我並沒有看到義父及兩位叔叔的變化，只是沉浸在自身突破的喜悅中，在我想通了如何真正施展「御風術」後的時候，我突然想起，難不成這種功法只能用來跑路嗎，如果在對敵的時候也能夠施展，不是很好嗎？

但是就剛才所悟來的，我只能順著風的大方向運動。腦中重複著萬流奔騰的模樣，氣勢磅礴，聲勢浩大，水聲震天，可惜和我所想的卻無法聯繫上，思緒蔓延到自己熟知的溪流上，水流湍湍而下，偶遇矗在河中的岩石，水流被一分為二，水花四下濺散，然後又重歸水中。

瞬間，心中產生一種明悟，微風撞在身上四下溢散的時候，我不就可以有選擇的駕馭其中一股，做出轉動了嗎？如果再由這股跳到另一股……想到這，我不禁露出笑意。

第六章　靈龜地鐵鼎

我盡情的在半空中試驗自己大膽想出來的理論。皎潔的月光下，我如同在月下獨舞的精靈，揮灑飄逸，動作輕盈靈動，雖然流轉間仍有稍許停頓，卻不影響整體的美觀。

動作越來越純熟，彷彿踏風而行，在風中做出種種不可能的姿態，在別人的眼中，即便是腳踏實地，也無法做出這些幾近無懈可擊的動作吧。

除了不能逆風飄行，無論怎樣的動作我都可以熟練的做出來，要快就快，要慢就慢，想進便進，想退便退，閃避轉動無不隨心而發。必要時我會放出自己的真氣，改變風的方向而讓自己隨心所欲的在空中任意活動。

也難怪幾個長輩如此驚奇，即便是此功的創始人——二叔也是經過很長時間的摸索才達到我這種「任意妄為」的程度，就如同在水中游泳，在熟知水性之前，隨心所意的做出各種動作，會讓你有溺水的危險。而在熟悉風性之前，做出這些高難度動作會有從空中跌下來的危險。

動作越來越快，彷彿黑夜中的鬼魅，劃過的軌跡尚未消失便被一道軌跡給覆蓋，月光下我盡情的演繹著肢體語言。「似鳳」不知何時出現的，在我頭頂盤旋飛舞著，口中發出飄渺的聲音，彷彿在爲我伴奏，聲音低沉好似來自無邊的遠方，清晰處又好像是自己心內的悸動，音符與舞姿合二爲一，發揮著難以想像的威力。

所幸此時的三個觀看者是四大星球最頂尖的四大聖者，心志極爲堅定，否則，換做一個普通人，早就感動的熱淚盈眶。

突然「似鳳」吐出一聲尖嘯，聲音經久不息，波蕩在空氣中，漸漸消失在無有盡頭的暗夜裏。

伴隨著這聲吟叫，我也徐徐的從空中降回到地面，不帶絲毫火氣，動作自然而然。看到三個長輩都似笑非笑的盯著我，臉上突然的發紅，羞赧地道：「多謝義父剛才的指點。」

三叔接過話頭，道：「這哪是大哥的功勞，這分明就是你自己悟性很高，才會有此成就。天兒，三叔現在和你說好了，你從你四叔那裏回來後就到我那兒，你要好好幫我修理一下我家那個小子，讓他知道一山尚有一山高。」

我是知道三叔尚有一子的，而且據說在武道上也是不可多得的天才，只是不喜家傳武功，更是對三叔妙絕天下的煉器之法缺乏興趣，所以三叔很煩惱。

現在三叔讓我去修理他，是見我和他同為年輕人，看會否把他給同化，讓他對自家的功法產生興趣。我本身受了三叔這麼多好處，這個任務自不能推辭的。

三叔見我點頭答應，頓時非常高興，從身上拿出一塊鐵牌遞給我道：「這是我的信物，只要到了夢幻星，拿著這塊鐵牌到任何一家兵器店鋪都可以找到我。」

我接過鐵牌，馬上發覺了這塊鐵牌的不同之處。跟三叔學了這些天的煉器術，對煉器的材料還是有一定的見識的。不大的一塊鐵牌竟是重得異常，是普通金屬的好幾倍。

鐵牌的正面刻著一隻吊睛白額大虎，張牙舞爪，氣勢非凡，雙眼虎視眈眈，睥睨天下。背面簡簡單單的刻著一個「宗」字，這應該是「宗主」的意思，是家族中掌權者的至高信物。

我收下鐵牌放進烏金戒指中，我現在發現烏金戒指真的非常好用，什麼東西，不論大小，不論輕重，都可以放進去。

三叔道：「這塊鐵牌乃是用隕鐵所製，別人是無法假冒的了，所以只要你拿出這塊鐵牌，我家族中的人就會認出你。」

義父忽然道：「天兒，讓義父來驗收一下你的進展。」

我愕然道：「怎麼驗收？」沒想到義父突然要檢驗我的修煉成果，心中一陣緊張。

義父淡淡一笑道：「不要緊張，你只要全力向義父打一掌，讓義父感受一下你體內的真氣到哪種水準就可以了。」

「好。」我應了一聲，暗自放下了心，原來只是要檢驗我體內的內息，我運起丹田中的內息，滾燙的內息如同出匣猛虎，勢不可擋，令我產生一種非搏殺一番才痛快的衝動。

我情不自禁的喊了一聲：「義父，我來了。」雙掌燦出火焰般的金芒，遠遠看來就好像雙掌被火焰籠罩，氣勢竟是十分驚人。

義父望著我迅速逼近的一掌，不慌不忙的用左手印上我的右手，我手上的高溫氣勁如同靈蛇般迅捷的扭動著身軀，鑽進了義父的手心中。

兩位叔叔看我手掌包裹著的火焰化爲無數隻燃燒著的火蛇，飛舞著進入義父的體內，不禁暗暗點頭，事實上，我這招雖然看起來聲勢非常駭人，但沒有人會以爲我能夠傷到義父分毫。

當然我自己也非常清楚，全身的內息彷彿泥牛入海，連一個浪花也沒激起，就陷了進去。

突然從義父掌內傳來一股內息，我身子一震就已經被義父的氣勁震開。我站在原地驚駭的望著義父，沒想到我全力的一擊，就這麼被輕易的給破了。

義父捋著鬍子笑道：「天兒，你又給我們驚喜了，你的內息進步很快，已經達到第二劫的臨界點，從今天開始，你可以停止修煉內息了，因爲你的經脈還需要再進一步的修養，否則它將不能承受第二劫帶來的傷害。」

本來內息發生變化，我就隱約感覺到可能是第二劫快要到了，現在由義父口中說出來，更加確定了我的想法。

二叔接著道：「最長在兩個月的時間，你就得面對第二劫，這些天，你儘量多吃些白天我給你介紹的對你經脈有益的東西，使你的經脈能夠更快的成長起來。」

義父又道：「我已經和你二叔、三叔商量過了，爲了讓你自己面對第二劫，我們會在幾天後離開，在這幾天，你跟著三弟學習煉器之法。」

「似鳳」這隻可愛的貪吃小鳥，停在我肩膀，我伸手逗弄著牠，道：「義父，這隻小鳥是今天我和二叔白天在山上得來的。」

義父道：「嗯，你二叔已經都告訴我了，你福氣不淺，這隻鳥也不是那麼簡單的。」說著話時，右手虛空劃了一個圓，我完全沒有感到能量的波動，肩上的「似鳳」就被一個能量圈給套住，往義父手中飄去。

義父仔細檢查了一番，放開「似鳳」，哈哈笑道：「我果然沒有猜錯，這次你可撿到了寶，這種鳥可以說是和鳳凰是同宗的，雖然體形相差很大，卻非常相像。如果培養得好，這隻鳥將會進化成鳳凰。但是，據我所知這種鳥從來都是三級，很難進化。不過天兒是天生的福星，說不定有一天會讓這隻鳥進化到鳳凰的神獸級別。」

二叔和三叔也含笑看著我，看樣子他們對義父的話也是非常贊同，我有些不好意思的撓撓頭，忽然想到白天得到的那些神鐵木，我知道三叔對這個一定很感興趣。

從戒指中拿出一米長的神鐵木，三叔一招手，神鐵木從我手中離開向他飛去，三叔將神鐵木拿在手中，看了看，陡然無端端的從手心冒出幾顆火苗出來，藍熒熒的煞是好看，我卻知道這是三叔煉就的三昧真火。溫度奇高，想要煉出好的東西，非得三昧真火不可。

也因此，三叔已經將如何修煉這種三昧真火的法門教給了我，好讓我完全繼承他的衣缽。

我瞪大眼睛望著三叔用三昧真火鍛煉神鐵木，大約有一刻鐘，三叔撤去了手心中的火，而神鐵木仍安然無恙的躺在那兒。

三叔兩眼放光，脫口道：「不愧是神鐵木，果然非凡俗之物可比。」頓了頓，好像突然有了主意，「天兒，在剩下的幾天內，你跟著我鍛煉這根神鐵木，我會給你製造一個胚胎，等到你掌握了鍛煉之術後，自己再進行修煉，把它煉成你喜歡的兵器。」

我知道三叔是想在走之前，給我上最後一次課，在我面前演示一下真正的煉器術，只要能夠記住其中的環節，以後自己再慢慢的摸索，總有一天會圓滿的。

我點點頭，答應下來。三叔又讓我描繪一下想把這塊神鐵木修煉成什麼樣的武器，再幫我將其修煉成胚胎。

時間過得很快，眨眼間就是一個月了，義父和二叔、三叔業已離開地球有四五天。這段時間我獲益匪淺，從幾位長輩身上學到了很多幾乎一輩子都學不到的東西。

那段神鐵木，因爲我一時半會兒也拿不準主意究竟要把它煉成什麼兵器，三叔也沒有強求，只是暫時煉爲一把粗糙的短劍，身長不及普通劍身的一半。剩下的功夫，究竟最後把它煉成什麼樣，三叔便放心的交給了我。

小青蛇和小龜由於鳳凰蛋殼的功效，分別又進化了一品，現在都處於四級中品的級別。雖然四級的寵獸很常見，但是四級中品的野寵就很稀罕了，別人想擁有一隻都不可得，我卻一下子擁有兩隻。

小龜升了一品後，體積變得更大了，兼且牠早就已經到了可以封印的級別，所以我把牠和小青蛇一起給封印到「魚皮蛇紋刀」中，刀中的雪魄對牠們都有很大的益處，也許不久牠們還會因此再升一品。

「似鳳」這個貪吃的傢伙，每天自己出去找東西吃，吃完又飛回來，還纏著我要鳳凰的蛋殼，只是吃了這麼多，一直不見牠有什麼變化，我便不捨得給牠吃了。

被牠纏得煩了，就拿出幾根「九幽草」應付牠，沒想到這倒對了牠的胃口，因爲這

「九幽草」畢竟是生長在水中之物，牠的本事再大，卻沒辦法自己到水中找來吃。

所以，吃上「九幽草」之後，也就把鳳凰蛋殼給忘到腦後了，一天必吃兩根「九幽草」，好在牠雖然吃得多，但是河中還多得是，足夠牠吃的。

愛娃前些天來看我，她的那隻小白龜還在幼年期，差不多還得半年的時間才能進入成年期。看見我的小黑龜卻已經長得這麼大，而且都可以和主人合體了，十分豔羨。

追問我有什麼方法可以讓寵獸快速成長的，我本想告訴她關於「九幽草」的事，可是之前義父跟我說，「九幽草」乃是稀罕之物，如果說出去，人人都來採，「九幽草」勢必有滅絕的危險，所以這種寶物還是有緣人得之，總之來說，爲後代留下一些珍貴的東西總是好的。

愛娃誠摯的問我，我卻支吾以對，實在有點不好意思，我告訴她，我二叔精通丹藥的煉製之法，是二叔煉的一些丹藥促進了寵獸生長。

愛娃見我這麼一說，自然不好意思向我討我所謂的丹藥，況且她也知道我二叔已經走了。只是愛娃失望的表情，令我覺得自己騙她實在有失光明。

何況這條河是屬於大家的，我不應該不告訴她的。最後我決定自己煉製一爐丹藥，讓她過幾天來拿。

看她十分開心的樣子，我雖然沒有太大的把握，也只有盡力而爲了。爲了配合「九幽草」的藥性，我上山採了很多種藥材，本來是想煉一爐幾十顆送給愛娃的。

後來想想，再過幾天等村子舉辦完今年的迎春聚會，當然這個聚會是兩個村子互相交流的好日子。這個聚會一完，我就準備動身去后羿星看四叔去。

當然我得多帶些「九幽草」上路的，可是我發現「九幽草」離開水之後無法保存太長時間，所以我也就打算趁這個機會多煉一些帶著上路。

漫山遍野跑了兩天，竟讓我搜集了有近千斤的各種藥材，其中還不乏一些珍貴稀少的種類。

能讓我在短短兩天內採集了這麼多，大部分功勞是「似鳳」的，這個傢伙雖然貪吃，卻也有貪吃的本事，小傢伙把幾座山當作自己後花園般，熟悉異常，哪裏有什麼好東西，牠都摸得一清二楚，讓我省了不少事。

等到終於採集齊了，我卻忽然傻了，雖然自己知道如何煉製，但是沒有器皿來讓我煉製，我還得先用煉器術煉製一個丹爐，天哪，我快哭了，我到那裏尋找煉器的材料啊。

身上有很多鐵木，可惜這種東西雖是很好的煉器材料，卻無法擔任煉製鼎爐的能力。

三叔功力絕高，根本以至化境，無須任何煉器的輔助用具，就可以自己用純功力營造出一個適合煉器的環境，我雖知道方法，卻沒有能力辦到。

望著在太陽下面晾曬的藥材，我苦嘆一聲，這可如何是好。「似鳳」好像並不在意自己主人的心情，在院子空地上飛動著，不時開口歡快的叫出一聲，然後俯身啄吃地面的藥材，玩得不亦樂乎。

我揮揮手想把在眼前飛鬧的影子給趕開，卻知道這個貪吃的小傢伙根本不會甩我的。突然，靈機一動，望著空中歡快的身影，心中有了一個念頭。

本來還在空中玩得很開心的「似鳳」，忽然像是感覺到了什麼，一股冷意竟令牠打了個寒戰。

我堆起滿面笑容，吹了一記口哨，見牠停下來望著我，我趕忙拿出早已準備好的兩株新鮮的「九幽草」，招呼牠過來。

本以爲拿住牠的弱點，這還不手到擒來，卻意外的吃了個癟子，「似鳳」小黑眼珠轉了兩圈，竟然不飛過來。

看著牠猶豫的樣子，我暗自忖度，難道牠發覺到我的企圖了嗎？旋即就否決了這個想法，「似鳳」雖然是通靈之物，卻還不可能看透我心中的念頭。

一計不成，又生一計。我收起「九幽草」，又拿出了「鳳凰蛋殼」，嘿嘿，這種好東西，我想牠是無論如何都不能克制的。果然，我剛拿出兩片小塊蛋殼，牠便如箭一樣倏地飛掠過來。

見牠動作這麼快，我趕緊將蛋殼給攥在手中。自從我用「九幽草」代替鳳凰蛋殼後，牠很久沒有吃到這種美味了，這時候眼看就要到嘴了，竟還吃不到，哪還忍得住，飛快的繞著我腦袋一圈圈的飛，直到把我給飛暈，才停在我肩膀上，伸開翅膀磨蹭我的臉頰來討好我。

我伸出手在牠面前一晃，又迅速收起來，不急不徐地道：「小傢伙，東西可不能白吃哦，要幫我辦事，才能給你吃。」

看牠點頭的猴急樣，心中暗笑，我道：「主人現在想找一些煉器的材料，你要幫我在方圓千里的範圍內找找看才行。煉器的材料呢，就是一些金屬材質的東西就可以了。」

牠一聽說是方圓千里，馬上飛到我眼前唧唧喳喳的叫著，還用翅膀打我，顯然是嫌範圍太大。

我暗自忖度，竟然還敢給主人討價還價，我才不信你個貪吃鬼會忍得住。我裝作很可惜的樣子，慢悠悠的將手中的蛋殼作勢收回戒指中，牠果然不能忍受吃的欲望，忙著點頭答應。

我嘿嘿一笑道：「這才乖嘛，這是一半先給你吃，等你完成任務後，主人再給你另一半。」

「似鳳」不滿意的吃下了其中一份，「咭」的一聲，化作閃電般飛了出去。

望著牠遠去的身影，我呵呵笑出聲來，沒想到，這麼容易就讓牠屈服了，平常叫牠帶領我去找些好的藥材就推三阻四的，這次這麼爽快就幫我去煉製鼎爐的材料，實在是鳳凰蛋殼的誘惑力。

這兩天，愛娃又來了一次，我告訴她再等兩天，我還在採集藥材，她見一個院子中曬的都是各種各樣的藥材，也就相信了。藥材中絕大部分她都不認識，不禁對我能夠認識這麼多草藥更是佩服不已。

又過了一天，「似鳳」終於飛了回來，在我眼前「啣喳，啣喳」的叫著，好像要告訴我什麼，只是牠叫了半天，我只是大致弄明白牠已經找到了我需要的東西，位置正是太陽升起的方向。

被牠煩得實在不行了，拋出答應牠的那塊蛋殼，牠馬上用嘴叼著，飛到一旁慢慢享受起來。

耳邊總算暫時安生了，我就納悶了，「似鳳」天生可模仿百聲，可爲何獨獨不能發出人聲，真是令人不解。

想像著「似鳳」找了這麼長時間，會給我找到什麼呢?會不會是另一個驚喜呢?

第二天一早，我就隨著「似鳳」向著牠發現的煉器材料的方位進發了。牠在前面帶路，我在後面施展「御風術」緊跟著。

「似鳳」雖然體形很小，但令我想不到的是，不但速度飛快，而且有很強的持久力，一直到抵達目的地，牠都沒有歇過，當然我也沒有歇過，只是到了地頭，在牠東蹦西跳的時候，我不得不打坐來恢復自己的內息，消耗的實在很多。

等到真氣完全恢復，我長身站起打量著四周，剛剛一路飛掠而來，只是緊張的盯著快捷如風的「似鳳」，生怕一不小心跟丟了，哪還來得及仔細觀察四周情況，現在停下來才發現身處方圓很大一塊地方，竟是不毛之地。

我沿著山脊向上望，視線內也是寸草不生，奇怪的情況令我十分不解，到底是什麼原因造成群山環繞之中還會出現這種情況呢？我踩著奇形怪狀的碎石塊向山頂走去。

感受著腳底的凹凸，突然腦中出現一個念頭，我馬上撿起一塊碎石，仔細觀察，果然發現很多和普通石塊不一樣的地方，爲了證實自己的想法，我施展出半生不熟的三昧真火，累得我滿頭大汗，體內的真氣也已被我耗掉了一半。

不過我看著手心中那塊脫去外層石屑露出黑黝黝皮膚的地鐵，感覺這一切辛苦都是值得的，「呵呵，」「似鳳」確實是個通靈之物，竟讓牠找到這不可多見的地鐵。

以前我曾聽村長說過，百多年前這裏曾經發生過火山爆發，只是離村子很遠，村子才沒有受到岩漿的毀滅，躲過滅頂之災繁衍至今。

怪不得這裏什麼植物都沒有呢！望著滿地的地鐵礦，我開始滿心歡喜的撿拾一塊塊的鐵礦，三叔臨走前給我的那塊晶片中的大量記載裏就有提到這種鐵礦，說是岩漿從地底帶出來的，因爲經過地心之火的淬煉，所以是最適合作煉丹之用的鼎爐。

很快我就收集了近百斤的地鐵礦，煉製丹爐鼎，因爲是大型的東西，所以不要求很細緻，當然細緻點會更好，這樣對煉製丹藥也有好處。只是我現在水準還只是初級，只能按部就班照著晶片所說，逐一的來煉製。

好在材料很多，不怕浪費，我來到火山頂，雖然火山已經成了死火山，但是只要經過我的三昧真火爲引，仍能從地底導出熾烈的火氣，再輔以我的火熱氣勁，差不多也該可以了。

說做就做，我就地盤腿打坐使自己進入最佳的狀態，然後全力開始我的處女之作。

等我從入定中完全醒來，此時已是傍晚，四周靜謐無聲，二叔晶片中的入門篇曾警告過：當煉丹藥的時候，也是最危險的時刻，方圓百里之內有靈氣的生物，不論是好是壞，都會聞風而至。

所以，煉丹之前首先要保證自己的安全，當然像二叔這般已經如半個神仙一樣，自然有自己的一套辦法，在煉丹之前，首先用真氣製造出一個結界，將自己和丹藥都裹在其中，這樣無論鬼神都無法得知了。

現在雖然不是煉丹，但是爲了安全起見，我還是放出封印在魚皮蛇紋刀中的小青蛇和黑龜。

黑龜現在已如磨盤大小，四肢強健，身上的龜殼長滿了尖刺，再不復一個月前的可愛模樣，小青蛇也長大了不少，最明顯的就是口中的獠牙，吞吐蛇信的時刻，在空中閃著駭人寒光。

這兩個四級的寵獸應該可以保護我了，「似鳳」也好像感覺到什麼，「呷呷」的叫著，好像是在叫我放心。

我深吸一口氣，平靜起伏不定的心情，端坐在火山口，默運三昧真火，向火山深不見底的底端探去。不大會兒，地心的熾熱火氣和我的三昧真火遙相互應，順著我遺留的軌跡，冉冉升上來。

我將雙手淩空虛抱在胸，一個碩大的真氣形成的氣囊瞬間形成，再將鐵礦的部分放進去，一次全放進去我恐怕承受不了，所以打算一點點的慢慢煉製。

地心傳來的火氣，盤旋著一圈圈纏繞在氣囊上，更有一部分從我的手部向我的體內侵襲過來，我大吃一驚，正要有所反應，卻意外的發現，火氣進入體內竟然和本身的火熱內息混爲一體，隨著繞經脈的運轉，漸漸被同化，不分彼此。

我不禁喜上眉梢，沒想到竟還有這種好事，本來我還在擔心煉了一半體內的真氣耗盡該怎麼辦，現在看來應該不會出現這種情況，而且我想等我煉製完成後，體內的真氣可能會增加很多同化地心火氣的部分。

溫度呈四十五度飛速上升，地鐵礦開始漸漸的熔化成鐵液，我閉上六識，全身心放在煉製地鐵中，腦中快速描繪出一副副鼎爐的形狀，最終選定其中一副，三腳兩耳，成鯱狀。

真氣在體內循環不息，維持著氣囊和三昧真火。本身的內息早已用完，現在只是不斷的利用地心火氣撐著場面。

雖然真氣暫時不虞匱乏，但是我的體力卻難以支持，雙手已經承受不了鼎爐的重量有了發抖的前兆。身上也已是汗流浹背，如同水洗。

肉體折磨的痛苦，和體內真氣進步的喜悅，矛盾的充斥著身心。火越來越旺，溫度特別的高，就連我體內火屬性的真氣都快受不住。這段時間天天吃的大量藥果，現在總算是做出了貢獻，不斷補充陰涼之氣來滋潤受到熏燒的經脈。

很快，體內的內息已經積聚到飽和的程度，沖塞在經脈中，不斷的往兩邊擠壓、擴展，我彷彿聽到經脈撕裂的聲音。

地心的火氣仍在不知疲倦的源源不斷湧進經脈中，我隱約感到，可能第一曲的第二劫要提前到來了，這時候鼎爐也正在關鍵時刻，即將成型，我不敢放手，恐怕功虧一簣，只好分一半心神到經脈裏的真氣中，看是否可以慢慢的將其疏導出去。

火氣越積越多，到最後根本來不及被同化，就直接隨著其他火氣往體內的其他經脈湧去，在很多經脈已經被塞滿的情況下，無路可走的火氣開始主動的拓展一些未開發的經脈。

這完全是亂來，一條經脈可能要經過很多天，一點點的溫和的打開，強行來定會傷害到經脈的柔韌度，甚至有可能這條經脈從此以後再也不能使用，在武道的修行上留下永遠不可恢復的傷害。

如果不是早已閉住六識，我恐怕早已痛苦的呻吟出來。這是非人的折磨，卻偏偏不可逃避，更使我備受煎熬。

氣囊中的鼎爐終於成型，但是還要再經過一斷時間的煉化，才能算真正的成功。

一條條經脈在經過痛苦的經歷後被強行打開，然後被火氣佔據，我全身大大小小經脈此時竟被強行打通了七八成，神經性無法形容的疼痛，遍佈全身。

眼看，鼎爐已經形成，我迅速撤去雙手的三昧真火，地火沒有三昧真火的導引，地心火氣無法從地底湧上來，不過這時候稍顯遲了些，體內的內息終於達到了臨界點。

全身經脈統統被打通，而身體中原有的內息現在全換爲不熟悉的火氣，佔據了所有的經脈，火氣尙顯不滿足，拚命的往四周擴展，我守著最後一絲靈光不被疼痛湮滅，努力的驅動這些火氣向體外溢散。

體內的火氣實在太多，我無法忍受到一點點的把它們全部驅趕出去，腦子十分混亂，不可抵禦的壓力，令我五官紛紛向外溢出一絲絲的鮮血。

我拚起最後一絲神明，強行將其驅趕出去。說也奇怪，溢出體外的火氣，沒有反噬我，而是順著氣囊和鍛煉鼎爐剩下的火氣融合在一起，共同鍛煉鼎爐。

我狂喝一聲，體內的火氣在我最後一次驅趕下，爭先恐後的往外擠，經脈意外的遭受最大的考驗。我再也無力了，那一點點的清明漸漸沉入思海深處。

就在這即將被毀滅的剎那，一股涼潤的內息紛紛搶入，經脈如同久旱逢甘霖，暫時恢復一部分活力，勉強抵禦著火氣的強大壓力。

世界瞬間靜止，彷彿世界從來就沒有過聲音。接著深沉的悶雷聲從遙遠的天邊傳來，「轟隆」聲愈來愈近，突然一聲驚天動地的炸響，體內的火氣分爲兩個方向湧出體內。

一支湧向鼎爐，另一支卻湧向剛才那股涼潤內息的方向。

經脈豁然開朗，我昏過去前最後一個念頭是，這次又是小黑龜救了我，剛才那股涼潤內息我很熟悉是屬於小黑龜的。

過了很長時間，我才幽幽的醒過來。

剛一醒來，我便立即察覺到自身的變化，身體中內息激蕩，如長江大河源源不斷，經脈也充滿異常的生命力，全身的細胞都顯得格外活躍，好像獲得了新生一樣。

心念微動，一簇藍幽幽的三昧真火立刻出現在手心中，跳動著、閃躍著。體內的真氣比之地底的火氣不遑多讓，溫度高得嚇人，而我的身體，卻奇怪的非常享受這種酷熱的高溫。

我愣了一下，馬上醒悟過來，自己安全的度過第二劫，終於真正的邁入第二曲的階段，體內原本陰屬性的內息在經過第一劫的時候，部分變為陽屬性，現在才是真正至大至剛的純陽。六識也變得更為敏銳。

小青蛇在我身邊盤繞成蛇陣保護著我，這時見我醒來，腦袋吐著蛇信轉向我，「似鳳」也落在我身上，輕輕的啄著我的臉頰。

目光掃過一周，獨不見小龜在哪，我回憶當時的情景，自己忍受不了高溫，快要崩潰的當兒，一股涼潤的內息分走了很多火氣，我現在才能安然無恙。憑我的感覺，那個應該是小龜的氣勁。

左右都沒有小龜的蹤跡，正在納悶的時候，忽然視線落在眼前我的處女作上——鼎爐。

鼎爐比我想像的要煉得好，但這並不是讓我無法移開視線的原因，真正令我奇怪的是，這只鼎爐多了一些本來不應該有的東西。

在鼎爐的底端，本來應該是三隻腳的，現在卻變成一個碩大的烏龜，背上托著一個人高的鼎爐，烏龜栩栩如生，竟和小黑非常相像。鼎爐燦發出流光異彩，一團溫和的白芒游走於鼎身。

我暗自揣測，那莫非是小黑在最後鼎爐煉成的刹那縫隙，被我不小心給封印到鼎爐上了，這才讓鼎爐變成現在這個模樣。

我探手撫摩鼎身，熾熱的感覺從手上傳來，小黑是陰屬性的，怎麼能夠封印到鼎中呢，一般來說，屬性相克是無法共存的。

爲了證實我的想法，我默念解封真言：「咄！」

一道黑光閃過，小黑龜果然從鼎中出現在面前，只是以前那種給人冷寒的氣息現在業已經變得火熱，彷彿是一團熾熱的火焰，身周圍的空氣在高溫下，彷彿在扭動身軀，變得有些不真實。

望著小黑龜明顯的改變，我爲之愕然，旋即又明白過來，肯定是黑龜在幫我的時候，體內原本的氣勁使用完後，被火氣強行佔據了身體，屬性被改變，還好關鍵時刻被封印到剛煉成的鼎爐中躲過死劫，但是這樣也有一個缺陷，黑龜和鼎爐合爲一體，如果鼎爐被人毀了，黑龜也就不存在了。

既然沒有損失，我開始安心的打量眼前的作品。

我欣喜的在鼎身上一寸寸撫摩著，只看成型之後散發出的條條瑞氣，放出的耀眼光暈，就知道此物已經有了很好的模型，只待我以後煉器的功夫更上一層樓，便可以再對它進行二次煉化。

「不錯，不錯。」

我嘖嘖的稱讚自己。雖然過程非常危險，差點就玩掉我的小命，但是還好結局是喜人的，鼎爐成功煉製，我和小黑也因禍得福，我是成功度劫，從此眼前一片光明，而且義父曾說過，只要安全進入第二曲，我就可以和寵獸合體。小黑換了體內氣勁的屬性，成功再升一品，是爲四級上品。

我唯一覺得不好的地方，就是鼎爐的體積實在太大了點，如果可以再小一些便好。越小的鼎爐煉製出來的丹藥才是極品，現在鼎爐雖大，可煉製出來的都不會很稀罕。

不過呢，鼎爐大也有好處，可以一次煉製很多藥丸出來，藥性差點也無所謂，不然給愛娃的丹藥太好，也會給我帶來麻煩。

天色太晚，第一次煉製丹藥還是在白天會好點。我決定先回去，明天再來，何況還有很多藥材還在家中晾曬呢，正好明天一併帶來。

我伸手抓住鼎爐，想舉起來，手中一沉，卻感到鼎爐意外的重，不過想想剛才煉製的過程中，差不多陸續的用了大概好幾百斤的地鐵，也就是說這個鼎爐也差不多是這個重量。

雙手灌注內息，鼎爐應手而起，抓起來想往烏金戒指中放，卻怎麼也放不進去，不知道是太重的緣故，還是體積過於龐大的原因？

下意識的往四周看了看，這裏人跡罕至，鮮有人來，鼎爐放在這應該還算安全的吧。將小黑龜給封回到鼎爐中，我駕起「御風術」往來的路飛去。

到了家中，沒想到愛娃正在家中等我，閒極無聊在院子中翻弄著藥材，自得其樂，小白龜比出生時長大了不少，可是若與同胞的黑龜比仍是很小。

我沒有注意到院子中人在，直接駕著風飛進院子中。

愛娃看見一個黑影突然從天而降，頓時嚇了一跳，等到看清是我，露出笑臉迎了過來，道：「天哥，你回來了。」

我比愛娃要大些，一直把她當作小妹妹看，她把我當作哥哥般敬愛，所以我看到她嬌俏的模樣，情不自禁的伸手摸摸她的腦袋道：「是不是等了我半天啊？」

她顯然被我親密的舉動有些不適應，愣在那兒，過了會兒顯露出小女兒家的可愛動作，認真瞅了我兩眼，嗔道：「天哥，你最近變化真大，以前你都不會摸人家腦袋的，嘻嘻。一點都不像人家哥哥，倒像是個弟弟。」

我忍著笑，板起臉孔道：「放肆，竟然開哥哥的玩笑，非要把你拉下去在你的小屁股上打上十大板。」

愛娃像剛認識我般，道：「天哥，你竟然會開玩笑了，真是奇怪，真的比以前變了很多。而且你的功夫也比以前強了很多，剛剛竟然是從空中飛回來的。」

看她一臉豔羨的樣子，我正容道：「哥哥那不是真正的飛行術，而是與之相類似的另外一種功夫，比起飛行術要容易很多，你也可以學的，你要是想學，我可以教給你。」

愛娃驚喜地道：「真的嗎，我可以學會嗎？天哥，那你快教給我，我很早就想試著自己飛上天，感受一下無拘無束，徜徉在天空的自由感覺，藍天白雲，一定感覺很好。」

看她投入的樣兒，我道：「現在就要學嗎，太晚了吧，再說我還沒吃晚飯呢。」

愛娃有些迫不及待地道：「天哥，我去給你弄吃的，你現在先休息一下，等會吃完了一定要教我怎麼飛。」

小丫頭天賦很好，又很好武，看來今晚我不能睡好了，不過想到愛娃的手藝，呵呵，我有點留口水了。

在現今這種年代，飛行實在不是什麼新鮮事，現在的空中交通和以前的陸地交通一樣發達，這都是科技進步帶來的。由於現在武風昌盛，更多的人願意用自己的內息作爲動力來飛翔。

有了市場的需要，新的交通工具也就隨之誕生，各類空中飛行物大多輔以使用者的內息來進行運作，滿足消費者的意志嘛，不然練武來幹嗎，都已近一百多年的和平了，習武的好處只能在衣食住行上打主意。

另外一類人，靠著和寵獸合體，在天空飛行，不過這樣缺乏美觀，所以這類人也比較少。

還有一類人，飼養可以飛行類的寵獸，等到長大以後，自然可以載著主人在天空飛翔。

剩下最後一類人，也是最少的一類人，他們都是修煉武道中的翹楚，功法高深自然不在話下，憑藉本身深厚的內息作後盾，在天空穿梭飛翔。但是真正意義上的飛翔術，需要很多的條件，所以由此誕生了很多借助工具類飛行的功法。

第七章 靈刃除獸

真正的飛行術，好處也是顯而易見的，速度快，動作靈活，而且能夠飛行到很高的高度。比之普通的飛行器有過之而無不及。

唯一缺點就是長時間會耗費大量的真氣，所以現在很多人即便是很強的人，都放棄了飛行術，而採用駕馭寵獸的方法在天空飛行，這種方法幾乎不消耗本身的內息，而且飛行速度也不慢，越是高級的寵獸飛行速度也越快，雖然趕不上飛行術的速度，但是比起飛行器來說絕對是綽綽有餘了。

當然，也還是有少部分武功高絕的人自恃身分，仍是採用飛行術。如同四大聖者，個個功參造化，除了進行星球間的飛行，一般來說耗費的真氣對他們來說，只是九牛一毛。

而又由飛行術衍生出來的各種飛行的功法，可謂是多如牛毛，其中也確實產生了不少絕妙的功法，二叔傳我的「御風術」，就是裏面的佼佼者。

愛娃見獵心喜，我自當是傾囊相授，誰叫我們情同手足呢，何況，二叔也曾說過，以後如果我遇到合適的人，自然可以傳出去，好的功法不能夠敝帚自珍，越多人學會，對人類社會越是有利。

義父說師傅領進門，修行在個人。任何功法不同的人學就有不同的效果，而且武學一道重在領悟，生搬硬套，一味模仿始終是落在下乘。

如義父、二叔等人身為四大聖者，受萬人景仰，功利之心早就淡了，他們根本不在乎，自己的功法是否被人偷學，或者失傳，而是著眼在是否對人類社會有利，否則四人也不會合力創造了這一百多年的和平。

當晚，我就把「御風術」的基礎部分授予了愛娃。睡了一個好覺，第二天清晨就又出發了，本來愛娃想跟著我去看看怎麼煉藥的，被我以路程太遠給推掉了。

只是走的時候，大黑突然深深的看了我一眼，幽綠的眼神好像是在向我傳達什麼意思，可惜我當時著急趕去煉丹，沒有放在心上。

因為這是第二次去，輕車熟路不是那麼緊張，心中自然就空下來，回想剛才大黑的眼神，心中一陣悸動。自從那次我巧得龜蛋，而且目睹了大黑的真身後，大黑便不再向以前那樣隨時隨地跟著我了，整天懶懶的躺著。

義父說過，當年他們和父親總共五人去屠龍，獲得一枚龍丹，我和大黑一人獲得了一牛，因此我和大黑有種超乎尋常的感應，不然那次在河中遇險，大黑也不會及時趕到救了我。

在某種意義上說，大黑和我合在一起才是一個完整體。

義父曾告訴過我，龍丹是極爲稀罕珍貴的寶貝，但是使用不當會反噬本體，造成極大的危害。

因爲龍丹在我很小的時候植入我的體內，又經過義父四人的聯手壓制，基本上是屬於沉睡狀態，經過這麼多年已經成爲我身體的一部分了，直到上一次，不久前的險遇才開始慢慢的甦醒，隨著我的成長而釋放著它無匹的力量。

而大黑則不一樣，本身就是七級的高級寵獸，且有自己煉製的精魄，和龍丹之間有微妙的聯繫，兩者力量互相牽制，誰也無法煉化對方爲自己所用。

所以上一次變身，借用了龍丹的力量，使其對身體造成了一定的傷害。因此到現在一直顯得萎靡不振吧。

義父告誡我少用大黑的力量，以大黑現在變身後的本領，即便以義父四大聖者的力量也不敢輕言制服得了牠！但是，其一，隨意動用龍丹這股強絕的力量會造成大黑的傷害，其二，不利於我成長。

三叔給我出了一個主意，讓我煉製一個神器，將大黑封在裏面，不到危險的時候絕不解封。龍丹由於在大黑體內肯定會被一塊封印，這樣也足以使大黑不受龍丹力量的反噬。

心念轉動，想到烏金戒指中的那段初具劍胚的神鐵木，應該是個絕佳的封印容器，畢竟鳳凰乃是僅次於龍的極高級神獸，而這千年鐵木本身就非凡物，再者吸收了鳳凰的靈氣，把此物造成神兵利器，用來封印大黑實在再好也不過了。

自小大黑就陪著我，實在是我最親的朋友，怎麼也不能讓牠出事，等這邊事一完，我要好好學習一下三叔傳我的煉器之術。我的「九曲十八彎」剛進入第二曲，以後是積累內息，離第三劫還遠得很，暫時不急著修煉。

煉器該是當務之急，應放在首位。

思緒飄揚間，已經來到了地頭，靈龜鼎矗立山巔，晨曦中，五彩光芒周繞全身，使人一眼看去便知此物非同小可。

三叔告訴過我，真正的神器是不會隨意顯露它的光芒的，那是同大道至簡，大巧若拙同一境界的，已化耀眼爲樸實。

靈龜鼎是我按照三叔給我的晶片中所說的煉器步驟，而且是精簡至最簡單的步驟，按部就班的煉製而成，我能夠一次成型，而且煉製出來不錯的寶物，實在有很大僥倖成分。

雖然是寶物，我仍是不太滿意，東西實在太大無法放進烏金戒指中，難不成我要把靈龜鼎永久放在這嗎?我是萬萬捨不得的，且不說該鼎是我第一個作品，只是它和小龜形神相結，已經不只是一個鼎那麼簡單了，某種程度上來說，鼎已有了生命，小龜便是鼎靈。我又怎麼會捨得把小龜丟在這兒日曬雨淋呢?

望著大鼎，我暗暗自語，如果要能夠小一些就好了，忽然想起四叔送我的那把刀，便是可大可小，三叔在四人中的煉器本領是最強的，他贈我的那個晶片裏應該會有這種技術。

我將藥材一股腦的從烏金戒指中取出放進鼎中，然後再取出一些「九幽草」放到裏面，最後猶豫再三，又拿出一些少量的鳳凰蛋殼好增加功效。

我本來就只有不多的鳳凰蛋殼，所以為了以後著想，我只取出少些，即便只是一點，已經足以使那個貪吃的傢伙聞風而動了。

「似鳳」聞香而來，我趕緊把鼎蓋封上，防止這個小賊給偷吃了去。

二叔給我的晶片上記載的百草經，其中根本沒有煉製這種丹藥的方法，只有一種叫作「黑獸丸」的東西，可以治療寵獸的傷勢，我是按照這個配方然後又私自加入了「九幽草」和鳳凰蛋殼。

晨日的暉光中，開始了我的煉丹大計。

雙掌迸發出燦燦火光，兩大團三昧真火出現在鼎底，山風「忽忽」刮過，火苗隨著蹦躍跳動，如同火的精靈在風中戲耍。

百草經中記載「黑獸丸」需要十八個小時才能夠煉出，色澤黝黑，味澀而苦，卻是寵獸的療傷聖藥，這確是符合「良藥苦口」的俚語。

一般寵獸只要受的傷不重，都可以被主人招回，再次封印到兵器中，在封印中，會很快的不藥而癒，但若是受的傷太重，便沒法子再回到兵器中，也沒法子自己復原，所以像黑獸丸這類東西實在是搶手得很。

本來我是不知道還有這麼回事，是二叔給我的百草經中在黑獸丸這一欄，用小字寫下的這麼一段話。

黑獸丸需要十八個小時才能煉好，不知道經過我改了材料的這種藥丸得要多長時間。我想應該時間不會低於十八個小時的。

我源源不斷的催發著三昧真火，閉上雙眼，將心神沉了下去。這麼長時間可千萬不要浪費了。

先是檢查了一遍身體，所有機能一切良好，經過幾次大傷，倒愈發的呈現出盎然生機，澎湃的生命力環繞周身。

心臟有力而緩慢的跳動著，在我的意識下，一部分內息在經脈中有條不紊的運轉著，彷彿是老闆在嚴格審查自己的工廠生產線一樣，把身體所有器官都檢查了一圈。

結果令我很滿意，身體各部位的器官，彷彿是新生兒一樣，一點使用了十幾年的痕跡都看不見。

我將意識從體內拉出來，移動鼎下。

鼎雖大，小小的兩簇三昧真火卻已經夠用了。忽然我看到鼎好像與昨天不大一樣了，昨天小龜明明是在鼎底的，今天卻好像鼎和牠已經合爲一體了。

整個鼎就是小龜，短小的四隻龜腳成了鼎腳，穩穩當當的紮根在地面，鼎身是小龜的身體，鼎蓋是小龜的龜蓋，小龜的腦袋赫然就在鼎身的一面，昂首望向遠方，搭配在一起，倒真的像一件不錯的藝術品。

由此我推知，小龜真的已經成爲鼎靈了。

「唉，」我嘆了口氣，不知道這樣對牠是好是壞。心情不由得變壞，將意識收回體內，沉進黑暗的角落。

時間不知過了多久，突然心中一動，意識從沉睡中醒來。感覺有些不對勁，發現原來是真氣快要耗盡了，丹田中空蕩蕩的已是人去樓空，剩不多的內息盤桓著。

我驚訝的暗自忖度，究竟過了多長時間，在沉睡之前，我曾計算過，以我現今的內息維持兩團三昧真火至少可以撐二十四小時以上。

「難道已經過了一天一夜了？」我不由得抬頭望向天空，剛好看到一輪紅日正從東方的地平線上冉冉的升起。

沒想到，一睡就睡了這麼長時間。

視線掃向兩手之間的靈鼎，卻意外的發現靈鼎根本沒有什麼變化，怎麼也看不出，是不是藥已經煉製成功，看不到熱氣，嗅不到氣味，更聽不到什麼東西。

這倒讓我不禁頭疼起來，忽然靈光一閃，將意識探入鼎中，看看是否能夠看到什麼。眼觀鼻，鼻觀心，抽離出一絲意識，徐徐的遊到鼎邊，試圖向內部探去，突然一股很強的靈力倏地出現，猛烈的向我湧過來。

我大駭，如果讓它給撞上，這小股意識定然不堪一擊，一旦被擊散，對我精神方面的修煉將是巨大的打擊。

我急忙向意識發出命令，導引它逃回本體，那股靈力來勢急快，眼看不及逃脫，要受到滅頂之災的緊張時刻。靈力突然停了下來，探頭探腦的碰了「我」一下。

我不知所以然，怎麼情況急轉直下，出現當前的奇怪情況，那一下觸碰令我生出熟悉的感覺，好像在向我傳達資訊，只是我一時半會無法領會。

見「我」沒有反應，那股靈力又碰了我一下，這下子更讓我奇怪了，好像小狗在向主人撒嬌。我恍然大悟，原來是小龜的靈力，我試探的發出安慰的信號。

那股靈力收到後，果然很受用，在「我」周圍逡巡環繞。

我噓出一口氣，原來是虛驚一場。沒想到小龜的靈力竟然可以自主的守衛龜鼎，真是奇妙。

隨著小龜的靈力，我的意識輕易的伸入鼎的內部，鼎中霧氣濃厚，佔據了所有空間，意識無法透過霧氣看到鼎底的情況。

遲疑了半天，還是收回了意識，睜開雙眸，瞧著眼前的傢伙，一時間拿不定主意是不是該開鼎取藥。這時候天已放亮，不時有起早的飛鳥從頭頂飛過去。

正在猶豫的當兒，忽然，靈龜鼎的頂端憑空出現兩個孔，水熱氣從孔中紛紛湧出，令我奇怪的是，竟有一股異香縈繞其中，淡淡的香味，如若不是我六識經過兩劫的進化，變得靈敏無比，肯定是無法發現的。

望著噴湧而出的燙手的熱氣，我猜想可能是丹藥已經煉製好了，所以才會有此異象。

可是百草經記載的是煉製成功的「黑獸丸」味澀而苦，如果真的這樣，不可能會有這種奇異的香味。

轉而一想，那是「黑獸丸」成功煉製出來的氣味，可能經過我多加的兩味主藥後，味道可能就變化了。

想到這裏，心中已拿定主意，這藥八成是到火候了，口中大喝一聲：「開！」就待伸手運足氣力將鼎取開，沒料到，我剛喊出聲音，鼎蓋應聲而開。

我馬上想到這是小龜聽到我聲音，按照我的意願打開了鼎蓋。刹那間雲蒸霞蔚，一朵巨大的蘑菇雲在鼎口處形成，徐徐上升，逐漸變小。我感受到一股比剛才強千百倍的奇香，伴隨著蘑菇雲一同沖了出來，不斷的向四周擴散。

奇香從身邊飄過，頓時感到一陣舒坦，一種醉人的感覺，令我好像漂浮在雲端。我大感驚訝，究竟煉出了什麼東西，竟然出現這種從沒聽說過的異狀。

我正疑惑著呢，眼前一花，只見一道紅光閃過，似閃電般快速，陡然的鑽向鼎中。不用想也知道，除了那個貪吃的「似鳳」，誰有牠這麼快的速度。

「唉，」我象徵性的嘆了口氣，好歹也是和鳳凰是同宗的，怎麼沒有一點身為高級神寵的自覺呢。

正在嘆息的時候，一道紅光以比剛才更快的速度倏地飛了出來，我納悶的看著狼狽逃竄的牠，還在想沒得到好處牠怎麼會輕易放棄？耳邊突然傳來「呷」的一聲。

牠肯定是剛才在鼎內吃了虧，所以逃得比誰都快，也因此聲音的速度才沒趕上牠逃跑的速度。

我也想知道，鼎內到底煉出來的是什麼，我於是探頭向鼎內看去，剛到鼎邊，一陣滾滾熱浪迎面襲來。伸手試了試鼎的溫度，絲毫不亞於三昧真火的熱量。

看來這鼎的溫度一時半會兒還散不去。

「似鳳」是生活在林中的寵獸，再怎麼和鳳凰是親戚，也忍受不了這麼高的溫度，難怪，牠竟吃了個癟，空手而歸。

望著牠不甘心的在鼎邊轉著，我不禁莞爾，笑罵道：「這下沒轍了吧，心急吃不了熱粥。」

「似鳳」瞪了一眼，好像很惱怒我在一旁幸災樂禍，抗議地發出「唧唧」的清脆叫聲。

我不理牠，再次將頭探進鼎中，鼎雖熱，對我卻無傷大雅，我的純陽之體，在越熱的溫度中越感到通體舒坦。

運足一口氣，從口中吹出，想要把鼎中瀰漫的熱氣給吹散好看清，熱氣源源不絕的產生，怎麼吹也吹不完，望著厚重的霧氣，我愣在那兒，不知道這些吹不完的霧氣是從哪產生的。

沒轍，我只好把頭伸出來，視線剛巧碰到「似鳳」，「似鳳」也是一愣，隨即發出「喈喈」的叫聲，拍打著翅膀，好像在嘲笑我。

我暗罵一聲，正所謂風水輪流轉，剛才還是我笑牠，現在變成我被牠笑，我罵道：

「死鳥，還敢笑你主人，等會拿出來不給你吃。」

我不甘心的將內息運往手部，護住皮膚不會被燙傷，把手伸向鼎底，我不信用撈的，我還撈不出來。

鼎太深，我不得不欠著身子，把手伸到底部。估摸快要到底了，我小心翼翼的憑感覺找著煉製的藥丸。忽然我的手好像被東西給黏住了，使了很大力才拔出來。

開始我以爲，這是煉製過程中剩下來的藥汁什麼的，誰知道，剛閃過這個念頭，就發現，手所觸及到的地方，均是這種東西。

我停在那兒，有些尷尬的自語道：「難道我煉製出來的就是這些東西嗎？」

我尤不甘心的探手向更底部摸去，大概有一隻手那麼高的距離，已經到了底部，我不得不得出這樣一個結論：此次煉藥失敗！根本沒有形成藥丸，全部都還是液體的形式。

「唉，可惜浪費了這麼多辛苦採來的藥。」用手帶著稍許黏在手上的藥汁來到鼎外。怎麼說這也是費了很大的辛苦才煉製出來的，雖然失敗告終，我也想看看，自己究竟煉製的是個什麼樣子。

其實我是有一些僥倖的心理，百草經中記載，有一物叫作「龍涎香」，將其點燃，釋放出來的異香如酒般醇厚，沁人心脾，聞之醉人，百獸趨之若鶩。

其中氣味的描寫和這鼎裏冒出來的氣味十分相似，所以我帶著一絲的僥倖心理，把藥汁帶了一點上來。

我仔細端詳著食指上的藥汁，黏稠狀，呈黃綠色，剔透如水晶，異香綿延不斷的從上面蔓延到空氣中，我深深的吸了一口，真是醉人啊！

陶醉在不知名的異香中，我幾可以肯定，自己胡亂煉製出來的東西，一定非同凡響，至於怎麼會出現的，答案就在「九幽草」和鳳凰蛋殼兩種東西上。

這兩種東西都是極爲稀罕之物，配合其他藥材，才煉製出來這聞所未聞的藥汁出來，要是二叔在，他可能會知道。

「似鳳」早就按捺不住，趁我陷入思緒中，陡地飛落在我手上，尖尖的紅喙啄食著我食指上的奇異藥汁。

瞧牠的興奮樣，我也任由牠解饞，沒有管牠。雖然這第一次煉製失敗了，但卻獲得了很多的實踐經驗，假以時日，一定會煉製成功的。倒是愛娃那邊，我該怎麼交代呢，說是給她藥丸的，現在卻變成了藥汁，我應怎麼解釋。

就在我沉思該怎麼向愛娃解釋的當兒，一道黑影驀地出現，勁風逼體而來，帶著滾滾熱氣，一起席捲而至。

「似鳳」見機不好，一聲尖叫，陡地振翅飛開，我的手指整根暴露在突然出現的怪獸的眼下。怪獸長開大口，直向我的手指咬來，似要將我食指整隻給吞到口中。

一股硫磺味，迷漫在四周，怪獸動作很快，我甚至來不及看一眼牠長得什麼樣子，手指就被牠吞到口中。

我這時哪還敢猶豫，硬著頭皮，迅速調集內息充滿整條胳臂，破釜沉舟的一拳往牠身體深處搗去。已經度過了兩劫的我是和以前大不相同的。正如義父所說，天下雖大，已經沒有我不可去的地方了。

萬道金光在怪獸的體內暴開，透過身體射了出來，連帶將怪獸也給染成了金色。

怪獸承受不了我這拳的威力，陡地爆炸開去，碎肉帶著血沫從空中撒下來。怪獸已死，我大呼僥倖，要不是怪獸太不小心不把我放在眼裏，應該不會死得這麼快的。

我瞥了一眼，手臂在牠口中帶出來的黏糊糊的唾液，不由得，運氣將牠給蒸乾，散發出陣陣的硫磺味，我皺了皺眉，暗自忖度，這是什麼獸類，口水一點腥臭味都沒有，反而是有濃烈的硫磺味，真是奇怪至極。

剛剛太過緊張，沒看清牠長什麼樣，就將牠給分屍了。不然以後還可以查查看，這是什麼怪物，竟然來搶我煉製的藥汁。

我忽然覺得有些不對勁，好像忘掉了什麼。突然靈光一閃，讓我給想起來了，平時「似鳳」不是這麼好相與的，被別的怪獸給趕走，連聲音都不敢叫出來。

「似鳳」雖然在寵獸中級別不高，但是在鳥類中，何曾怕過誰來，動作又快，聲音又能產生很大的攻擊作用，防不可防，今天怎麼這般不濟，不但飛走，而且在怪獸死了後也不敢回來。

我搖搖頭，想不出個所以然。

正要走過去把鼎給封上，無意中發現，地上有隻很大的奇怪黑影，不斷的拍打著翅膀。

我終於意識到了不對，猛地望向天空，三隻體形碩大的傢伙，宛若蝙蝠，拖著長長的尾翼，兩對肉翼上下的拍打著，一排白森森的牙齒突出在空氣中，液體充塞其中，看起來很噁心，幽綠的眼珠射出貪婪的神色。

一股淡淡的硫磺味飄蕩在空氣裏，我醒悟過來，剛才那隻被我殺死的怪獸應該是和牠們同類，因爲我從牠們身上都嗅出了淡淡的硫磺味。

我奇怪這裏怎麼會出現這種怪獸呢，在這幾天了，爲什麼今天才看見？倏地想起二叔叮囑我的話，煉製藥丸的時候，會引起天地生物的覬覦，所以才囑咐我煉製藥丸的時候一定要確定安全！

我竟然把他老人家的話給忘了，心中不斷責怪自己實在太大意了。忽然三叔的一句話也出現在腦子裏，「寶物出世，定會有奇獸惡靈出現爭奪，因爲寶物所蘊涵的天地靈氣對牠們有莫大的好處。」

我望了一眼，不斷有絢爛的光華流轉的靈龜鼎，我想也許在昨天神鼎煉成之日，這些異獸就已經聞訊而來了。

我下意識的望了四周一眼，頓時讓我頭皮發麻，原來覬覦藥汁的不止是頭頂處三隻蝙蝠般的異獸，更有很多奇形怪狀的異獸向山頂聚集而來。沒想到我瞎煉出來的東西，這麼吃香，引這麼多異獸前來爭奪，想分一杯羹。

想那數百年前的大戰，星際聯盟被徹底推翻，形成四大星球獨立的情景，聯盟一怒之下下令毀壞所有關於寵獸所有資料，更是把在四大星球各自研製成功的成品或者尚未成功的半成品寵獸封鎖到一個秘密的地方，至今無人發現。

更有無數逃過劫難的寵獸流落人間，隱藏在不知名的角落，寵獸和當地的獸類結合，從而又產生了很多新的獸類品種，只是這些無法和寵獸一樣與人類合體。

這些大自然的產物，因爲本身的價値，而遭到人類的捕殺，尤其牠們可以像寵獸一樣，長年累月的修煉可以擁有自己的精魄。

這些精魄異常珍貴，用處也很多，比如四叔送的魚皮蛇紋刀，所採用的魚獸和綠蛇的精魄就是其中的翹楚，再者可以入藥，煉製成丹等等。

想到這，將意識再次拉回到現實中，四周圍滿了種類奇特的異獸，每一種都古怪特異，未曾見過。

雖然種類不同，但無一例外的都虎視眈眈的盯著我，躊躇不前可能是讓我剛才以迅雷不及掩耳之勢斬殺那隻蝙蝠般的異獸給鎮住了。

我苦笑一聲，再怎麼罵自己不小心也來不及了。立即將純陽內息貫穿全身。衣服無風自動，鼓漲起來，由於全身功力都被調動起來的緣故，眼神開闔間金光閃動，頗有不凡的氣勢。

受到我的影響，異獸們開始有些不安分的騷動起來，望著數百隻垂涎的異獸，我心中暗罵，平常也不見一隻兩隻的，等到我一煉出好東西，就全都出現了，這不是明搶嗎！

我大喝一聲，縛在小臂上的蛇皮護臂，剎那間展開，順著手臂延長開來，一直將整個手給包裹在裏面，彷彿是一個手套。手背上的鱗刺「刷」的凸出來有半米之長，形成一個雙手的長兵器。

經我內息一催，迸放出妖豔的火光，我大聲道：「好寶貝。」不愧是三叔親手打造的東西，有很高的可塑性。

級別較低的小獸被我威勢一逼，按捺不住天生的凶性，唳喝連連，呼叫著衝上來。

我展開「御風術」，在徐徐的山風中，如龍蛇般快速的在獸群中穿梭，形如鬼魅無跡可尋。

境況對我非常不利，為了儘快脫離此地，我使用十成內息，左右開弓，每一擊都會殺死一隻異獸，同時鱗刺上的高溫火焰也會對旁邊的異獸造成一定的傷害。

我雖然是內息大長，但是打鬥經驗卻和內息不是同一條線上，畢竟從小到大我都很少和人爭鬥，即使連村子裏的武鬥測驗我也很少參加。所以造成了現在外功和內功失調的尷尬局面。

義父和二叔、三叔對我這種情況都沒有發表任何意見，不過他們卻透漏出對外功不屑的神情，好像外功和內功比起來簡直不值一哂的樣子。難道外功真的不重要嗎？

眼前的情況很適合我的口味，我不用擔心一招打出去會打不著東西，眼前的異獸實在很多，每次揮出去都會有異獸中招。

隨著級別低的異獸紛紛被我殺死，剩下的級別較高的異獸也越來越難殺了，級別高的一般智商也會相應增高，知道避強攻弱。而且剩下的這些異獸防禦的本領也大大高於前面的。

往往一招攻下去，明明看到鱗刺進入身體中，卻很難再進一步深入，被火焰灼傷的傷口意外的慢慢癒合，令我越打越驚訝，牠們好像天生對高溫沒有懼怕，按說獸類怕火，牠們怎麼正好相反。

可能牠們都是生長在這死火山附近，屬於火屬性的獸類，所以不懼怕火。我心念電轉，隨著一聲清吟，烏金戒指中的「魚皮蛇紋刀」落進右手。

被我用十成內息一催，「魚皮蛇紋刀」中的綠芒大盛，刀身顫動著，彷彿在發著「嗚嗚」的低吼，好似龍蛇低鳴。

一片冷森寒氣，伴隨著力氣肆虐的向空中無限擴張，眾獸好像受到驚嚇，愣在那兒，踟躇不敢上來，沒想到剛拿出來就發揮出這種功效，得意之下，我哈哈大笑出來。

踩地一彈，縱身而起，迅若霹靂，手中的「魚皮蛇紋刀」迎風而漲，頓時變爲剛才的兩倍長，無匹的寒氣引暴出無名的吸引力，周圍的空氣彷彿被抽空了般。

我相信這一擊下去，定然可以斃殺爲數不少的異獸。

只是得意中的我，好像忘了天上有三隻蝙蝠異獸在等著我，從剛才的廝殺開始，牠們便一直飛在空中尋找偷襲我的機會，都怪我太過興奮，忘了天上的敵人比地面的更具威脅。

三隻蝙蝠異獸幾乎是同時出動，挾著滾滾熱浪破體而來，冷熱相撞引起氣流的湧動，我的反應慢了一步，無從躲避。兩隻蝙蝠異獸分別從左右兩側帶著熱浪掩殺而來。

剩下的那隻繞到背後狠狠向我噬來。

這個時候，我幾乎可以肯定，在這群大膽的異獸中，就數這幾隻蝙蝠異獸的級別最高，如果能將牠們解決掉，我勝利的機會將大大增加。

牠們的速度很快，我無法馬上作出有效的反擊，只好運足了氣力，硬生生擋牠們這一擊。「魚皮蛇紋刀」在我催動下頓時又漲長了幾分，反手直擊身後而來的蝙蝠獸。

三隻蝙蝠獸本來可以同時攻到，被我這意外的一擊，立即亂了陣腳，身後那隻在意想不到的情況下，硬生生的從刀下橫掠過去，被我割傷了背部，左右兩邊這時幾乎同時攻到，左手的鱗刺迎著森森利齒插進牠的大嘴中。牠哀叫一聲側飛而過。

我右手因爲拿著「魚皮蛇紋刀」無法及時回救，被右邊那隻蝙蝠獸緊緊咬住，肉翼上的短爪也抓在我的胳臂上，沉重的氣勁擊在右臂上，差點讓我拿不穩「魚皮蛇紋刀」。

我大喝一聲，左掌重重的向牠拍去。

這個畜生倒也知道厲害，帶著我胳臂上的三塊血肉躲開我的一擊。

我施展「御風術」在空中穩住身形，盯著三隻狡猾的蝙蝠異獸，趁這個空檔，又有幾隻會飛翔的異獸也飛了上來，想乘機占點便宜。我瞥了牠們一眼，心神又回到正面的三隻蝙蝠獸上。

剛才的瞬間反擊，沒有給那兩隻蝙蝠獸造成太大的傷害，甚至可以說並無大礙，根本影響不到牠們的實力。我現在有點恨自己內息由至陰轉爲純陽了，要是我的內息仍是至陰，就能更大的發揮「魚皮蛇紋刀」的威力。

我緩緩的將手中的「魚皮蛇紋刀」舉起，在晨光中，刀身反射出刺眼綠芒。身形猛地加速，手中的刀一掄作勢向三隻蝙蝠獸橫斬過去，刀未至，層層的寒芒已經一波波的侵襲過去。

就在牠們驚叫著慌忙躲避的時候，我突然轉身，以比剛才更快的速度反身撲向身後那幾隻蠢獸，那幾隻蠢獸還茫然不知發生了什麼事，經我全力催發十二成的內息，成功逼出刀罡。

任你是鐵打金製，在刀罡面前就如同紙造泥糊不堪一擊。

刀罡夾雜著冰山冷氣，以摧枯拉朽之勢順勢劈去，刀破空而出，呼嘯如刀鳴，刀身加刀罡有幾米之長，幾隻蠢獸還沒來得及逃跑，便被刀罡一分爲二。

更爲詭異的是，刀身斬過，每隻異獸的鮮血都沒有灑出來，而是被刀身吸收了，刀呈殷紅，瞬間紅色褪去，綠芒更盛，看得我頭皮發麻，沒想到這竟是一把噬血的刀。

我轉過身來，再次面對三隻蝙蝠獸，沒有絲毫停留，如行雲流水，瞬間來到三隻蝙蝠獸之前，鎖定靠右的兩隻蝙蝠獸，此番一定要幹掉兩隻，最好能把最左邊的那隻也給解決掉，那就完美了。

意識進入那種虛無的境界，感應到「魚皮蛇紋刀」的呼應，將全身的真氣催到及至，身體彷彿沒有了知覺被刀帶著呼嘯標至。

三隻蝙蝠獸出乎我預料的機警，提前一步作出反應，向兩邊逃開。我嘆了一口氣，能殺一隻算一隻吧。以右邊的爲目標，全力追殺過去。好像感應到我的失望。「魚皮蛇紋刀」的刀罡忽然變了形，在空中扭曲膨脹著，一條酷似巨蟒的氣勁形成，陡然以無比快速的速度趕了過去，鮮紅的蛇信在口腔中彈動。

我目瞪口呆的看著最右邊的那隻蝙蝠獸無力的在蛇吻中扭動著消失，吞噬了一隻蝙蝠獸後，巨蟒仍是意猶未盡，身軀一扭，朝中間那隻蝙蝠獸追去，那隻蝙蝠獸毫無反擊之力，活生生被巨蟒的肥大身軀給擰成麻花狀。

殺死中間那隻，巨蟒扭動身軀，迅疾帶動著刀身向已經飛遠了的最左邊那隻蝙蝠異獸追去。

我眼睜睜的看著這不可思議的事情接踵而至，等到刀罡化爲巨蟒快捷異常的追向左邊的那隻蝙蝠異獸，我這才清醒，興奮的鼓動全身的內息源源不斷的衝進刀中。

無奈蝙蝠異獸已經跑得太遠，雖然距離不斷拉進，可惜我第一次駕馭「魚皮蛇紋刀」產生的異形，無法支持太久，後力不足的情況下，綠色巨蟒漸漸的變小，最後收回到刀中。

眼看勝利在握，關鍵時刻卻功虧一簣，我頓時大怒，不甘心的把體內所剩無幾的內息一股腦的向刀中灌去。刀身發出「嗡嗡」的聲音，內息突然無法進入到刀身中。

其實我已經猜出，剛才幻化爲刀靈的定是吸收了「魚皮蛇紋刀」中綠蛇精魄的小白蛇初步和刀融合，受到我意識的影響，強行幻化出靈體替我殺敵的。

內息從刀中倒流回來，由於我意識的阻止無法回到丹田中，竟然另闢蹊徑，往兩手的護臂湧去。

兩手的護臂瞬間金芒暴漲，帶著眩目的金光，兩手的鱗刺脫離護臂，宛若強勁的弓矢，尖嘯著劃空而去。我停在空中愣在當場，啞口無言的望著不遠處的蝙蝠異獸被兩道金光刺中，哀鳴著從空中摔下去。

我伸出雙手，仔細觀察著護臂，不禁再次驚嘆二叔的技藝。緩緩的將內息一點點的注入到裏面，本來光禿禿的手背，很快又伸出幾根鱗刺，我大喜，暗道果然是好寶貝。

我提著手中的魚皮蛇紋刀，徐徐的降落到地面，環顧四周發現本來圍繞在四周的異獸現在多已不見了，望向山下，可以看到還有幾隻異獸在向遠處逃逸，不大會兒，所有的異獸都不見了蹤影，四周一片靜謐，彷彿從剛才到現在只是我的幻想而已。

我將手中的魚皮蛇紋刀收回到烏金戒指裏，同時撤回護臂裏的真氣，護臂便又恢復到最初的樣子。我幾步走到鼎前，鼎中的熱氣已經散得差不多，裏面的東西在我的視線下一覽無遺。

黏稠的黃綠色液體，彷彿是一大塊的晶體靜靜的躺在鼎底，越是靠近鼎異香越濃，爲了防止異香再給我引來什麼厲害的傢伙，我迅速的把鼎蓋封在上面。

我撿了幾塊地鐵礦石，運出三昧真火又煉製了兩個小瓶，有了兩次煉鼎的經驗，在煉這個東西，感到無比輕鬆，手到擒來，不大會兒，兩個小巧的瓶子就出現在我的視線中。

瓶子雖不大，亦可以盛放不少藥汁了。只看藥汁給我引來這麼多的異獸，我便可知，這個東西一定對牠們有很大的好處，才一起聚集過來明搶，只可惜什麼也沒得到，還被我殺得屁滾尿流，想到那幾隻稀罕的蝙蝠獸，我有點愧疚自己殺欲太旺。

上次在山頂度劫後，體內就有一股欲望不時的蠢蠢欲動，看來我的修行還不夠駕馭體內的純陽內息，否則不會出現這種情況的。

我裝了滿滿兩瓶的藥汁，回家後就把這個送給愛娃，腦中幻想著愛娃開心的樣子，不自覺得嘴角也露出一絲微笑。

「唧唧！」

我歪著頭，望著停在我肩膀上的「似鳳」，笑罵道：「你主人我剛才在拚死拚活，你卻到一邊風流快活，現在倒知道回來了。」

第八章　烈炎神劍

我似笑非笑的看著「似鳳」唧喳的叫著，很顯然牠在向我分辯牠並非是貪生怕死，乃是最盡忠護主的鳥。

伸手在牠小腦袋上敲了一爆栗，忍不住笑道：「貪吃！」其實我現在已經清楚牠爲什麼看到那幾隻蝙蝠獸就跑開的原因，蝙蝠獸發出的超聲波天生是以聲音克敵的「似鳳」的天敵，故「似鳳」一發現來犯的竟然是自己的剋星，趕忙有多遠跑多遠。

「似鳳」見我不再責怪牠，於是飛落到地面上，開始打掃戰場，剛才那些異獸倒是有幾隻比較不錯的，都有修煉成型的精魄，此時倒便宜了「似鳳」，不一會兒工夫就志得意滿的飛回到我肩上，精心的用嘴巴護理牠漂亮的羽翼。

我無暇管這個愛美又貪吃的小傢伙，因爲我正在思索該如何把這個大鼎給帶走，難道讓我馱著它嗎？百思無解，我只好再次求助於三叔留給我的煉器「晶片」。

從烏金戒指中拿出「晶片」，輸入一股內息進去，腦中出現了「晶片」的內容，找到關於可將煉製的東西任意大小的那部分，大致流覽了一遍，發現自己能力有限，根本無法做到這一步，不由頹然放棄。

正準備從「晶片」中退出來，忽然看見序言中有一行字說的是關於器靈的介紹。心念一動，意識進入到器靈修煉篇，通篇聞所未聞的修煉方法看得我頭暈腦漲，我只好跳過去，直接看器靈的介紹篇，開頭便寫著：「器靈，煉器之至高境界！……沒有器靈之器不能稱之爲神器……一旦擁有器靈，器便有了生命，可大小、可幻化、隨著器靈的成長，神器的威力會不斷增加，移山平海無所不能……」

看到「可大小」幾字，我不由得欣喜若狂，真是「踏破鐵鞋無覓處，得來全不費功夫」。按照「晶片」所說，器一旦有了器靈便會和主人心意相通，任由驅使。

略微顫抖的揮手發出真氣將鼎蓋給卷到半空，口中清斥道：「封。」鼎蓋旋轉著落下，嚴絲合縫的蓋在鼎上，我又道：「小！」心中描繪出變小了鼎的樣子。

靈龜鼎「噌噌」的不斷變小，最後停在那兒，和我想像中雖然差了不少，但比起剛才的個頭，實在是小了太多。現在的靈龜鼎小巧可愛，大概有半米高。我順手拿起，感到連重量亦降低了不少，不愧是好寶貝，我嘗試著往烏金戒指中放去，手中一輕，靈龜鼎已然不見。

我呵呵的喃喃自語：「晶片中所說的果然沒錯，第一次煉器竟然鬼使神差的讓我煉製出了鼎靈。」

我駕起山風，衣袂飄揚，仿若仙人，奔馳絕塵，凌空虛渡而去。

心中思索著剛才一戰的得失，對自己充滿了信心，想起義父說的那句話「天下之大，沒有你不可去之處」，心中頓時激情澎湃，眸中迸射出駭人金光，我有種想要遨遊天下的感覺。

「呵呵，」想到妙處，我不禁笑出聲來，習習山風中，高老村已經落在眼前，我徑直飛回到家中，不想愛娃那小妮子剛好不在。我將兩瓶已經準備好了的藥汁拿出來放到桌子上。

心念一動，又將靈龜鼎給召喚出來，屋中頓時被鼎釋放出來的五彩霞光充滿，我小心的摩挲著鼎壁，心中猜測著，也許靈龜鼎另有很多用處尚未被我發現，煉製出來的藥汁也被我命名為「混沌汁」。

收了靈龜鼎，我又拿出「魚皮蛇紋刀」，這把刀確實夠厲害，怪不得是四叔當年仗之縱橫天下的好寶貝，之前放出幻靈，霹靂出擊的景象，現在還彷彿就在眼前，動人心魄的威力令我倍感此刀的巨大力量。

隨手揮舞出朵朵刀花，寒氣綻放讓我感到一陣陰涼。

「不好了，不好了，依天，出事了！」慌亂的聲音從院外傳進來，我急忙將刀和桌上的兩瓶混沌汁收起來，站起身向門外望去，聽聲音來人應該是石頭。

石頭急匆匆慌忙地跑了進來，見我正望著他，站定喘了口氣，拉起我就向外面跑去，邊跑邊道：「不好了，你媳婦和愛娃打起來了。」

我馬上知道他是說凝翠和愛娃打起來了，不過那關我什麼事，以凝翠的功夫還不是愛娃的對手，再說凝翠已經不是我未婚妻了，找我幹什麼。

石頭見我不爲所動，著急地道：「你怎麼不著急啊！那可是你媳婦，你還不趕快去勸勸她。」

我道：「她已經不是我媳婦了。」

石頭聞言一愣，怔了一下道：「不是你媳婦了？哦，是不是你也知道她和外村的那個傢伙眉來眼去的，就把她給休掉了，休得好！」

原來他不知道我和凝翠早就解除婚約了，但是他後半句話令我興起前去一看的念頭，不過我完全沒有去追究她的意思，我們已經解除婚約了，她自然有權利和別人好。

我輸出一道真氣，拂平了他紊亂的呼吸，道：「別急，慢慢說，我陪你去看看。」

石頭感覺到我傳給他的真氣，詫異的望了我一眼，道：「你還記得，上次集會，被愛娃痛打一頓的那個高山村的人嗎？」

我腦海中浮現出那天被我打敗的高山村的村長兒子的模樣，難道那個囂張的傢伙又來了，於是點了點頭。

石頭顯出憤怒的表情，道：「你媳婦竟然幫助外村的人一起對付愛娃，實在太可惡了！」

我暗自忖度，凝翠和劉一勇聯手，愛娃確實不是他倆的對手，只怕就劉一勇一個人，愛娃現在也不一定打得過。想到這，我不禁也有些擔心，上次因為小白龜的事，凝翠吃了虧，今天有了幫手，肯定不會放過愛娃的。

我捉起石頭的手，駕起「御風術」，奔馳而去。石頭見自己忽然飛上半空，快速的向前飛去，口中吃驚的「哇哇」叫起來，我喝道：「他們現在在哪？」

石頭聽到我的喝聲，大聲喊道：「在靠近集會的河邊。」

「集會？難道今年的集會已經開始了。」我在心中納悶，「看來我天天忙著煉藥、煉器，都快和村子隔絕了。」

集會的地方並不遠，在村口的位置，高山村的人在附近搭建帳篷，這樣比較方便交換貨物。

我帶著石頭沿著河向上游飛掠去，很快就聽到有喝叫的打鬥聲，我降落到地面，和石頭一起向前方奔跑過去。

前面圍著一圈人，大概有二十來個，高山村的有七八個，剩下的都是我們高老村的人。打鬥的五個人，凝翠和愛娃打得最爲激烈，兵器「乒乓」撞擊個不停，勁氣橫溢，完全一副生死恩怨的樣子。

在另一邊是古金古銀兄弟對著一個陌生的年輕人，打得頗爲辛苦，古金古銀兄弟在村裏年輕一輩人中也能排到前十，結果兩人聯手還被人逗得團團轉。可見三人的武功相差太多。

陌生人顯得很輕鬆，在兩人合擊的殺招中漫步游走，根本不把兩人放在眼裏。我仔細觀察，陌生人長相平平，但是身體格外健碩，豹頭猿臂，虎體狼腰身長九尺，頭腦反應快而且手腳靈敏。

只是我很納悶，明明有好幾次機會可以擊敗他的，古金古銀兄弟就是視而不見，這令我很不解。凝翠果然稍遜愛娃一籌，已經落在下風，隱然被愛娃克制得死死的，要不了多久就會落敗。

愛娃的功夫比以前長進了不少，尤其是施展我傳給她的「御風術」，有板有眼，靈活、純熟，令凝翠很多威力較大的招式無法施展。

石頭拉著我擠進圈子中，指著那個陌生人道：「依天，就是那個陌生人，最囂張。」

眾人見石頭拉著我擠進來，都露出訝異的神色，我心中苦笑，自然知道他們爲什麼會有這種表情，在村子中，這種打鬥的場合我是從來不會參加的，今天竟突然出現，自然令他們感到驚訝。

對方的人也聽到了石頭的話，一齊望向我，看看高老村請來的是什麼樣的救兵，發現是我，皆顯出譏諷的神色。

我感到一陣好笑，他們仍以爲我是以前的我，淡淡的掃了他們一眼，忽然發現了熟人，赫然是劉一勇，劉一勇與我的視線在空中相撞，隨即露出怒色。

我不理他，把視線收回，這時候場上已經出現了變化，凝翠被愛娃一掌打在肩膀，再也無力反擊，只是苦苦的支撐著愛娃一波接一波的攻擊。

而古金兄弟這邊，落敗早就是定局，陌生人聽到了凝翠的呼聲，發現她已經支撐不住，馬上收拾玩笑的心情，拿出自己的真正手段，古金古銀本來就是在苦挨，現在更是不堪。

隨著愛娃一聲嬌喝，打鬥進入了尾聲，陌生人猛的搶攻兩招，打得古金古銀東跌西倒，不再和兩人糾纏下去，跺地騰空向愛娃這邊掠來，古金古銀早就沒有還擊之力，要不是「不能輸給外村人」這股意念的支持，早就敗了，現在見陌生人捨棄自己二人，再也無力，軟倒在地上呼呼的大口喘氣。

望著他如夜鷹般振翅而起的身形，心中不由一凜，我覺得愛娃肯定不是他的對手。氣隨意轉，我陡地拔地而起，以比他更快的速度半空中將其攔截下來，他顯然也注意到了我，見我速度比他還快，竟然猛的在空中翻身，面對著我，當胸一掌朝我劈來。

有了和眾多異獸對敵的經驗，我不慌不忙的運氣到右掌印上他突襲的左掌。本來我可以憑藉我的身法躲過他的攻擊，但是我覺得有必要試探一下他的真實水準。

兩掌印實，他被我震得倒飛出去。沒想到，他會這麼弱，我只用了七成不到的內息他都承受不住，我相信在剛才那種情況下，他是不可能有所保留的。

高山村那邊的人，見他被我震飛出去，都發出驚訝的聲音，我想劉一勇沒有把敗給我的事告訴他們。劉一勇吃驚的望著我，他實在搞不懂才幾天不見，我的功夫又提高了不少。

劉一勇對著被我震飛的那人喊道：「表哥，要不要緊？」

那人鐵青著臉，沒有說話，搖了搖頭，倏地又飛了過來，停在我面前三米處，打量著我。

我也有些吃驚的看著劉一勇的表哥，他是第一個我看到可以飛的年輕人，不過看慣了義父幾人超級高手的飛行方法，這種小兒科的東西實在是看不上眼。

他顯然也沒有想到，會在這種小地方遇到會飛的同齡人。事實上，劉一勇的遠房親戚，在紫城書院修煉武道，紫城書院是一個可以和「北斗武道」並駕齊驅的武道學院，每年為地球輸出近百的人才。

地球雖然沒落，但是有紫城書院和北斗武道兩大武道學院撐著，才不至於在四大星球的每三年的「天下第一武道會」上太失顏面。

劉一勇上次被我挫敗後，得知表哥放假，於是力邀到高山村來，目的當然是幫他報仇，對付的那個人就是我。

劉一勇表哥聽說他被人欺負，自是義不容辭，就來到了高山村，在他心中，自然是以為這種偏僻的山裏，哪能有什麼高手，自己是紫城書院的高才生，在這裏可以一逞威風。

誰知道剛一出手就遇到了我，在表弟面前丟了大臉，還枉他平常大言不慚的說自己是如何如何厲害。

他盯著我不敢再莽撞，高山村的那群人見他小心翼翼的樣子，頓時一片譁然，不曉得為什麼不可一世的他突然面對高老村最弱的人，反而一反常態。

就在他猶豫著要不要出手的當兒，下面突然傳來愛娃的一聲驚叫，我趕忙向下望去，正看到凝翠手中拿著一把模樣古怪的非劍非匕的武器，泛著濛濛的白光，追著愛娃。

愛娃手中拿著一把斷劍，想來應是被凝翠給削斷的，此時正無奈的用「御風術」躲避著攻擊。

身前的那人，發出「咦」的一聲疑惑，他也早看出，凝翠不可能打敗愛娃，沒想到，關鍵時刻，凝翠仗著一把鋒利的奇怪武器，反敗爲勝，盯著凝翠手中的兵器眼中顯出貪色。

愛娃沒辦法只好躲到天上來，看她搖搖晃晃的身體，我就知道她還沒法子正常施展「御風術」駕風騰空飛行。

我飛過去，扶住她，在我的幫助下，愛娃輕鬆多了，站穩停在半空，見是我，喜道：「依天大哥！愛娃沒練好『御風術』，讓你失望了。」

我安慰她道：「小丫頭，你的『御風術』已經練得很好了，等你內息再雄厚一些，就可以獨力飛行了。」

劉一勇的表哥見我將心神都放在愛娃身上，哪會放過如此大佳機會，無聲無息的飛快向我掠來，同時手中出現了一把長劍，寒風破空而至。

我攬著愛娃的細腰，從容避開他偷襲的一擊，空出的左手迎風一展，護臂一下子變成進化態，五根尖利的鱗刺，反手挑向他的長劍，我本想切斷他的長劍來立威的，一股重力從對方的劍上傳來，震得我虎口發麻。

出乎意料的，他再一次被我震飛出去，但是手中的劍卻仍沒有斷，只是被我磕出一個缺口，看來他手中的劍亦非凡品。

我扶著愛娃降到地面，凝翠趁我和愛娃尚未站穩的當兒，持著手中利劍揮灑出條條寒氣，向我斜劈下來，想仗著手中的利劍打我們一個措手不及。

愛娃知道此劍的厲害，見她突的暴起攻過來，失聲道：「依天大哥小心，這個劍很厲害的。」

比寶劍的鋒利，我還用怕人嗎，移形幻影將愛娃拉到身後，右手一抬，鱗刺見風即長，暴長一米長，猛的砸在她的劍上，女孩力弱，被我重重一擊，手中怪劍脫手而出飛向半空。

劉一勇的表哥臉色十分難看的飛了回來，眼見那把令自己垂涎的怪劍被我震到半空，立即不顧身分搶身掠過來，想把劍給搶到手中。

我一聲冷笑，暗道：「你如意算盤倒打得精，可惜未必如你意。」怪劍還未飛出去多遠，就被軟化了的鱗刺給捲了回來，落到我手中。

他眼見不能得逞，只得停在半空，望著我手臂上的獨特武器，頓時產生了很大興趣，盯著我的「蛇皮護臂」，眼睛眨也不眨。

怪劍一落在手中，即傳來陣陣涼意，是陰屬性的寶劍，只是還不是極品，頂多算是一把不錯的好劍，和我的「魚皮蛇紋刀」相差太遠，不是一個層次的。

我正看著呢，就聽到凝翠驕橫的聲音：「快還我！」

我抬頭看了她一眼，鬢角微亂，嬌喘吁吁，香汗佈滿額頭，看樣子剛才和愛娃耗了很多氣力，不過這樣子更是別有一番韻味，只看在場男性的目光都不由自主的盯著她，便可知她是個很有誘惑力的女孩，可惜我不喜歡太媚的女孩子。

我伸手就要把怪劍拋給她，愛娃突然扯了扯我的衣角，我才發現我們高老村的人都看著我，這把劍的威力，他們都看得很清楚，現在我居然要把劍還給她，這對他們來說實在是一個很大的威脅。

凝翠見我遲疑的樣子，著急地道：「這是你義父給我的，不然我才不會答應他解除婚約。」

我哼了一聲，毫不猶豫的扔了過去，不就是把劍嗎，我早就看出這是三叔打造出來的，而且也不是把什麼好劍，定是義父當初要她解除婚約時，她趁機勒索的。

這種劍，不過是三叔隨便打造玩的，用三叔的話說，這種劍不過是小孩子的玩意。即便是我也可以任意打造出來，沒什麼好稀罕的。

凝翠大喜的接過劍，得意地道：「你義父真是個笨蛋，我只說不願意解除婚約，就送了我一把好劍作爲補償，其實就算他不來要求解除婚約，我也早就不想要你這個窩囊廢了。」隨即雙眸露出豔光，望了我一眼道：「沒想到，你武功提升了這麼多，肯定是你義父找來什麼靈丹妙藥給你服用，才讓你進步這麼快，當初我不應該那麼爽快答應他的！」言下不甚惋惜，好像為沒有多勒索一些東西感到後悔。

我冷哼一聲，懶得與她計較。

這時候，劉一勇幾步走到凝翠身邊，大聲喝道：「山不轉，水轉，看你小子還能橫行到什麼時候，等著吧你。」說完摟著凝翠的腰肢走開。

眾人顯然對凝翠和高山村的人這麼親近，感到十分不快。怒瞪著他們大搖大擺的離開。

愛娃雖然也對凝翠沒有什麼好感，但仍關心地問我道：「依天大哥，你怎麼和她解除婚約了？」大家見她問我這個問題，都注意的看著我。

因為剛才的表現，我在眾人的眼中已經是大不一樣了，如果在以前，可能不會有幾個人會注意我的事，我望著她逐漸遠去，苦笑著搖了搖頭，沒有說話。

恐怕就算我說出來，也沒有幾個人會相信，之所以當初我母親給我訂下這門親事，是因為想幫我矯正懦弱的脾氣，助我順利度過家傳神功的第一劫。

愛娃冰雪聰明，見我這種表情，知道我不願意說，岔開話題，道：「依天大哥，你好厲害哦，我和凝翠打了半天，都沒打過她，你就用了一招，她手中的那把古怪的劍就被你打掉了。」

我淡淡一笑道：「她只是仗著手中的劍利罷了，公平條件下，她是打不過你的。」

愛娃又道：「我的兵器一下子就被她削斷了，而且那把劍還會放出寒氣，凍得我直打哆嗦，不然也不會手腳僵硬，被她抓著機會的。」

看她不甘心的怨氣的樣子，我突然興起幫她打一把劍的念頭，怎麼說這都是因我而起的，而且那把劍也是我義父送給凝翠的，何況這樣也是對我在煉器上的一個考驗。

一直在旁邊以敬佩的目光看著我的石頭，忽然道：「依天，你怎麼會變得這麼厲害，以前你還是……」

他下面的話沒有說，但是我清楚他的意思，我暗道這當然是有秘訣的，只是不能告訴你們，我模糊地道：「你不知道我有幾個很厲害的長輩嗎？」

旁邊幾人因爲和我同爲一村這麼多年，大都知道，我有幾個神秘的外星球親戚，每年都會來這待那麼幾天，現在聽我提起，都露出恍然的神色，隨即有幾個人開始羡慕的竊竊私語。

古金道：「依天，我好像看到你在和那個傢伙打的時候，手上好像忽然長出來幾根尖刺一樣的東西，一下子就把他給震飛了。」

古金的神色有點不自然，平常他們很少和我說話，所以雖然同是一塊長大的，卻不是很熟，現在突然提到較爲隱私的東西，感到有些不好意思。

我不以爲異，道：「哦，那是我義父送我的生日禮物。」隨即略微催動內息，將幾根鱗刺顯露出一小截，突出的小尖在光線下熠熠生輝，幾人看得目瞪口呆。剛才打鬥中雖然也看得到，但畢竟沒有這麼近距離的看到這種神奇的寶物。

見他們看得也差不多了，微微一晃，手背上的鱗刺憑空消失一般突然縮回到護臂中。

因爲自小就不大會和這麼多人相處，和他們待了這麼長時間，我已經有點不自在，向眾人告了個罪，駕風飛回到自己家中。

我走後不久，一群人也就各自散了，不過在他們心中都不約而同的豔羨我有個這麼大本事的義父。

回到家中，我就著手爲愛娃打造一把劍，由無到有的打造一把劍比較困難，我必須導引地心的火氣慢慢打造一把模型出來，然後再用三昧真火煅燒才可以。

我有點後悔剛才爲什麼不把愛娃手中的那把斷劍給要來，我只要在這基礎上，去蕪存菁，再加上一些上好的地鐵礦就可以輕鬆打造一把火屬性的利劍，不會比那把三叔隨手煉製的玩具差。

第一次煉製寶劍，還是保險一點比較好，我打定主意去找愛娃把那把斷劍給要來。

正巧剛出門，就看到向我家走來的愛娃，愛娃見我一副要出門的樣子，道：「依天大哥，你是去哪嗎？」

我笑笑道：「我正要去找你，你那把斷劍還在嗎？」

愛娃隨手解開背在身後的寶劍，有些懊惱地道：「這是爺爺送給我的禮物，我卻給弄壞了，依天大哥，你要它幹嗎？」

我道：「今天上午，凝翠也說了，她手中的劍是我義父送給她的，她把你的劍給弄斷了，我當然得賠你一把。」

愛娃聽我說要賠她一把，忙搖手道：「不用了，依天大哥，這不管你的事，你不用爲愛娃破費了。」

我瞥了她一眼，道：「小丫頭，誰說要給你買一把新劍了，我是要幫你把劍重新鍛造一下，」見她露出不相信的神色，我又道：「放心吧，我三叔教過我怎麼鍛造，凝翠那把劍就是三叔打出來的。」

見我這麼一說，凝翠欣喜地道：「真的可以把它給復原嗎，我都沒敢和爺爺說，我把劍給弄斷了，這下可好了，可以接好，謝謝你，依天大哥。」

我拿起手中的劍邊看，邊隨口問道：「你來大哥這，有什麼事嗎？」

愛娃「啊」的叫了一聲，羞赧地道：「差點給忘了，我回去把這件事給爺爺說了，爺爺找我來告訴你，說這種兩村聚會，又有很多外人參加，一年一次，今次輪到我們村子主辦，讓我們忍著他們點，不要鬧事，好叫你晚上來我們家吃晚飯。」

我聞言愣了一下，里威爺爺脾氣什麼時候變得這麼好了，不過既然讓愛娃來吩咐我，又一向很照顧我，我自然沒有什麼話說，點點頭，答應下來。反正我也不喜歡出去惹事，除非他們先惹到我。

愛娃見我馬上答應了，眼珠一轉，忽然央求我道：「依天大哥，可不可以讓我留下來，看你怎麼煉劍？」

看著她期盼的眼神，我低吟了一會道：「可以留下，但是你不能告訴別人，你要是答應，大哥就讓你留下來在一旁看。」

煉器在我們這種偏僻的小村子，只是課本上的東西，從來沒見誰煉過，所以愛娃見我答應，開心的拍著小手歡呼起來。

我將兩截斷劍擺放在桌子上，心中已經有了想法，因爲要使用三昧真火鍛造，爲了防止誤傷到她，我吩咐她等會離我遠點。

愛娃聽話的立即坐到離大概兩米的地方，我笑道：「不用那麼遠，一米就好了。」

說完，我便不再理她，全部精神、意識全用在斷劍上，雙手遙相呼應的虛抱在胸前，熾熱的氣流隨即充斥在我周邊一米的距離，兩半的斷劍被我用內息裹住，漂浮到我身前。

一手虛握在劍柄，空著的另外一隻手微一晃動，打出一朵嬌豔的三昧真火，三昧真火也有高下之分，至高境界爲青色，次之爲藍色，再次爲紫色，最次爲紅色。

而我現在初學乍練，內息不夠，所以暫時還只是三昧真火中最差的那種，三昧真火乃是煉器所必須的，三昧真火級別越高，煉出的器級別也就越高。

初始，有愛娃在一邊看著，我還頗爲緊張，不過沒想到，過程出奇的輕鬆，比我想像中的要簡單多了。

一把嶄新的寶劍在我手中形成，經過我重新鍛煉，雖然我不敢妄言斬金斷銀，但是凝翠手中的那把劍不會再那麼簡單被斬斷了。裏面加了大量優質的地鐵礦，本來地鐵礦經過地火的鍛煉就具有了火屬性而且堅硬非常，煉成功的剎那，我硬將三昧真火強行給壓到裏面。

現在這把劍不再是先前的破劍了，而是具有了火屬性的利劍，堅硬非比尋常，只要不遇到神兵利器，應該都可以對付了。

撤去真氣的保護，我一手捏劍訣，一手握住長劍，反手抖出幾朵火蓮，一抽一送放出條條劍氣，其實不是劍氣而是火熱的氣束，但溫度亦是驚人，具有不凡的殺傷力。

我催動劍中的三昧真火配合本身的真氣，竟然射出長達數丈，一個不小心氣束碰到身前的桌幾，桌几馬上燃燒起來。

不想威力會有這麼大，我趕緊收回氣束，把火給滅了。

愛娃一臉不相信的盯著我，任她想破腦袋，也不曾猜到劍質會有這麼巨大的懸殊，在她想來，頂多是把劍給接回來就不錯了，哪還奢望我能把劍變得多好。

現在突然被我煉成了自己想都不敢想的好劍，一雙美目連閃，見我停下來，從凳子上躍起，俏臉顯示著興奮的神色，道：「謝謝依天大哥。」說著迫不及待的就來抓劍柄。

我趕忙一個閃身躲過，愛娃訝異的望著我，不知道我爲什麼要這麼做，我目露絲絲笑意，道：「呵呵，這麼心急，等劍身完全冷了才可以拿，現在的溫度可是很高的。」

愛娃桃腮緋紅，嗔道：「人家心急嘛！」

等到劍身完全冷了，我邊讓愛娃運氣護住手掌，邊把劍抛給她。

愛娃興奮的躍起伸手接劍，即便被我警告過早有心理準備，手一握實便黛眉緊促，嬌呼道：「好燙哦。」表情和我當初第一次拿「魚皮蛇紋刀」時非常相像。

愛娃被劍中的異能打了個措手不及，本能的想扔出去，但仍好強的運足自己的內息抵抗著劍中的異能。

看著她倔強的神情，我暗暗點頭，忖度可能就因爲她這種性格，才會讓她一個女兒家在村中的年輕人們當中排到前三的位置。

我含笑的望著她，在我以為她不一定能制服劍中的異能，但是完全可以適應。

但是沒想到，劍中的異能威力愈來愈盛，漸漸的整把劍通體泛紅，四周的空氣也被灼熱的溫度給烤得「滋滋」發響。

愛娃此時彷彿置身在火爐，香汗淋淋，臉色蒼白，眸中神光散亂，正是內息用盡的徵兆，但卻仍緊咬銀牙，兀自悶聲苦苦支撐。

我急忙上前握住劍的另一端，想運氣將劍中的三昧真火給壓下去。一運氣才發現，體內的真氣竟然所剩無幾，情況危急，顧不得思考原因，將所有的內息一股腦的運到握劍的手上，由於劍內的異能本就是我的真氣所化，很快就被我控制了情況。

劍慢慢的恢復了平靜，安靜的躺在我的手中。

有一句話叫做「無知者無畏」，而我剛才的煉劍之舉就是最好的反面例子。

按照我最初的想法，只是想用地鐵礦把其熔化，然後進行修補使其完好如初，而後來把三昧真火給強行灌注到劍中，則是一時的興致所至。

正是這一時的魯莽，才造成剛才的危險境況。愛娃乏力的坐在凳子上，嬌喘吁吁，只是感激的望了我一眼，連話也說不出來。

我尷尬的望著她道：「對不起，愛娃，都是大哥不小心。」其實我現在已基本上明白了發生意外的原因。

如果不是最後我突發的想法，一切都會按照我的想法發展，在地鐵礦的幫助下，不但劍可以完好如初，而且經過我的煉器之術的鍛煉，威力定會不次於凝翠那把劍。

可惜最後一步，我異想天開的把三昧真火強硬的給灌輸到劍中。事實上，這種煉器方法還不是我現在所能達到的，屬於一個較高的層次。我天真的以爲，加入三昧真火只不過是增強了一些威力而已。

事實上，真氣在我體內自有其運行規律，到了劍中仍按照在我體內的運行方式運行，並非只是給劍的威力錦上添花那麼簡單，從某種意義上來說，劍已經有了靈性。可以自主的少量吸取虛空中的同屬性能量加大自身的威力。

真氣進入劍內不是單純的助長火性，經過煉器的手法灌注到劍內，威力會產生一種質變，是以，方才我將三昧真火壓入到劍內的時候不自覺得用了很多的內力，只是當初沒有注意到。

過了一會兒，愛娃體力也恢復得差不多了，驚訝地道：「依天大哥，你到底煉出的是什麼劍，怎麼會這麼燙的？裏面的熱氣源源不斷的傳到我體內，後來我幾乎感到全身的血脈都要沸騰了，還好大哥即時把劍的熱氣給壓制下去，不然愛娃肯定得受傷。」

我歉疚的望著愛娃，愛娃瞅著我手中的劍，想拿又怕重蹈覆轍。我忽然想起一個好辦法，道：「大哥也沒想到，會煉出這麼一把桀驁不馴的劍。現在只有你降服它，才能夠真正擁有。」

愛娃也聽得出我話中的意思，眼中露出驚喜的神色，她很清楚只有那種很高級的兵器才會有靈器需要認主，現在突然彷彿唾手可得，當然非常高興，旋即嘟著嘴道：「可是人家的真氣不夠，剛才消耗的內息都還沒恢復呢，就算恢復了，還是不夠啊！」

這正是我立功贖罪的好機會，馬上道：「不怕，大哥把內息輸入到你體內，就不怕不夠了。」

見她有點猶豫，我一手按在命門大穴上緩緩輸入我的內息，一手將劍硬塞在她手中。意識駕馭著真氣在愛娃的經脈中行走，才發現她體內真的是賊去樓空，只剩很少的內息蟄伏在丹田中。

本來在我手中的劍非常平靜，一到愛娃手中，立刻「錚錚」的鳴叫出聲，三昧真火在劍內發威似的不斷催發熱氣進入愛娃的體內，想掙脫控制。

可惜這次的對手是我，在我雄厚的內力下，輕而易舉的就將三昧真火的威力給壓了下來，畢竟我是這朵三昧真火的始作俑者。

被制服後，它終於承認了愛娃的使用權，不再發出火燙的氣勁，溫和的發出一絲絲的熱氣與愛娃相聯繫，愛娃開心的拿著寶劍愛不釋手。

三叔給我的晶片上說，這種寶劍雖然已有了一些靈性，但終究不是真正的靈性，所以和我的靈龜鼎不同，靈龜鼎這種充滿靈性的寶器一旦認主，除非我死了，或者我用特殊的方法讓予他人，否則是不會認除了我以外的其他人爲主。

而我給愛娃煉的劍又不同，雖然已初步有了靈性，也需要認主，但是卻隨時可以易主，只要能在真氣方面壓得住它，它就會臣服你。而認主的唯一好處，就是可以發揮該劍的全部威力。

第九章　小露鋒芒

天色漸漸暗了下來，愛娃滿心歡喜的把玩著手中的寶劍，要不是我提醒，差點忘了里威爺爺讓她來叫我去他那吃晚飯。

我跟著愛娃來到里威爺爺這，這裏我並不陌生，經常來，里威爺爺人很好，我和母親又是孤兒寡母的，所以里威爺爺很照顧我。

席間里威爺爺告訴我，此次的聚會來了很多外村人，而且還頗有幾個功夫不錯的陌生人，爲了防止我們年少氣盛不識厲害，吃了虧，所以當上午愛娃告訴他發生的事後，特意讓愛娃來囑咐我要忍一忍。

然後又問了一些關於我爲何功夫大進的事，我只好把義父抬出來，說是他教我的。

我說這話是半真半假，但是里威爺爺卻深信不疑，因爲他曾經拜訪過我這些叔父輩，對他們移山倒海的本領也略知一二，所以我說這話，他倒是深以爲是。

吃完飯，我走在村邊的小徑，微暖的風吹在身上，高空月華如水，星光燦爛，感受著這難得的清淨，微微的陶醉在其中。

就在我享受著大自然的恩賜的時候，一個不招而來的闖入者打破了這一切的和諧，我在心中微嘆一聲，深感惋惜。

我並不打算看看究竟是誰冒失的打破這和諧的情景，畢竟這裏不是我一個人獨有的，每個人都有權利來這兒，所以我除了嘆自己倒楣，就只能用快步離開來做無聲的抗議。

奈何，不是什麼事都能盡如人願。劉一勇的聲音從身旁不遠處傳到耳中，「站住！」盛氣凌人的語調讓我感到十分不快，我捺著性子，轉過身來，望著他道：「找我有什麼事？」

他嘿嘿一笑道：「聽說你有個對你不錯的義父，竟然捨得把那麼一把珍貴的寶劍送給凝翠，我想他應該給你更多更好的寶貝吧。」

我一時不清楚他問這個是什麼用意，沒有答話，只是看著他。

他見我沒有說話，接著道：「今天上午的那個寶貝就不錯，少爺我看上了，只要你把它送給我，上次和今天上午的事，我就不再追究了。」

原來是謀求義父送給我的禮物，我冷冷地哼一聲，隨即轉身離開。

「想走一了之，沒那麼容易，不乖乖留下東西，那就留下命吧！」語氣霸道十足。

我回首瞥了一眼，冷道：「沆瀣一氣！」

來人正是劉一勇表兄弟，簇擁在身後的還有四五人。

劉一勇得意洋洋的往前兩步，道：「小子，給你活路你不走，偏找死路，看你這次還有什麼招。」接著轉過頭，對他表哥道：「表哥，我就要那副護臂，剩下的東西，全是表哥的。」

上午與我對戰的那小子不置可否的點了點頭。

看來他們是想要硬搶了，面對這麼多人，我不由得興起大戰一場的欲望，體內的鮮血開始沸騰起來。這就是進入第二曲之後轉化了屬性的內息對我的影響，好戰幾乎成了我的天性。

我哈哈一笑，雙手背後，一襲長衫獵獵生風，望著他們道：「果然是一家人，同樣的卑鄙無恥，想要我的寶貝，先看你有沒有這個本事，有種就來拿吧。」

我暗運真氣，骨骼迸發出「劈哩啪啦」的脆響，似笑非笑的望著他們，一閃身飛到半空中，晾出進化後的護臂，等著他們上來。我知道劉一勇還沒有飛行的本領，他們後面幾個大漢我估計也僅有幾個可以飛行的，這樣一來，我就可以逐一攻破。

劉一勇見我飛到天上來，譏諷地道：「別以爲到了天上，我們就怕了你。」

聽他話中有話，頓時爲之一愣。就在我愣神的工夫，劉一勇的表哥帶頭飛了上來，其他人包括劉一勇竟然也都隨後飛了上來。

只是劉一勇的飛行姿勢非常不雅觀，應該是不熟練的關係，我暗自納悶難道是我看走眼了，他們的內息顯然還不是那麼深厚，怎麼可能會飛行？

其實，這是我太堅持了，天下能人異士多不勝數，借助其他方法的飛行術也是多如牛毛。不過劉一勇帶來的這些人都不是靠飛行術飛行的，而是一種綁在腿部的飛行器，內息灌注其中產生動力，然後根據噴射的角度不同進行變化移動。

我見他們都飛了上來將我圍成一圈，大吃一驚，心中雖無懼意，但已起了戒心，小心的盯著他們，看著劉一勇不時搖晃的身體，他肯定是這些人中最弱的，就從他下手好了。

柿子當然是要撿軟的捏。

護臂在我八成內息的催動下，放出灼灼的光芒，在寂靜的夜中愈發顯得光彩奪目，劉一勇眼見寶貝就在眼前，哪還能忍住，大聲喝道：「快，快給我搶過來。」

在他表哥的示意下，兩個大漢向我逼來，可能他哥倆回去已經詳細敘述了我的厲害，所以他的手下那些個大漢都是小心翼翼的。

見他倆很小心的樣子，我知道他們對我頗爲忌憚，雙手一揮，數道烈焰在我身前交叉出現，向我不斷逼近的兩人立即停了下來，做出防守的姿勢小心的打量著我。

我見狀，作勢向其中一人撲去，我故意將體內的熱氣外放，故我人未到，滾滾熱浪已經席捲而去，另外一人見突起進攻，反應倒也迅速，雙臂一振，急速的向我掠來。

聞到背後聲響，眼光正好瞥到那人手中的長劍帶著凌厲的氣勢重劈下來，看到自己計謀得逞，在兩人前後合擊下，我快速掠動的身形在不可能的情況下，劃出一道完美的弧線，剎那間脫離了兩人的包圍。

看到我如此輕鬆的就脫開兩個人的包圍，所有人都爲之一愣，而我恰在這個時候向劉一勇投過去。

劉一勇見我突然向他飛過去，早已被我嚇破了膽子，哪敢與我正面交手，心驚膽寒的想躲避我。可惜已經晚了，瞬間我們之間的距離已經縮短了不到兩米。

我暗道：「想打我的主意，這次就讓你嘗嘗我的厲害，以後不要橫行霸道。」見我的速度這麼快，他嚇得臉色發白，手忙腳亂的連站都站不穩，向下空墜去，我心中暗哼一聲，陡然改變方向追了下去。就在快要追到的時候，幾個大漢已經趕了上來。

聽到分別幾記從身後幾個方位傳來的破空聲，我只得暗嘆一聲，轉動身體回身迎了上去，「叮噹」幾聲撞擊，我再次被困到中間。

雖然又一次被圍困，我卻目露喜色，剛才和他們的幾下硬碰，發覺他們並不如我猜測的那樣內息深厚，據我估計，這群人中數劉一勇的表哥最厲害。

一念及此，我馬上改變策略，古人有言「擒賊先擒王」，我捏住雙拳向他衝過去。卻不想他不慌不忙的向後讓去，而圍在周圍的五條大漢，陡的啓動。

速度比起我來，竟是不遑多讓。

五人一拳一腳配合得出奇協調，顯然是有人調教過，我幾次想越過他們，都被攔了下來。劉一勇這時候又搖搖晃晃的飛了上來，見到我無法突出幾人的包圍，在周邊叫囂道：「小子，現在交出你身上所有的寶貝，我還可以饒你一命，不過我看你也不會答應的，只好待會讓我親自從你屍體上搜了。」

我躲過左側那人迅捷的一劍，轉過身望著他道：「恐怕不用勞煩你了。」手上的幾根鱗刺「嗖嗖」的刺破虛空，追星趕月直向他飆去，速度之快，令他還來不及反應，鱗刺已經出現在眼前。

剩下的幾人被突發的情況驚駭得愣站在原地，他們怎麼也沒想到我手背上的鱗刺堅硬鋒利，好幾次碰撞都將他們手中的長劍給撞出了豁口，料不到我會這麼輕易的就把自己的武器給射出去。

劉一勇哀叫著摔落下去，他這一身功夫很難再撿回來了，沒有人下去看他，因爲他已經看到缺少鱗刺的那隻手不知何時又長出了幾根，就像從沒有射出過的那樣。

幾人眼中露出驚駭的神色，鱗刺短小尖銳，鋒利無比，隨時都可以被我射出去，再加上速度非常快，只要在和我近身戰的時候，一不小心就可能被我射個透心涼。

劉一勇的表哥也一反剛才勝券在握的樣子，神色凝重起來，我站在幾人中間，掃了一圈淡淡地道：「還要來嗎？」

劉一勇的表哥看了一眼自己的手下，發現個個面有懼色，心中忖度，就算現在勉強進攻恐怕也不一定能夠取勝，還不如先回去再做計較，正好父親昨天也到了，表弟看來受傷不輕，叔父是不會坐視不理的。

只要他們出手，料眼前的小子再怎麼厲害也討不了好去，不過他的護臂真是個好東西，一定要弄到手。

我不知道就這一會兒工夫，他的腦子裏就轉了這麼多念頭，見他萌生退意，我目送他們離去不見，這才降到地面，收起護臂。

再往他們消失的地方瞥了一眼，才邁開步子向家中走去。

白天，我已經把那兩瓶「混沌汁」送給愛娃，並且讓她收藏好不要給別人知道，又告訴她服用方法，一個星期餵小白龜兩次，每次不要太多，兩三滴就好。

這樣可以促進小白龜的生長，但也不至於讓牠長得太快。我從烏金戒指中拿出我為愛娃煉製的長劍，晚飯的時候，愛娃獻寶似的把劍給拿出來，倒讓里威爺爺看出了端倪。

追問之下，我只好坦白說是我煉製的，他知道後只是驚訝的看了我幾眼，倒也沒說什麼其他的。只是說以愛娃現在的修爲，還不足以持有這種已被賦予有靈力的神劍，強行使用有害無益。

沒辦法，我只好把劍給拿回來，看看有沒有辦法可以把劍中的三昧真火給吸出來。月光的映射下，這把已被命名爲「烈炎」的長劍，反射著異樣的光暈，我仔細的摩挲著，感受著其中的熱量。烈炎是我一手創造出來的，此時安詳的撫摸彷彿感受到其中的親情。

氣息流轉，好像脈搏跳動，我漸漸被這種感覺給吸引，將心神投入到劍中。

忽然間，氣息不安分的扭動起來，我被驚醒，剛好聽到烈炎發出低沉的鳴叫，彷彿在向我示警，我大訝，突然覺察到附近的氣流都異樣的滾動起來。

幾聲破空聲，由遠而近，我站起身向遠處望去，朦朧看到兩條人影正向我的方向飛掠而來，我心中一動，繞到屋子後面無聲的潛入河水中。

剛藏好，兩條人影已經落到院子中，只聽其中一人怒聲道：「大哥，你在外面守著，我進去找那個小混蛋，竟然廢了勇兒的功夫，我要讓他生不如死。」

另一個人點了點頭，守在外面。

見他倆人來速這麼急，我在水中暗嘆一聲：「好快啊！」再聽那人的聲音，仔細一看，竟然是高山村的村長劉一勇的父親。我暗道好險，還好我知機的先躲起來了。

不用說，旁邊那人應該是劉一勇表哥的父親了，我躲在一邊悄無聲息的觀看著，只看兩人的來勢之快，就知道武道修爲不會低，我可不敢冒冒失失的跑出去。

很快，劉一勇的父親氣恨恨的從屋內出來，道：「這小王八蛋不在裏面，我翻遍整個屋子也沒看到什麼寶貝。」

我恍然，什麼爲兒子報仇都是假的，恐怕是打著爲兒子報仇的幌子來明搶我的寶貝是真！

他大哥皺了皺眉頭，道：「按照勇兒他們兩人所說，他應該是回來了，我們沒有耽擱立即趕過來，應該沒有人能夠通風報信的，難道他提前看到我們了？不可能，他不會有這麼高的修爲。」

想了想，他又道：「可能那小子中途幹其他事去了，我們在這先等一會。」劉一勇的父親也同意的和他一塊躲在屋子的暗處。

我在水中禁不住的偷笑，「呵呵，真是人算不如天算，你們的一舉一動，都被我看得一清二楚，想等我出來，門都沒有，咱們就耗著吧。」

果然等了半晌，仍不見一絲動靜的兩人有些不耐煩的從屋中出來，下意識的望著遠處。

「大哥，怎麼辦，等了這麼久也不見回來？」

那人目露陰狠之色，哼了一聲道：「八成是里威那個老傢伙覺察到了什麼，把那個小子給藏起來了。」

劉一勇的父親吸了一口氣道：「那可就不好辦了，里威年輕的時候在外面闖蕩，曾經在『北斗武道』修煉過，一身修爲不在我之下。」

他大哥陰惻惻的笑了一聲道：「『北斗武道』算什麼，他不過早年在裏面學了一些三腳貓的功夫，你大哥我可是『紫城書院』的武道老師，還用怕他嗎？」

劉一勇的父親露出一絲難色道：「大哥，這老傢伙確實有兩手，我曾經跟他切磋過，沒有合體就已經和我打了個平手。」

作大哥的兩眼一翻道：「小弟，你什麼時候變得這麼膽小了，大哥的修爲你還信不過嗎，只要找到那小子，他身上的異寶那就唾手可得了，到時候咱倆二一添作五……」

有所謂「青酒紅人面，財帛動人心」。

一下子就被打中要害，劉一勇的父親遲疑了一下，目射兇狠之色，道：「好，就搏一把！跑得了和尚跑不了廟，聽說那老傢伙的女兒和那小子不錯，抓了她，不怕那小子不出來。」

我大吃一驚，沒想到這些傢伙這麼沒人性，爲了一件寶貝，居然大動干戈，妄圖以里威爺爺和愛娃來威脅我。頓時怒添胸膺。

那人又道：「事不宜遲，等到天亮就不好辦了，咱們這就找那個老傢伙。」

說著就要騰空而起，劉一勇的父親正要跟著一塊飛起來，忽然又想到了什麼，突然停下來，從懷中拿出一款樣式古樸的寶劍，劍身兩面都滿飾幾何菱形圖案，鋒尖銳，刃薄而鋒利。

一陣紅光閃過，一隻火紅狐狸被他從劍中召喚出來，蓬鬆的長尾在背部甩動著，吻部很尖，四顆白森森的牙齒露在外面，眼神很兇狠，一看就知道是個凶獸。

他口中念念有辭，像是在對那隻狐狸下什麼命令，只見那隻狐狸忽然縱身飛了起來，由上而下突然從口中吐出一個大團的火焰，火球落在我的屋子上，整所房子頓時燃燒起來。

我大駭，顧不得洩露行蹤，帶著一條水柱破水而出，「嗖」地一聲出現在屋頂，抽出懷中的「烈炎」，向火狐揮出兩道更爲猛烈的熱焰，阻止牠繼續吐出火球。

火狐感到這道熱焰的厲害，「吱吱」叫著向旁邊躲開。

那兩人見突然有人從河中冒出來，也是嚇了一跳，等到反應過來我就是他們要找的人時，我已經用手中的烈炎把屋頂的火給吸了。

劉一勇的父親召回了火狐，他大哥哈哈大笑道：「踏破鐵鞋無覓處，得來全不費功夫，要不是小弟要燒房子，恐怕還找不著你這個小滑頭呢。是不是我們剛才說的，你全聽到了？」

我在心中倒抽了一口冷氣，暗嘆此人心思縝密，只從我於水中忽然跳出，就猜到我偷聽到了他們的談話，看來今天我會很難過。

那人接著又道：「既然聽到了，我便明人面前不說假話，只要你把身上的寶物給拿出來，我們也不會爲難你，你把勇兒給破功的事，我們也一筆勾銷。」

劉一勇的父親一直狠狠的盯著我，這時忽然插嘴道：「哪有那麼便宜，一命抵一命，他破了勇兒的功夫，我也要廢了他……」話沒說完，被他大哥的眼色給制止了。

他大哥見我不說話，徐徐地道：「小兄弟，這是何必呢，不要爲了寶貝丟了性命，這可就不值了。何況我是什麼人啊，一般的東西還不入我的法眼呢，你拿出的東西，我如果看不上眼，還會還給你的。」

只看劉一勇父親那兇神惡煞的樣子，我就知道他們不會輕易就這麼簡單放過我，恐怕是先騙我交給他們東西，然後再慢慢的折磨我，心中一念，已經打定主意決不妥協。

先下手爲強，手中一緊，「烈炎」揮出道道熾熱的氣焰如海浪撞擊岩石，層層疊疊的同時襲向兩人，劉一勇的父親怒哼一聲，揚起手中的劍，大力一劈，將攻來的氣焰從中刨開。

他大哥大聲喝道：「無知小輩，想試我的武功嗎！」不見他有何動作，雙掌合十，舉重若輕的輕輕一壓，逼近身體的氣焰頓時化爲烏有。

同是化解我打出的氣焰，兩人高低立分，小弟要比大哥差兩個級別，我跟在氣焰後面縱身飛過來，「烈炎」的劍尖遙指作大哥的那人的面部。

那人見自己說了這麼多好話，我仍不肯輕易就範，眼神中露出薄怒，斥道：「小輩敢爾！」

其實我的目標是在他身邊缺乏警覺心的小弟，眼見我快要到他面前了，他仍沒有什麼動作，我暗暗著急，他要是不上當，我只有和他硬拚一記了。

正在心中念叨著，那人忽然從寬大的袖子中，探出拳頭，威風赫赫的電光火石間迎上我的「烈炎」。

快要相撞的一剎那，我駕輕就熟的劃出一道美麗的弧線，從容避過他打來的拳頭，向劉一勇的父親刺去。

本來兩人就小看了我，以爲我年紀輕輕，再怎麼強也強不到哪裏去，誰知道我修煉的功法獨特，雖然年紀很輕，內息已竟登堂入室，稱得上是渾厚了。

而身法更是怪異，轉瞬間輕而易舉的騙過他大哥，當然也把他給騙了。他自然是知道他大哥的武道修爲的，自然以爲他大哥要把我擒下不過是兩三下的功夫，根本沒想到會出現這種事。

百忙之中，內息還沒有提到一半，我已經迫到眼前，無奈之下，只好盡力的舉起手中的劍，在眼前布下，條條氣束形成一個氣網攔在自己的面前。

看起來，威勢十足，骨子裏卻是外強中乾，不足一擊之力，我無視氣網的存在，內息在我全力運動下，產生外溢的現象，周身洋溢著火燙的氣勁。

氣網被我一衝而破，我本來只想試試他們的，沒想到天賜良機，竟給我這個機會，我自是全力以赴，抓緊時機，一舉擊潰其中一人，不然等到兩人反應過來，我恐怕就再也沒機會了。

第十章 最後一擊

爲了自己小命著想，自然是不會留情的，幾個照面的功夫，劉一勇的父親被我的快攻搞得狼狽不堪，等到他大哥眼看形勢不對勁想來支援的時候，已經被我抓著機會，刺傷了他拿劍的右胳臂。

鮮血順著袖管一滴滴的落下來，右手暫時失去了行動的能力，劍已經交到左手，面目猙獰的盯著我。

他大哥看到他的樣子，大吃一驚，實在想不通，一個毛頭小子怎麼下手這麼狠，動作也十分迅速，出手狠辣，只不過幾息的功夫，就廢了自己小弟的一條胳臂。

我冷冷的在一邊看著他們，我很清楚，見識到我的實力後，他們一定會收起輕視之心，全力以赴的對付我，我不可能等誰來救我，我只能靠自己。

劉一勇的父親出乎我意料的輕易被打傷，剛才的幾次硬碰，雖然他沒來得及盡全力，但是我亦可推測到一二，令我吃驚的是，他的內息竟然比我還差一些，在我全力的攻擊下，竟然連一次像樣的反擊都沒有。

其實我有這種感覺，一是因爲他措手不及，二來就是我的身法比他高明太多了，畢竟，這可是天下四大聖者之一的傑作，除非是真正的飛行術，否則很難有人比我的身法更好了。

他兇狠的盯著我，忽然喝道：「合體！」

那隻火紅的狐狸，化爲一道紅光，投到他身上，片刻間，一副綻放火熱毫光的靚麗盔甲將他套在裏面，手中的劍吞吐著熱焰，暴喝一聲向我殺來。

輕易的敗給我使他惱羞成怒，再也不顧臉面和道義。

從盔甲中可以清晰的看到他暴戾的眼神，第一次應付合體後的人，我小心的盯著他移動的軌跡，他的身法快了很多，人未至破體而來的勁風就讓我感到了火熱的氣焰。

可惜，用火來對付我實在是他的失策。我連三昧真火都練出來了，還怕他這種級數的熱度嗎。彷彿是隔靴搔癢，他氣勢洶洶放出的火氣對我一點作用也沒有。

可以說他這種攻擊對我產生不了任何危害，只有真正的物理攻擊，才會令我小心的去躲避。

本來他右手受傷就使他整體活動大打折扣，再加上破綻百出的左手劍，速度更比不上我，數十回合後，我不覺得怎麼樣，他倒先我累得氣喘吁吁。

他大哥站在一邊，仔細的觀察著我的身法和招式，想從中得到點什麼，可惜任他怎麼從記憶中搜索，也記不起自己從哪裏見過像我這樣的奇妙的身法和蹩腳的招式。

我大致摸清了劉一勇父親的身法，再加上他的火焰對我產生不了多大的危害，我已經暗暗的開始籌畫著反擊，必須等到一個絕佳的機會，最好能一擊必勝，我可不想讓在一旁虎視眈眈的另一個人乘機占了漁翁之利。

屢次拿不下我，劉一勇的父親顯得十分煩躁，怎麼說他也是個前輩，比我長了幾十年，現在不但沒有很輕鬆的打敗我，反而讓我占了便宜，再加上旁邊的大哥還在看著，這個老臉實在丟不起。

他忽然發力將我迫開，站在原地，臉色陰沉的望著我。雙手突然緊握，額角青筋暴露，好像非常吃力，盔甲上原有的火紅色毫光，忽明忽滅，瞬息萬變顯得十分詭異。

見到這種異變，我暗暗小心，我知道這將是他最後一擊，感覺到一股比剛才強了很多的力量緩緩的蔓延過來。

我感到沉重的壓力撲面而來，不得不以防萬一，催動全身的內息灌注到劍中，無畏的望著他，大戰來臨前夕，心臟不爭氣的「撲通撲通」的猛烈跳動幾下。

好戰的熱血不安分的在體內加速流動，彷彿在盼望著戰鬥快些來臨。

「烈炎」好似聽到了我的召喚，光芒大漲，向四方擊射，頓時將方圓幾米的地方照得如同白晝，數寸的氣束仿若實質，如果我再加一把勁就能形成劍氣，不過爲了對付另一個更厲害的，我故意有所隱瞞，好讓他措手不及。

滾滾熱浪與劉一勇父親釋放出的熱勁在中間相撞，向四周擴散開，蒸騰的熱氣中，我和他彷彿是兩個不真實的存在。

熱氣擴散到靜站在他身後的大哥身前，自然的向兩邊散開，他大哥見我忽然發威，一雙奸狡的眼睛一眨不眨的盯著「烈炎」，好像發現了什麼寶貝似的。

我想他一定看出了我這把劍的不凡之處，可是令我不明白的是，他爲什麼不提醒他小弟呢？

正在我出神的當兒，劉一勇的父親暴喝一聲，我驀地發覺他的身體好像比剛才大了一圈，而且充滿力量，他的樣子很辛苦，眼睛向我突出。

他看著我，大口大口的喘了兩下，唾液從他嘴角溢出滴下來，忽然暴出得意的「哈哈」大笑，狀甚得意的吼道：「小混蛋，老子讓你知道什麼才叫作武道！」

看他的樣子十分像是失去理智，從膨脹的四肢可以猜到，他一定施展了什麼異法，快速挖掘出自己的潛能，短暫時間數以倍數的增加自己的功力克敵制勝。

記得二叔曾跟我提起過這種異法，我當時非常羨慕這種功法，還讓他教我，不過二叔沒有教我，他告訴我這種功法看似強大無比，實際上卻是有害無利。

這種功法屬於同歸於盡的招數，敵傷一千，自傷八百，和自殺沒什麼兩樣。一旦施展這種異法，掌握不好就有生命危險，就算僥倖不死，輕者得覓地靜修，沒有個三年五載的別妄想恢復，就算是恢復了在武道上也難有作爲。

「那重者呢？」我當時問。

二叔冷哼了一聲道：「失去功力，和死人沒什麼兩樣。」

三叔接過話題道：「我們四大聖者的子侄還需要用這種方法來活命嗎！與其怎麼想著和別人同歸於盡，還不如留下機會趕快逃跑，等到下次再殺他一個丟盔棄甲。」

劉一勇的父親施展的是一種以消耗自己生命力爲代價的功法，短時間內將功力提升兩到三倍，其實這種功法他以前曾經施展過，所以非常熟練，可是這次卻不應該施展出來，他因爲受傷的關係再加上情緒不穩定，很難控制突然湧出來的大量力量，才會造成盔甲忽明忽暗的景象，並且力量的過度膨脹令他很辛苦，急需一個發洩的地方。

他說完話，單臂握劍遙遙的指著我，忽然一聲厲吼：「哇呀！」力量急劇膨脹起來，千分一秒的剎那工夫，一個火紅的巨狐從他的頭頂冒出來，齜牙咧嘴的直撲向我。

面對此異景，我禁不住喊出聲：「幻靈！」這個招數可以說是兵器所能施展出來的終極招數，比起劍氣還要強幾分，我強自鎮定，咽下一口唾沫，全力暴出劍氣，頓時毫光萬丈直沖雲霄。

「烈炎」帶著極高的溫度閃爍著凌厲的紅芒，眨眼間攔在巨狐身前，當頭劈下，沒想到無堅不摧的劍氣第一次施展就遇到了強敵，巨狐倏地張開大嘴，尖銳的獠牙將劍氣一口咬住。

我們兩人就這麼僵持著……

事實上，他們兩人比我還要吃驚，劉一勇的父親本來以爲施展出自己壓箱底的兩大絕招，必然可以手到擒來，卻意外的遇到我的頑強抵抗。

他大哥更是驚訝，本來他以爲我雖然強過劉一勇的父親，卻仍不是自己的對手，這時看我竟然發出劍氣，立刻收起了小覷之心。不過眼中卻更爲貪婪。

他深深的知道，以我這般年齡，想要放出劍氣，必須得有神兵利器配合，否則休想放出劍氣。而且剛才我暴出劍氣所產生的異象，分明表示這是一把不可多得的神兵利器。

我咬牙堅持著不讓巨狐有所寸進，心中暗道他那把劍怎麼看也不像是什麼超強的神器，那把破劍比起我手中的「烈炎」還差許多，怎麼可能施展出「幻靈」這麼厲害的招數。

其實我不知道，那是合體後的一種極耗內息的招數，暫時將自己的內息與合體獸融合在一起，形成和幻靈差不多的招數。而此時我已經勝券在握。

他本就受了不輕的傷，又強行使用極傷身體的功法，卻不能完全駕馭，此時已經是燈枯油盡，只要我再堅持一會，勝利必然屬於我。

巨狐的身體逐漸縮小，身體綻放的火光也愈來愈弱。見狀我心中大喜，猛的發力，巨狐哀鳴一聲，身體在虛空化爲烏有，由於與巨狐心神連接，如今巨狐受到重創憑空消失，他也如遭雷擊，口中噴出大口的鮮血，沒等我的劍氣及體，就如斷了線的紙鳶墜落下去。

四叔常說，「趁他病要他命，不要給自己的敵人任何反擊的餘地。」我今天終於可以學以致用，劍氣下劈直追他而去，誓要把他打成重傷。

這時候，他大哥再也沉不住氣了，凌空劈出幾擊掌風將我發出的劍氣給抵消，空中的那隻手從懷裏拿出一柄銀色小刀，掣在手中。

我站在他面前，不再追下去。

他大哥怒喝道：「小輩，心腸竟如此歹毒，廢了武功猶不滿足，還要別人的性命，難道你們家長輩就是這麼教你的嗎？」

見他裝作一副義薄雲天的樣子，我暗裏揶揄道：「剛才怎麼不見你出來說句話，等到兩敗俱傷，你再出來收拾殘局，真是好處都讓你得了。」我不滿的哼了一聲，望著他不說話。

他見我不說話正合他心意，又道：「小輩，今天就讓我來替你家大人教育教育你，好讓你知道行走江湖要知道尊敬長輩。」

他手中一緊，雷霆一擊向我攻來，刀雖小，卻給我重逾千斤的感覺，銀光如水，我總覺得他的那把刀有古怪，不像外表那麼嬌弱。

他來速極快，竟比他合體後的小弟快上兩分，我來不及細想，一揮手中的「烈炎」迎了上去，他從我的頭頂撲落彷彿餓鷹捕食，而那把秀氣的小刀正是鷹的尖銳的喙。

對付他，我不敢有所保留，全力施爲，焰芒暴漲，火焰熏天。眼見我氣勢做大，他口中厲喝，手中的銀刀倏地突長，眨眼間已有兩米長，刀身放出刺眼銀光，當胸重劈而下。

我被銀光晃得只能瞇著眼露出一絲縫，鎖著他的身形。心中卻暗道不好，他手中的長刀是絲毫不遜於「烈炎」的好刀，他由上而下劈下來，又比我長這麼多歲，內息肯定比我強，此時他占盡優勢，我有難了！

我勉強收起頹喪的情緒，全力迎上，「轟」的一聲，我如遭電擊，被震得倒飛出去，五臟六腑彷彿移了位，氣血上湧，四肢重如鉛石，酸痛難忍。

一個照面，我幾乎喪失了一半的攻擊力，實在太厲害了，不愧是地球第二武道學校——紫城書院的老師，我和他完全不是一個級別的，我暗呼厲害，擦去嘴角的血跡向斜上方望去，一看不要緊，嚇得我頭皮發麻，直道「死了死了！」

他見我在他占勁優勢的時候全力一擊仍能安然無恙，大爲驚訝的同時已經下定決心，先下手爲強將我立斃刀下，以防我不小心逃走後患無窮。

所以在被巨大的撞擊力撞得向後倒飛時，竟然召喚自己的寵獸刹那間已經合體，銀色的盔甲在月光下極爲刺眼，整個人立在那裏，竟然給我若磐石般不能動他分毫的失敗感。

他嘿然大笑，道：「哈哈，小輩不要怪我，你沒罪可惜卻懷璧有罪！等到下了地獄，趕快投胎吧，下輩子千萬小心了！」

見他得了便宜還賣乖的樣子，我把心一橫，冷冷地道：「說那麼多廢話幹什麼，不就是想要我的寶貝嗎，有種過來拿吧！」

他見我不爲他的氣勢所嚇，嘿嘿笑道：「我看你嘴硬到幾時！」不再說話，他本來就不想說這麼多話，只是現在勝利在望，得意之下便忍不住。此時被我一諷刺，頓時有些尷尬，緩緩將刀遙指月空，忽然從刀中縱出刀罡。

夜風習習，殺氣迷漫，我感到死亡在即，他的舉動已經充分告訴我，他一定要將我殺死才不會有人洩密。

「紫城書院！」我恨恨地道，此刻紫城書院在我心中就如同一個毒瘤，我如果能夠活著見到明天的太陽，我不會讓紫城書院好過的。

死亡近在咫尺，我和他相差太多，連一點反擊的力量也沒有，死亡的威脅，頓時讓我產生一種明悟，即便死，我也死得轟轟烈烈，才不負義父四人天下四大聖者的名號！

我驀地大喝道：「你不想知道是誰送我的這些寶貝嗎？」

他聞言一愣，心中暗道：「對呀，是誰這麼大方，竟把這些不可多得的東西送給他一個黃毛小子！」於是沉聲道：「是誰？」

本來他刀罡如電，氣勢如虹，此時一頓，立即氣勢大減，我暗呼好機會，突然召喚小龜出來與我合體，同一時間，手中的「烈炎」已經被我換為四叔贈我的「魚皮蛇紋刀」，我倒要讓他瞧瞧什麼才是真正的神兵利器！

我大呼道：「老賊，你上當了。」

他一聽，頓時知道被我的小把戲給騙了，惱怒的叫囂道：「小兔崽子，我要讓你生不如死！」

我如意算盤打得雖好，卻是人算不如天算，鬼知道怎麼回事，我本來是召喚小龜出來與我合體，這樣我好有一拚之力，誰知道，出來的竟是整個鼎。

「靈龜鼎」一出來就燦發出萬丈彩光，本來對立的兩人立即被突然出現的異況所鎮，心為之奪。

彩光持續不久，徐徐收回到「靈龜鼎」的四周，瑩光流轉宛若活物，隱約可見一隻可愛的小龜在鼎壁遊動，隨著小龜遊動，鼎也開始慢慢的旋轉，一圈一圈越來越快，逐漸發出巨大的吸引力。

不偏不倚，斡旋般的巨大吸力正是向他那個方向而發，等到他發覺不對勁的時候，已經無法脫身了，他眼看不好，一聲暴喝，刀罡無視鼎與人之間的距離，瞬間劈在鼎上。

鼎只是微微向下一沉，仍發出巨大的吸引力。

我目瞪口呆的望著這一切，「好一個人爲財死，鳥爲食亡」，情形急轉直下，我全身心都活躍起來，哈哈大笑道：「人算不如天算啊！」

他不理我的諷刺，猛的又是一擊劈在「靈龜鼎」上，我見狀趕忙衝上去，手中的「魚皮蛇紋刀」也暴出可與之相媲美的刀罡，生生的將他的刀罡給攔在半途。

他怒喝道：「小輩騙我，待我脫身一定要將你碎屍萬段，否則不能解我心頭之恨！」說著手腕一轉，刀罡以極爲刁鑽的角度向我攻來，沒想到他被困住無法動彈仍能發揮出這般精妙的刀招。

我舉起手中「魚皮蛇紋刀」，將刀罡封在身外，我的「魚皮蛇紋刀」雖然較他的刀要高幾個級別，我和他硬拚，仍是費力得很。

刀罡乃是極剛之物，無堅不摧，可惜他被困住，無法施出刀罡的全部威力，我受了傷本就不是他的對手，只怕拖得越久，對我越是無力，我當機立斷，催發自己剩下的全部內息。

有了第一次的經驗，這一次也沒讓我失望，刀罡全都爆發出來，在空中聚合形成綠蛇的幻靈，我「呀」的大吼，拚盡全力往他攻過去，綠蛇的幻靈可能是因爲我功力不足的緣故，不如上次那般明顯。

身體似有若無，不像上次如同實質給人真實的感覺，綠蛇張開血盤大口，獠牙閃閃發光，冷血的眼睛綻放著吞噬的冷芒。

他自然知道這是生死關頭，狀若瘋狂的厲喝，刀罡在空中和幻靈糾結在一起，無奈身體被困，他還要分出很大一部分精力來抵抗「靈龜鼎」的超強吸力。

我們兩人都是用盡最後一絲內息，誰堅持到最後，誰就是最後的勝利者，汗一滴滴的從額角滑落，我們兩人都怒瞪著對方，連汗都不敢擦一下。

我到底太嫩，漸漸不支，綠蛇也越來越小，他的刀罡雖然也變小了很多，但仍是緊壓著我。就在我感到絕望的時候，一聲清脆的長鳴在夜空中格外響亮。

我欣喜萬狀，暗道平時沒有白白浪費那麼多靈藥養牠，關鍵時刻，終於發揮出自己的能耐，「我得救了！」

沉悶如同鼓點聲，點點敲擊在他的心坎上，「似鳳」站在我肩上，發出一陣陣的音波，彷彿波浪拍打岩石，可惜他的心志遠沒有岩石那麼堅定。

刀罡閃爍不定，時而縮短時而變長，可見他在「似鳳」的音波下已經再難有餘力抗拒了，我鼓起餘勇再加一把勁，幻靈感應到我的召喚，頓時擴大幾分。

他的刀罡再無還擊之力，在幻靈的壓迫下不斷的縮短，他眼見潰敗在即，滿頭臉都是汗，無論怎麼掙扎都是徒勞，他狀若厲鬼嘶號著被幻靈透體而過。

望著他摔落下去的身體，支撐我堅持到現在的那股毅力頓時消失，我無法強撐著疲憊的身心，也落到地面，「靈龜鼎」和「魚皮蛇紋刀」自動收回到烏金戒指中。

我平躺在地面，心中的震駭久久不能平復，今天實在經歷太多事了，旋即又想到里威爺爺告誡我的事，我艱難的轉過頭望著離我身邊不遠的兩人，他們四肢扭曲著，想必從高空摔落時把四肢給摔斷了，兩個人一動不動，也不知道死活！

我苦笑的嘆了一口氣，暗忖自己真是讓里威爺爺失望，這不是給村子找麻煩嗎，「似鳳」飛到我頭上輕輕啄了我一下，「唧唧」的叫了兩聲，我嘆了聲，辛苦的翻身坐起來，瞥了牠一眼道：「沒看到你主人都快掛掉了，還敢問我要吃的，這幾天你都死哪去了？」

說完，也不理牠，從戒指中去拿「九幽草」，這東西雖然是寵獸吃的東西，對我卻有奇效，沒想到戒指中草藥太多，我此時心竭力疲一時分不清「九幽草」在哪，又找了一會兒，終頹然的放棄，我早應該把那些草藥歸類放好才對。

我盤腿端坐，嘗試著運用內息來療傷，待到心神沉下去，發現竟然連一丁點內息都沒有，剛才太費力了，我收回意識，身體疼得厲害，剛才的打鬥實在太激烈，我都忘了自己究竟受了哪些傷。

我苦笑自語：「不會沒被對手打死，反而現在疼死吧。」心中發狠，把戒指中的東西一股腦的都拿了出來，嘴裏嘀咕：「九幽草，九幽草！」

無奈所有的藥草混在一起，我現在哪有餘力去仔細分析哪個是哪個。望著眼前的東西咒罵一聲，忽然靈光一動，我不是煉了不少「混沌汁」嗎？既然都是寵獸吃的東西，應該同樣對我也有效用。

心中默默的召喚「靈龜鼎」，這個傢伙竟然一點反應都沒有，我嘆了一口氣拖著疲憊不堪的身體向鼎挪過去，可能是因爲身體沒有了內息的緣故，所以牠感應不到我的召喚。

「似鳳」見我朝「靈龜鼎」走去，好像明白我要幹什麼，歡快的叫著跟著我，看來是想分一杯羹。因爲這些靈藥很珍貴，而對牠又沒什麼用，所以我一向都是用其他東西來敷衍牠。

今次逮到機會，牠哪肯放過。

費了九牛二虎之力，才把鼎蓋給移開，醉人的醇香立即整團湧出來，聞到久違的香味，「似鳳」急不可待的一頭扎了進去，我來不及阻止，只好任牠喝個飽。

不大工夫，「似鳳」就倏地飛了出來站在鼎的邊沿，肚子鼓鼓的看樣子是放開了肚皮喝了個夠本，可能喝得太急，此時有些站不穩，伸出翅膀想保持平衡。

就在我還想罵牠兩句的時候，我目瞪口呆的望著牠「撲通」一聲跌到地面，躺在那兒不動了，我心中大駭，難道「混沌汁」有毒嗎，怎麼會出現這種情況，我趕忙趴在地面仔細觀察，發現牠還有氣，不時的張開嘴巴打個淺淺的嗝，就像人喝醉了酒。

我旋即醒悟過來，牠定是喝得太猛，被「混沌汁」醇厚的酒香給熏醉了，我笑罵一聲「笨鳥」，捧起來放在懷中。

用手掬了少許的「混沌汁」放入口中，一股醇香頓時沁入全身，讓我產生一種輕飄飄的醉感，我這時才明白爲什麼「似鳳」這麼容易就會醉，我只吸食了幾滴而已就已經這樣了，何況牠一下吃了那麼多。

一股涓涓細流迅速在經脈中產生，我頓時大喜，指揮著這股由「混沌汁」形成的能量繞著身軀流轉，細流所過之處都給我一種舒服的陰涼感，再多運幾圈，身體的傷痛大減，令我好過不少。

站起身揮動四肢，雖然仍是痠麻無力，但總是已經可以活動自如了，我忽然想起那兩人，下意識的望過去，兩人還在，只是不知道死了沒有，我走過去，才發覺兩人還有呼吸，只是很微弱。

看來不死也和死差不了多少，一個人使用異功使用幻靈的招數，雖然沒有死，但是已經廢了武功，另一個被我的幻靈透體而過，估計沒死也會丟了功夫。

腦子有點亂，一夜間發生這麼大的事，我有點不知所措，我把高山村的村長和他大哥打成了重傷，我該怎麼辦。

忽然想起來，二叔臨走時不是告訴我說四叔讓我去后羿星看他嗎，我喃喃地道：「乾脆我去后羿星找四叔去吧！」

打定主意，我決定趁著天還沒亮，沒人發覺這邊的情況，趕快收拾東西跑路吧，逃亡生涯就這麼被定下來了，手忙腳亂的把拿出來的東西都放回到戒指中。

又回到屋子中拿了一些義父他們給我留下的東西，其中有一張卡是二叔留給我的，裏面存了一些叫做錢的東西，可以用來買自己需要的東西，還可以辦其他事。

二叔說，外面的世界不比小村子，衣食住行都要用錢才行得通，我暗道麻煩，還是在村子裏好，想吃什麼就自己種，或者和別人交換就好了，哪還要用錢這種玩意來買，真是古怪。

第一次自己一個人離開家，心中除了逃亡應有的心驚膽戰，還有一絲絲新鮮的興奮感。

我大喝一聲：「走嘍！」駕起「御風術」就想飛，卻不想剛離開半空就摔了下來，跌了我一個屁蹲，大爲訝異的觀看丹田，發現一絲內息都無。

不過讓我感到不可思議的是，「混沌汁」形成那股涓細能量在體內自由運轉了這麼多圈竟然還沒被我吸收掉，兢兢業業的在修復我打鬥中受到創傷的經脈。

我苦嘆一聲，沒了內息，我只有用跑的了，至於往哪跑，我又迷茫了，從沒出過村落，我哪裏知道應該往哪走啊！反正不知道該怎麼走那就隨便好了。

高山村在西面，我於是撒開丫子向東方跑開了，既然是逃跑，當然是往與高山村相反的方面去。

而另一方面，第二天一早，高山村村長兄弟兩人就被人發現出氣多進氣少的躺在我家院子中。

高山村見自己村長一夜未歸，劉一勇的表哥帶著大批的村民湧到了高老村來，向里威村長要人。里威爺爺年老成精，在外面混了這麼多年豈是易予之輩，根本不在乎他這點陣勢。

正好這時有人告訴他在我家發現了兩人，於是將兩人還給他們，他們見兩人被廢了武功，不依不饒的要里威把我交出來。

里威爺爺因為早和我交談過，猜得到兩人是覬覦我的寶貝，才於昨晚偷偷來到高老村逼我就範，只是他想破腦袋也猜不透，究竟是誰有這麼大能耐不但救了我，而且還廢了兩人武功。

里威爺爺問兩人怎麼會出現在高老村，又怎麼受的傷，兩人支吾以對，說不出個所以然來，事情於是不了了之，只是走的時候硬是強行要走了我丟在院子中忘記帶走的「烈炎」，里威爺爺為了息事寧人，也就任他們拿走了那把寶劍。

其實兩人是有苦說不出，兩個長輩合力搶一個小輩的寶物，不但沒搶成，反而被對方廢了功夫，等到自己醒來，對方已經蹤跡杳然，不知去向，只有村長的哥哥隱約聽到「后羿星」幾個字。

這麼丟人的事，當然不好意思向人說，所以里威爺爺一直不知道，其實是我自己打傷兩人救了自己。

日子一天天過去，事情也漸漸的淡了，兩個當事人除了派人四處找我，只有打掉牙齒往嘴裏吞。

第十一章　懵懂塵世

話再說回來，那天我出了村子就卯足了勁向東方逃走，大概是我太土包子的緣故，竟不知道往大路走，一直在山野中穿梭，翻過了不知多少山脈，越過多少條河流，遇見有人的地方，就心虛的躲開。

歲月荏苒，一晃就是一個多月，我白天逃跑，夜晚就修煉武道，好在現在正值春夏，山野之中，什麼都不缺，而我本來就適應山中的生活，所以除了有時害怕被人追到，倒也過得逍遙得很。

一路而來，崇山峻嶺，皆是人跡罕至的地方，倒也讓我覓得不少稀罕的草藥，煉製了兩爐「百獸丸」，可惜走的時候忘記去河中多採一些「九幽草」帶走，這一段時間剩下的幾乎全餵了「似鳳」這隻貪吃的鳥。

沒辦法，牠每頓定要有稀罕的靈藥，否則寧願餓肚子也不吃東西，我實在不知道，牠是怎麼活這麼久的，奇蹟啊！

沒法可想，眼看「九幽草」就要被牠吃光，我只好邊逃跑邊採集多一些草藥，按照百草經中的配方和煉製方法煉製了兩爐「百獸丸」。這百獸丸和「黑獸丸」差不多，都以治療寵獸的傷和促進寵獸生長爲主，只是「百獸丸」比之「黑獸丸」的功效要差了不少，否則也不能煉製兩爐之多，一爐就有千粒。

剩下寥寥無幾的「九幽草」，我當作寶貝似的給收藏好，不僅是因爲它的功效，還有它是家鄉帶來的，在我想家的時候也好有個安慰。

「似鳳」經過那次喝「混沌汁」被醉倒之後，就變本加厲的更加垂涎，好在只要我不願意，牠是沒有辦法說服鼎靈——小龜幫牠打開鼎蓋的。

「似鳳」幾次沒有得手，只有轉其他念頭，當有一次我看見幾十隻猴子追在牠後面，我終於知道牠轉的是什麼念頭了，彷佛愛上了酒的味道，牠竟把念頭轉到山中野猴釀造的「猴兒酒」上。

一隻美麗的小鳥身後跟著數十隻形象各異、大小不同的野猴，或跑或跳或遊蕩在樹枝上追趕，實在是蔚爲壯觀。

經不起牠的軟磨硬泡更加上絕食來威脅我，我終於勉強答應和牠同流合污，去偷山猴的猴兒酒，只是那猴兒酒本就不易釀造，得幾代山猴才能釀造出來那麼點，一下子被我端了老窩，眼看著我漂浮在空中，對我無可奈何，大猴小猴吱哇亂叫，捶胸頓足，竟是非常傷心。

「似鳳」卻不管那麼多，只管沉醉在猴兒酒中，我見那些猴子痛哭流涕不甚哀傷的樣子，發誓以後再也不陪「似鳳」這個賊鳥作賊了。

感覺有些對不起良心，頓時起了善心，拿出「靈龜鼎」，取了少許的「混沌汁」滴在一罈猴兒酒裏，又送還給那群倒楣的猴子，猴子們見我還了一罈酒回來，也就滿足的都散了。

我不知道，這次善心直接導致山猴中好多隻由普通的山猴進化成三四級的野寵，那猴兒酒歷經歲月本就有諸般好處，再添上由「九幽草」與「鳳凰蛋殼」煉製出來的「混沌汁」，功效更是非凡，才造就了一群山中猴子大王。

山中無甲子，一晃又度過一個月，我只是每天朝著日出的方向奔跑，日落而息，日出而奔。身體就在這兩個月的改造中，更加健壯，動作更加靈活，在山中的歲月每日吃野果野藥，與山中靈異的動物相處，身上自然而然的也就充滿了靈氣。

不知爲何，自從那天我丹田中的內息耗盡後，內息一直進展緩慢，兩個月內息竟然恢復了不到正常情況下的二成。

倒是那股由「混沌汁」產生的陰涼能量，在我又飲了幾次「混沌汁」之後又增長了一些，便再也不增長了。每日不停的遊走在經脈間，不但消除疲勞，而且冷暖由心，替我趕走酷暑。

又是半個月，功力在漸漸恢復，只是仍然非常緩慢，丹田中積攢的那些內息，根本不夠我飛行所用，只能夠勉強駕風而行，卻飛不了多久就得落下來休息。

每日裏只是用跑的，倒是乏味得很，我漸漸的有些厭倦，只想快些找到有人煙的地方，然後再通過星際跳轉站，傳送到后羿星。

「似鳳」每天飛在我眼前，倒讓我非常羨慕，要是我也有一雙翅膀，即便沒有內息還不是一樣可以飛。

忽然，我想到「似鳳」不也是寵獸嗎？按說牠是三級寵獸，應該也可以和我合體，一旦合體後，我就具有了合體獸的能力，不就一樣可以飛了嗎？

我望著在面前晃來晃去的「似鳳」，心中默默的召喚牠，忽然我感到一股奇異的能量，倏地從身前投進我身體中，我一愣，發現原本在我眼前的「似鳳」真的不見了。

「難道真的和我合體了？」我將信將疑的望向自己的身體，卻看不到一點變化，手還是手，腳還是腳，衣服還是衣服，我將意識沉到身體中，尋找那股鑽進我身體中的奇異能量。

能量分成兩團，凝聚在我背後，我將意識輕輕的探過去，發現這股奇異的能量既不抵抗我，也不和我的能量融合。

我正納悶的時候，突然感覺有些不對勁，睜開眼一看，驚奇的發現自己漂浮在空中，耳邊響起「撲棱棱」的聲音，別轉頭一看，竟是一對翅膀分別插在背後兩側，此時正上下的輕輕拍打著。

「真的可以合體！」我喜形於色，大聲叫道。

只是用翅膀飛行遠沒有我想像的那麼容易，接下來的一個星期時間，路程反而走得更慢了，我不得不努力的適應怎樣用翅膀來學習飛行，而不是用手或者腳！

很快，我湊合可以直線飛行了，但是用翅膀來做一些高難度的動作就很困難了。

「似鳳」對我每天都要「奴役」牠表示十分不滿，和我討價還價要求以百獸丸爲代價，我當然不甩牠，因爲我發現只要我想要合體，牠是沒辦法抵抗的，只能任我奴役了。

日子過得很快，一晃，我在山地、湖泊、森林穿梭了有四個月之久，功力也逐漸恢復到往日的一半，不需要借用「似鳳」的翅膀，我已經可以使用「御風術」在天空任意飛行了。

還是用自己的身體飛行感覺比較好，瀟灑隨意，靈活多變，用翅膀飛行總有一種硬梆梆的感覺，不是那麼順暢。

六識恢復到往日的靈聰，終於讓我發現了一個城市，我帶著欣喜的心情向嘈雜的人聲飛過去。

遠遠的望見一座城鎮矗立在前方，我降落在地面，改用步行接著向城鎮走過去。城鎮裏很熱鬧，完全不是我們的那個小村落能夠比的，一想到高老村，頓時有些想念愛娃和里威爺爺，想像著自己以前常在河邊散步，大黑懶洋洋的跟在身後，那樣的日子離我遠去了！

「唉，」嘆了一口氣，收拾情懷，邁步走進城中。

人潮如織，寬闊的街道上佈滿了行人，兩旁佈滿了形形色色的店鋪，不經意的一瞥就能夠看到很多新奇的玩意，讓我大開眼界。

我漫無目的的邊走邊看，欣賞著兩面熱鬧的情景，這種場面在我們那即便是每年的兩村聚會也看不到，人們身上的衣著很奇怪，但都讓我感到非常好看。

只是在我看他們的時候，很多人也在觀察我，他們不約而同的心中暗道：「又是一個土包子，頭髮那麼長也不理一理，衣服那麼破可能穿了幾年了吧，還好身上沒有什麼氣味，不然還真以爲是個野人。」

走著走著，忽然想到二叔說，在外面好像找一個叫作旅館的地方住下來，「飯店」

是給人做飯吃的地方，「嗯，好像有一個什麼地方來著，好像非常重要，但是我給忘記了。」

「哦，對了，是用二叔給我的卡換錢的地方，不過叫什麼名字卻想不起來了。」

我正苦苦思索的時候，卻不小心走進了一個金碧輝煌的所在，耳邊響起好聽的女聲，「先生，你要按摩嗎？」

「按摩？」我回過神來，重複了一遍她的話，不知道「按摩」是什麼意思。四周看了一下，周圍的環境讓我感到舒服，不由得又加了一句：「可以住在這裏嗎？」

俏生生站在我面前的女孩，愣了一下，道：「先生，如果你要求住在這裏的話，也可以，請跟我來好嗎？」

「先生？」我不大明白「先生」是什麼意思。

女孩露出奇怪的眼神，道：「『先生』，就是說您啊。」

「哦，」我應了一聲，跟在女孩身後，向裏面走去，轉過幾道彎，在一間小房子前停了下來，女孩示意讓我進去。

我看了看，道：「我就住在這裏嗎？」

女孩終於忍不住「噗嗤」笑出來，道：「先生，你以前從沒有來過這裏嗎？這裏不是住的地方，是你按摩的地方，如果想要住的話，我們會另外安排的。」

我尷尬的搖了搖頭，道：「我剛從村子裏出來，以前也從來沒有來過，所以我還是第一次出來。」

女孩滿含笑意的瞅了我一眼，道：「怪不得。」剛想招呼我進去，忽然好像想起一件很重要的事，望著我想說又猶豫不決。

我奇怪的望著她，不知道她爲何不說出來，於是道：「你想說什麼嗎？」

她有些尷尬的猶豫了一下，吞吞吐吐地道：「你從村子出來的時候，帶錢了嗎？」

「錢？」這個詞我好像在哪聽過，有點印象。

她見我一副搞不懂情況的樣子，臉色頓時有些發白，道：「錢，就是可以用來買東西的。」

「啊！」我恍然大悟，「我知道了，可是我沒有錢。」

她原本見我忽然明白過來的樣子，以爲我會有錢，沒想到我突然說沒錢，頓時愣在當場，暗罵自己剛才招呼客人應該先問一下的，現在都已經到這裏了，難道還要把他趕出去不成，經理肯定會罵死我的。

我見她站在那兒不說話，只是低頭在想著什麼，心中暗道：「難道，這個什麼『按摩』也是要錢的嗎？『按摩』會不會是一種吃的東西，還是什麼兵器？不過看她的樣子，總之這個『按摩』是要錢的，不知道叫『銀行』的這個地方在哪，不然可以用二叔給我的這張卡去取錢。」

女孩忽然喜道：「想到了，只有這麼辦了。」然後對我說「你跟我來」，接著把我領到另一個小房子裏。

女孩道：「你在包間裏等著，我讓我的好姐妹來給你按摩。」說著語氣變得有些埋怨的意味，「你這人真是的，沒錢也不早說，害我還得拖累自己的好姐妹。」

說著話，向外走去，忽然又回頭瞪了我一眼，裝作惡狠狠的道：「警告你哦，我的好姐妹很漂亮的，但是你不要對他動手動腳，要讓我知道，我就叫人狠狠打你一頓。」

我躺在那兒，等她的好姐妹給我「按摩」來，心中暗道：「真是不講理的凶丫頭，還不是你把我帶進來的，先前又不見你說要錢，不就是錢嗎，等會我就去找那個叫『銀行』的地方，多取一些錢出來。」

不大會兒，我聽到有腳步聲向這邊走來，心中有些期待的想知道這個「按摩」究竟是個什麼東西，能值多少錢。

腳步聲沉重，氣息渾濁，好像沒有修煉武道，我有些納悶，在我的印象中，好像村子外面的人，人人都修煉武道的呀。

很快隨著腳步聲，一個女孩子走了進來，身上穿著奇怪的衣服，一對白皙的玉臂和富有光澤的大腿裸露在外，肉光致致的非常誘人。

這女孩子一張鵝蛋臉上流露著似有似無的一絲風韻，兩隻烏黑的大眼睛卻是晶瑩剔透，上面兩道彎彎細長的眉毛，純淨的像柳葉一般，秀氣的小鼻子細巧而挺立，淡紅色的嘴唇輪廓分明，柔唇微啓，露出一口細貝似的牙齒。

我暗嘆，竟然是個非常美麗的女孩子，難怪剛才的女孩離開時警告我呢，果然是有原因的。

女孩見到我，掩嘴輕笑，輕聲自語：「原來還是個孩子，難怪小玉那丫頭讓我過來幫忙。」

我愣了一下道：「那個『按摩』是什麼東西啊？」

她見我提出這種幼稚的問題，不禁莞爾道：「按摩不是一種東西，而是我們提供的一種服務，可以幫你解除疲勞喲。」

接著又道：「你是怎麼來的，是搭乘飛行器過來的嗎？」

我回答道：「飛行器是什麼東西？我是走過來的。」

「走過來的？」她聞言一愣，現在的交通工具又方便又快捷，要是再修煉過一些武道就更容易了，很少聽到有人說從一個地方到另一個地方是用走的，然後她說了幾個村落的名字，可能是附近的吧，不過我一個都沒有聽說過，她見我不是從這幾個地方來的，於是問我住在哪裏。

我道：「我是高老村來的，那裏很美的，翠山疊嶂，群山環繞，一條長年不乾涸的溪流從村子穿過。」

女孩露出幻想的樣子，半晌幽幽地道：「還有這麼美麗的地方嗎，我從沒見過，要是能在那生活該多好！」

語氣中頗多感觸，表情也很憂傷，好像經歷過什麼不如意的事情，嘆了口氣，道：「那離這兒遠嗎？」

我搖搖頭，道：「也不是很遠，我從村子到這裏，大概翻過十九座山脈，經過二十多條河流，穿過數不清的森林，具體經過多少我自已都忘了，總之是很多的。」

女孩不可思議的望著我，好像我是一個外星球來的人，我被她盯得渾身不自在，心中暗道：「難道，我講錯什麼了，城裏人都是這麼奇奇怪怪的。」

半晌，女孩才收回驚訝的表情，皺眉道：「你不是騙我的吧，一個人怎麼可能用走的走過這麼多地方，那你都吃什麼，晚上又在哪住呢？」

我鬆了一口氣，還以為她在懷疑什麼，隨口道：「嗨，那有什麼難的，難道你還怕自己會餓死在森林裏嗎，告訴你，森林什麼都有，到處都是吃的，睡覺得地方就更容易了，睡在樹上好了，很安全。」

「你騙人。」她輕輕的抿了抿嘴巴道。

見她仍然不相信，我不禁道：「城裏人都是這麼固執的嗎，還好我有證據，不然真是跳到河裏，都沒有人相信我。」說著話，我從戒指中拿了一些在山中搜集的一些可以吃的草藥，揀了一些較爲新鮮的拿了出來，遞給她道：「吶，這個是在我遇到的最後一座山林裏找到的，味道很好，是甜的，你吃吃看。」

女孩猶豫了一秒鐘，然後接了過去，不過卻不敢吃，翻來覆去的盯著看，不知道她想找什麼。

我又拿了一個出來，使勁咬了一口，頓時清香飄溢出來，水汁香甜，我本想示範給她看的，卻沒料到吃了一口感覺到肚子愈發的餓了，便不再管她，逕自把一個果子全吃完。

她見我囫圇吞棗似的很快一整個吃得乾乾淨淨，以爲我氣她不相信，故意吃給她看的，臉紅紅的小聲道：「對不起。」

我聞言一愣，不知道她沒來由的說什麼對不起幹嘛，見她還拿著果子，沒有吃，於是道：「你試試看，很好吃的。」

她輕輕的「嗯」了一聲，拿起果子淺淺的咬了一小口，汁液順著牙齒流到口中，嘴唇也沾滿了香甜的汁液。彷彿感到了美食的誘惑，禁不住又吃了幾口，不知不覺，手中的果子只剩下小半。

看著她吃得津津有味，我暗道：「這才對嘛，這可是很好的東西，藏在人跡罕至的深山中，不知多少年了，日日吸收天地鳥獸的靈氣，才會這般美味。」

好像感覺到手中的分量變輕了，才發覺果子快被自己一不小心給吃完了，剛剛吃之前還說是淺嘗輒止呢，真是丟人。臉上本就滿是紅暈，現在就更紅了，羞赧地道：「謝謝，這個果子好好吃。」

我道：「那你吃完哪。」在我目視下，她慢慢的將剩下的部分給吃了。我道：「這種果子在深山中是最少的，因爲很難生長，而且味美香甜，剛長出來就會被其他的鳥獸給吃了。這個東西很補氣哦。」

過了好半會兒，她嬌俏白嫩的臉蛋才恢復正常，坐在我腳前，道：「姐姐剛剛吃了你的東西，現在給你按摩用來作爲回報。你走了這麼遠的路程，一定很累吧，姐姐現在幫你按摩解乏。」

也許她見我很淳樸，很老實，頓時開始以「姐姐」自居了，我無牽無掛的，多了一個美麗的姐姐倒也無所謂。

原來所謂的按摩，就是用捶打揉的方法幫你舒筋活血達到解除疲勞的效果。此法對我顯得有些多餘，只要我意念一動，蟄伏在我身體裏的那股由「混沌汁」形成的能量會自動的幫我按摩，效果更好。

義父經常跟我說一些爲人處事的大道理，由於四大星球各有不同，地理環境迥異，所以生活在不同地方的人們都有各自的風土人情，然後告誡我，以後出去要想和別的人融合在一起，就得「入境隨俗」。

也因此，我也就沒有阻止女孩，一邊享受著她纖纖玉手的服務，一邊給她講述我這段逃亡旅程中的趣事。

她對我說的那些東西顯得很有興趣，不時的睜大眼睛發問，等到我說出我陪賊鳥偷了那些倒楣猴兒的寶貝酒，被大猴小猴追得滿世界亂跑時，早已笑得前俯後仰，銀鈴般的聲音充塞整間屋子。

看她笑得不可自抑，哪還有一點姐姐的樣子，倒像是個可愛的小妹妹多點。

她努力的平靜下來，問道：「那隻……那隻賊鳥呢？」學著我的口氣，彷彿看到了當時的壯觀情景，「咯咯」的又笑出來。

我想了想道：「噢，剛進城的時候，牠就不知道飛到哪去了，應該是自己找吃的去了。」

「真好玩，好想看看牠。」說完長身站起，嘆了口氣道：「已經好了，姐姐帶你去洗一下。」

望著十幾米長寬的大浴缸，我興奮的「撲通」一聲鑽了進去，水溫適宜好像溫泉，在逃亡的時候碰巧遇到幾次溫泉，至今泡溫泉的舒服還記憶猶新。

過了會兒，仍不見她來接我，我獨自穿上衣服，邊穿邊嘀咕為什麼城裏的衣服和村裏的衣服會相差這麼多，好不容易才穿好。

憑著記憶向來的方向走回去，走不了多久忽然聽到有女孩子的啜泣聲，好像不止一個女孩子，仔細分辨覺得聲音十分熟悉，其中一個竟是剛才為我按摩的女孩子。

我趕緊快步跑過去，正巧看到一個中年模樣的人身後跟著兩個面目不善的漢子，中年人指手畫腳、唾沫四濺，此時正聲色俱厲的對著兩個哭泣的女孩子。

兩個人其中一個，是替我按摩的女孩瑤瑤，另一個，赫然是帶我進來的那個女孩小玉。

看著兩個女孩哭得梨花帶雨，互相抱著瑟縮在房間的一角，頓時氣由心生，怒喝一聲，大步跨了進去，施展輕功身法站在兩個女孩身前。

中年人面目奸狡，一看便不似好人。

這時候他正罵得開心，忽然看闖進一個人來，卻是不曾見過，英氣勃發，四肢修長，此刻正面帶怒色的盯著自己，不由得有些心虛，唯恐對方有什麼大的來頭，探試地問道：「請問閣下，是誰，從哪來？」

我哼了一聲道：「我是高山村的，剛到這兒，你為什麼要如此對兩個姑娘家！」

一聽我說是村裏來的人，並沒有什麼來頭，馬上一改剛才謹慎的表情，揮手道：「死小子，不想活了，敢管我們李家的事，乖乖滾到一邊去，我還能饒你，否則連你一塊收拾了。」

我皺皺眉頭，他的態度讓我想起了劉一勇那個傢伙，立即讓我對他們產生不快的感覺，道：「我不知道什麼李家，可是你們幾個大男人欺負兩個女孩，不覺得羞愧嗎？」

知道我是個外鄉人，又沒有什麼背景，此時見我竟然不自量力的和他講起了道理，嘿嘿笑了一聲道：「在我眼中只有錢這個字，沒有什麼羞愧不羞愧的，這兩個丫頭倒也算得上是如花似玉，你小子既然想逞英雄，那我就成全你，看你怎麼演這齣『英雄救美』。」

一個眼色，身後的兩條大漢就衝將上來，小小的屋子不適合施展「御風術」，我只好站在地面與正揮著大拳頭向我打來的兩人交手。

我以前以爲村子外面的人都很厲害，沒想到兩人雖然也修煉過武道，只可惜卻是稀鬆平常，我躲過一個人的正面攻擊，反身踢腿借腰力踢在另一人頭的側部，接著迅速另一腳踢在他的胸膛。

外面的人忒不耐打，第一腳就把他給踢悶了，幾乎沒有任何反抗的被閃電的另一腳從屋內踹出門外，一直滾出七八米才停下來。

剩下的一人見我這麼厲害，馬上停在原地，不敢上來，那個中年人不想我一眨眼間就把他的一個打手打得人事不醒，臉部肌肉抽縮了幾下，呆著不知道要說些什麼。

看兩人的模樣，我頓時起了戲謔的心情，上前一步道：「現在你該知道，我是怎麼表演英雄救美的了嗎？」

在我強大壓力下，剩下的那個打手突然失控，厲吼一聲，一拳向我後腦勺打過來，本來我還有些忌諱他們，不過現在讓我摸清了底子，自然是遊刃有餘。

微微將頭偏轉一個角度，斜對著他，他的拳頭從我的耳邊擦過，我忽然開口道：「你這一拳打得似模似樣，只是太僵硬了一點，缺乏靈活，還得多練幾年啊。」接著同樣一拳打在他的右邊臉頰，他哀鳴一聲，暈倒在地上。

原本還對自己的打手抱有一絲僥倖的中年人，見我呼吸間又輕易的打發掉一個，而此時正面帶狡色的看著自己，嚇得禁不住尿了褲子。

見到這種場面，我失去了再捉弄他們的興趣，道：「剛才那麼威風，現在尿褲子，是不是太丟臉了！」

中年人噤若寒蟬，顫巍巍地道：「我，我也不想啊。」

我也懶得再和他說下去，冷冷地道：「是個男人就不要欺負女孩子。」

「我，我沒想欺負她們，只是她們欠我們李家的錢，我只是要她們還錢而已。」

「還錢？」我轉過頭，望著兩個躲在我身後的女孩，此時，兩個女孩子已經不哭了，正驚訝的望著我，怎麼也沒想到，在她們心中的一個從村子來的小孩子，竟然仗義出手幫她們，而且還很厲害。

見我轉頭看著她們，她們頓時嚇了一跳，不過，馬上瑤瑤點了點頭，表情像是受傷的小鳥惹人憐愛。

我暗暗皺眉，怎麼又是錢的問題，看來很多人喜歡錢，不知道她們欠了多少錢，我幫她們還好了，於是問道：「喂，她們欠你多少錢，我幫她們還了。」

背後立即響起兩女壓低的驚訝聲，中年人露出不相信的表情，又見我表情很認真，於是帶著絲絲的害怕，道：「兩個人共欠我們兩百萬。」

我心中不存在兩百萬這個數字的概念，不過看他說話時的謹慎，看來這兩百萬應該不算少，希望二叔給我的那張卡中有兩百萬才好，剛想說「我給你兩百萬」時，那個小玉的聲音傳過來，「他騙你的，我和瑤瑤加在一起也只欠他們五十萬。」

我有點不知該說什麼才好的感覺，難道城裏人都是不怕死的嗎，明明已經是淪爲砧板上的魚肉了，居然還敢大著膽子騙我。我盯著他的眼神瞬息萬變，剛要說話。

中年人看我情緒不穩定，以爲我要打他，急急道：「英雄，不要打我，那兩百萬是五十萬加上利息的，不是我騙你。」

我氣道：「什麼利息，竟然比本還多！」

他見我突然生氣，忙道：「英雄，你只要還五十萬的本就好了，利息不要了。」

我瞪了他一眼，道：「你知道銀行這個地方在哪嗎？帶我去。」

他馬上換成笑臉道：「知道，知道，英雄請跟我走。」

等他換了一件衣服，我們幾人魚貫而出，走在街上，正值正午，陽光火辣辣的射在身上，立即感到溫度直線上升，心念一動，體內的那股消除疲勞用的能量流自由運轉起來。

身體周圍的溫度迅速降溫，涼爽宜人，兩個女孩子，也感覺到了我身邊溫度有異，自然的靠近過來。

第十二章　賊鳥惹禍

其實我是不忍心看到兩個美麗的女孩子白皙的皮膚受到傷害，才故意的將涼氣外放的。瞧著被太陽曬的紅彤彤的臉蛋，我都有些心疼。

「喂，你先前不是說你沒錢的嗎？」

蓄意壓低的聲音出自小玉之口，我答道：「我是沒錢啊。」

小玉愣了一下，驚叫道：「那你又要爲我和瑤瑤還錢，你是不是騙那個人的，我們慘了，你知不知道李家的勢力在這裏有多大啊，只要他們說一句話，我們就看不見明天的太陽了。」

我轉過頭站住，小玉一副害怕的神情，瑤瑤的神情也很擔憂，我想了想問道：「五十萬多不多？」

這句話雖然是沒頭沒腦，卻是大有內在意思，二叔那麼疼我，給我的錢應該不會少，所以五十萬如果不是很多的話，應該付得起，如果五十萬很多的話……李家的勢力又很大，我想我應該想辦法怎麼帶著兩個女孩子逃跑了。

小玉的表情顯得很無力，頹然道：「怎麼會不多，五十萬耶，這下可慘了。」旋即瞪大眼睛望著我道：「不然，你趁李家還不知道，趕快走吧，你剛才救了我們，我們已經很感激了，不要讓我和瑤瑤拖累你。」

聽到她這番話，我才開始真正注意她，小玉眉目如花，眼睛明亮而又調皮，竟是個可人的美女。

不知道什麼作怪，心裏突然湧起一股豪氣，淡淡一笑道：「不要爲我擔心，你們姐妹倆，我是一定要救走的，相信我。」

說完，轉過身跟在那個中年男子身後接著向前走，剩下兩個美麗的女孩茫然不知所措。

可憐的中年人一定把我們剛才的對話都聽到了，只是身不由己，牢牢被我控制住，即便想向李家報信，也沒有可能，只盼那兩個被打暈的笨蛋能趕快醒過來。

很快，我們來到一座大的建築物面前，這個位置應該是市中心，建築物很高大，直插雲霄，大致數了一下，竟有幾十層之高，入口處的上方有幾個金色大字「星際銀行」！

中年人轉身向我點頭哈腰地道：「英雄，銀行到了，我們要不要進去。」

望著豎立在眼前的高大建築物，心中生出一絲討厭，我莫名其妙的討厭這麼高的建築物，可能是因爲它把陽光給遮住了的緣故。

「難道這就是銀行嗎？」我在心中嘀咕，不由得生出疑惑，在我心中，銀行該是一個地名才對，我轉過頭，望了望兩個女孩，問道：「這就是銀行嗎？」

可能是希望來得突然，卻又破滅得太快的原因，小玉顯得有氣無力，瞥了我一眼，沒有說話。瑤瑤眼睛中帶著憂色，道：「嗯，這就是銀行。我們，我們要進去嗎？」

得到肯定的答覆，我搖了搖頭自語：「真是相差太多。」耳中傳來瑤瑤的疑問，我肯定道：「當然要進去。」

那個中年人不知道我爲什麼要問兩個女孩子這裏是不是銀行，後來見我說「相差太多」，於是接口道，「這家銀行是四大星球的通用銀行，是最大，也是最可靠的銀行。」

我點了點頭，一馬領先的步入銀行內。

剛進去，門內的四個警衛，就警惕的盯著我，四人背後和腰間插著奇怪的武器，這是科技的結晶，現在的我不知道，他們的背後是一把鐳射槍，腰間的是鐳射刀，使用起來威力也還頗大。

這是物質社會發展的產物，雖然現在武道欣欣向榮的發展起來，但是仍有很多民眾爲了生計以及一些其他原因，沒有機會沒有時間去修煉武道。

這些武器就是開發出來，讓他們遇到危險後足以自保用的。鐳射槍和鐳射刀的原理就是使用一些特殊的方法，將比較溫和的能力壓縮密封在一個容器中，放在鐳射槍中，然後通過特殊的方法，將其打出去產生一定的殺傷力。

因爲某些原因，修武之人，很少去吸收這些能量，一是可能能量經過加工已經產生了異變不再適合人體，二是級別太低不夠純，吸了反而對身體無益。

這些熱武器，雖然簡單易使，而且次一些的武器也不貴，但是也有缺點，一能量不是無限的，需要更換能量；二能量畢竟不是自己身體的一部分，不能任意驅使、極度缺乏靈活。所以很少有修武道的人去買這些來用。

大概那些警衛是看我穿著古怪，如果不是見我眉清目秀，儀表堂堂，不像是個壞人，早就上來查問了。

我拿出早已準備好的卡，轉頭問中年人道：「那個，我不大會取錢，我要怎麼才能取到錢？」

中年人像是看一個怪物一樣看著我，心中暗暗點頭道：「怪不得沒聽過我們李家，連取錢都不會，看來真的是從鄉下來的傻小子，看我脫身後怎麼收拾你，竟然嚇得我尿褲子，實在太丟臉了，以後還怎麼讓我帶人。」想起那時候我面帶怒氣的眼神，禁不住又打了個冷顫。

想歸想，見我發問，忙道：「你只要把卡遞給那些工作人員，然後再告訴她們，你要提多少錢，就可以了。」

「這麼容易，我本來以爲有多難呢，不過我還是有一個疑問，既然錢這麼重要，她們怎麼會知道，我就是那張卡的主人呢，萬一要是我偷的呢。」

中年人又見我發出白癡的問題，好在他已經習慣了怎麼伺候主子，現在用在我身上正是駕輕就熟，一點也不氣惱的耐心解開我心中的疑惑：「是這樣的，你看到每個視窗前面的攝影的東西了嗎，那個玩意，可以在一秒鐘之內以各角度拍攝三十六萬張你的虹膜圖片，然後再和資料庫中儲存的卡的主人的虹膜相比較，如果正確那就給你錢，如果不對，就有警衛上來鎖你了。」**（虹膜是人眼睛的一部分，具有唯一性，也就是說每個人的虹膜都是不同的。）**

「哦，」我拍拍中年人肩膀道，「你知道挺多的嘛，不錯不錯。」

中年人彷彿受到主人的讚揚，習慣似的諂媚道：「不算什麼，都是主人教導有方，小人才能略知一二。」剛說完忽然感覺有些不對，馬上醒悟過來，我不是他主人，頓時露出尷尬的樣子。

兩個女孩子也受到渲染，暫時忘記憂愁，呵呵偷笑。

看來世人已經很習慣對強者的臣服了，難道其他人也這樣嗎，希望不會這樣，否則世上都是這樣一群奴才嘴臉的人，還有何趣味。

輕輕嘆了一聲，向其中一個視窗的工作人員步去，來到窗口，接待我的是一個很秀氣的女孩子，我遞出二叔送我的卡。

她接過我的卡，露出職業的微笑，道：「先生，請問要取多少錢。」

我隨口答道：「哦，給我取六十萬吧。」那多出來的十萬自然是我爲自己準備的日常開銷。

女孩愣了一下，她倒不是沒見過一次有人取這麼多錢的，只是很少有像我這麼年輕，穿得這麼古怪，而且隻身一人來取這麼多錢。又下意識的望了兩下。

然後開始比對拍攝下來的虹膜，我有些緊張的等著比對結果，當時二叔送我卡的時候，可沒跟我說什麼還要比對虹膜的事情，更不知道，他有沒有將我虹膜資料輸入到銀行的資料庫中。

就在我想的時候，女孩轉過頭來，向我露出燦爛的微笑，當然仍不能掩飾笑容背後的驚訝，甜甜地道：「對不起，先生，經過確認，你確實是卡的主人，不過這張卡的級別太高，我無權幫你拿出錢。請您在這等一會兒，我去請我們經理來爲您服務。」

這次輪到我驚訝了，忙問道：「爲什麼？」

在我身側的三個人見我露出愕然的樣子，都突然的緊張起來，中年人咽了口唾沫，艱難地道：「出了什麼問題嗎？英雄。」心中卻在想著如果這張卡不是他的，或者這張卡裏沒那麼多錢，他一定會對我不利的，我該怎麼辦，我該怎麼辦。忽然瞥見門口的兩個警衛大廳也有兩個警衛不斷來回走著。四個全身武裝的警衛應該可以保護我了。

他心中轉著「喊救命」的念頭，根本沒聽到我說什麼，卻聽清了「現在取不出錢來」幾句話。

眼珠不安的「嘰哩咕嚕」的轉了幾圈，他突然發力向反方向跑去，邊跑邊喊，「救命啊，救命啊，我是李家的人，快來保護我，這個人要挾持我，快來救我啊！」

我莫名其妙的看著他如受驚的兔子，好像抓狂一樣邊跑邊喊，卻沒注意到大廳中的人聽到「挾持」兩個字都嚇得臉色發白，幾個警衛手中端抱著鐳射槍向我奔來。

幾個入口迅速被封閉，進出不得。

我一頭霧水的看著這一切，實在搞不明白究竟發生了什麼事，大廳中一片混亂，幾乎所有的人都躲在我的另一邊，懼怕的望著我，只有那個始作俑者雖然害怕，卻有一絲得意。

四個警衛成一個扇形向我圍過來，我伸出一隻手制止他們，正容道：「你們誤會了，剛才那個女孩……」

沒等我說完，一道光束電射而至。還好我現在內息的運作速度很快，感覺到危險，馬上真氣就調集到那隻手上，只是匆忙之中，運氣不夠。

被不知名的光束打中手心，一陣火辣辣的灼燒的疼，翻過來一看，竟然被燒焦了成一個點狀。

心中大爲驚訝，這是什麼武器，速度這麼快，沒看到他們運氣，怎麼會發出這麼強的能量，納悶的當兒，有幾道光束向我射來，有了第一次的經驗，我有驚無險的避了過去。

還好他們的目標只是我，沒有牽連到她們倆，我放心的施展「御風術」，瞬間飛到空中。四個警衛雖然不會飛，但是倒不影響他們攻擊我，四人拿起手中的鐳射槍輪番向我射擊。

幾下，我便摸清了他們手中武器的缺點，射出的光束只能直來直去，缺乏靈活，而且能量強度不夠大，我運足了七成內息，這些光束便對我失去了作用。

吃準了這點，我以迅雷不及掩耳之勢，驟落驟起間，四人的武器都被踢飛，灌足了內息的護臂倏地伸長開，以肉眼難以尋覓的速度將幾把武器在空中銷毀。

我哼了一聲，落在地面，正待說：「你們不分青紅皂白……」

幾人突然抽出別在腰間的鐳射刀，動作迅速的又把我圍在當中，動作乾淨利索，看不出竟是受過嚴格訓練的。

「嗡嗡」幾聲低微的聲音，四人手中本來不過盈尺的短刃，剎那間，一道透明能量光束延伸出來變成一把長劍，我微微震駭，這是什麼武器，暗道外面世界就是精彩，連這種古怪的武器都有。

四人突然對視一眼，齊齊向我攻來，我撥開其中三人的攻來的能量劍，大著膽子硬受了另一人的攻擊，欣喜的發現，能量劍比剛才的武器還要強，但是仍不能對我造成實質性傷害。

四人眼見自己的攻擊不能對我造成多大的傷害，仍是不依不饒的糾纏著我，可是他們四人也是無辜的，我實在下不了殺手，爲了擺脫眼前尷尬的場景，我只好立威震懾他們。

我飄上半空，默默召喚，一隻巨大駭人黑龜憑空出現在半空，全身鱗甲，目射精光，粗大四肢也覆蓋一層堅硬鱗片，形象十分驚人。

大龜在天空剛出現，一道烏光閃過，又消失在眾人的視線中，眾人還來不及從剛才怪獸的驚駭中回過味來，又再一次受到更大的驚嚇。

我身披龜鱗甲漂浮在空中，其上烏光流轉，似有靈性，披上鎧甲後，我整個也大了一圈，顯得十分威武。伸手在空中虛握，陡然一把劍出現在手中。

這是合體後的贈品，一把龜劍，比起我的「魚皮蛇紋刀」自是不如，不過因爲是龜身上的一部分，所以在合體後，使用此劍格外順手，就像是自己的一部分，如臂使指靈活異常。

大廳中的人突然靜了下來，所有人都驚懼的望著我，被我的外形所震懾，目瞪口呆的看著，在他們印象中，恐怕從來沒見過這麼驚人的鎧甲吧。

我徐徐的從上方向前下方滑落下來，帶著無比強大的氣勢，一手持劍狀若天神，給他們四人無人可以撼動的頹喪感。

我緩緩伴隨著下落的速度，手中的劍緩緩的擎到半空，故意帶動周圍的空氣一起凝聚過來，隱隱的傳出悶雷聲，四人在我強大氣勢下無力做出任何動作。

氣他們剛才一上來連一句話都不讓我說就打得我到處亂躥，故意想讓他們也吃一些苦頭，我慢慢的將手中龜劍下壓，凝聚的空氣也隨之往下移動，頓時讓他們感到胸口發悶喘不過氣來。

就在這時候，突然有一個聲音爆炸似的在大廳中響起：「手下留情！」

隨著聲音，一道破風而至的強大壓力不知道比四人強了多少倍，迅速的向我侵襲過來。

我本也沒想對幾人怎麼樣，趁這個時候，龜劍一轉，反手撩上去，無匹的氣勢頓時跟著上移。

雖然沒有回頭看，但是對方攻擊的位置清晰的浮現在腦海中，果然不錯，兩劍交擊，對方一聲悶哼被我震了出去，我待要轉身看看喊停的來人是誰。

突然驟然失去壓力束縛的四人，在一人帶頭下，大喊著，四人全力出手四把鐳射刀重重砍在我身上。兩個女孩眼見此突變，驚叫著閉上眼睛，實在不忍心看我被立斃當場。

我也料想不到四人竟會這麼大膽，明知勢力懸殊的情況下還敢偷襲我，我的一身龜鱗甲頓時發揮了作用，也是第一次發揮了作用，烏光大盛，硬接了幾人一刀。

就在四人驚訝的看著我若無其事的時候，更爲巨大的力量倍增的回饋回來，四人哀呼著倒飛著出去，無一例外的每個人都被震暈，虎口鮮血淋淋，四把鐳射刀競相掉落在地面，回復了原先小巧的樣子。

我哼道：「真是不自量力！」

施施然轉過身來，正好與來人目光相碰，那人苦笑一聲道：「對不起，請您不要發火，這都是個誤會。」

來人白面無鬚，眼神炯炯，年歲不大，大概有五十上下，儒雅氣質，一見就予人好感。

俗話說「伸手不打笑面人」，何況他已經說了對不起，難道我還要人家跪下認錯不成，我也不是那種心胸狹窄的人，收了身上的靈龜鎧甲，現出最初的樣子。

來人見我露出友好的態度，馬上放下心來，急忙指揮大廳中的工作人員收拾殘局，很快的，一切都井然有序的進行起來。

那個災難的發起者，我當然不會讓他們那麼好過的，中年人眼看又落入我的魔爪，哭喪著臉道：「英雄，放過我吧，大不了她們倆欠的錢我不要她們還了，千萬不要殺我，我上有八十老母……」

我沒好氣的，敲了他一下道：「誰要殺你，錢也一分不會少你的，只要你給老實點，不要再給我惹麻煩，我耐心可是有限的，否則，哼，我要你生不如死。」

他一聽我不是要殺他，馬上又恢復了活力，努力露出比哭還難看的笑臉，奉承道：「謝謝英雄，謝謝英雄，只要不殺我，小人就是做牛做馬也會報答你的。」

這時候，那個人走了過來，邊走邊道：「您好，我是這裏的經理，剛才都是一場誤會，希望您多原諒員工不懂事。」看到我身旁的中年人，目露訝色道：「李管家，您老也在啊？」

我見經理對他客氣的態度，暗自忖度，看來這個中年人在那個什麼李家的地位應該不會低啊，不過收賬這種小事，怎麼親自出馬呢，而且一點不會武功，出來也不多帶幾個人保護。

中年人見銀行經理跟自己打招呼，勉強笑笑回了一禮，心中暗道：「這次，可丟臉丟到家了，以後還讓我怎麼出去混，今天出來實在應該看看風水，都怪自己太閒，沒事帶什麼家丁出來收賬嘛，要帶也應該多帶幾個才對，誰想到會遇到這麼一個煞星，真是倒了大楣了！唉！」

經理看李管家表情不是太自然，搞不清究竟和我是什麼關係。想起剛才自己八成功力的一擊，還有四把鐳射刀的威力，竟然沒在這個樣貌奇怪的年輕人身上討得任何好去，不由得暗暗心驚。

見他們倆都忽然愣在那兒，也不說話，我想起自己是來取錢的，於是道：「那個，經理，你可以給我錢了嗎？」

「啊，」經理猛然想起來，自己聽到員工報告說，有一個年輕人拿著一張許可權很高的特別貴賓卡來取錢，於是出來接待貴賓，沒想到一出來就看到大廳一片混亂，想到這，忙道：「好，好，您跟我來吧，由於您的身分尊貴，我們又另開設雅間招待您的，請跟著我來。」

這時候兩個女孩子，也戰戰兢兢的站在我身後，事情一波三折，她們徹底糊塗了，實在弄不清楚我是什麼人，由最初的鄉下小子，現在變爲上層人物口中的尊貴身分。

不過雖然不清楚這究竟是怎麼回事，她們還是非常開心的，畢竟我的身分越尊貴，她們脫離苦海的希望也就越大。

經理口中的李管家，也是一頭霧水，怎麼也不明白這個土裏土氣缺乏常識的傢伙，怎麼會擁有貴賓卡呢，銀行的經理是不會亂說話的，聽他的口氣，這張貴賓卡的許可權好像還不是一般大。雖然他也不明白這是怎麼回事，但是他在心中已經確定我定是來歷不凡，是出身顯貴的人，同時有些慶幸剛才我沒有受傷，否則等著他的就不知道是什麼了。

經理見我沒有按照他說的話，跟在他身後，剛跨出的腳又縮了回來，轉頭微笑著問我，道：「您，還有什麼疑問嗎？」

我有些不好意思的道：「我可以帶她們一塊去嗎，還有他。」

經理呵呵樂道：「當然可以，兩位小姐既然和您一塊的，當然享受同樣待遇，至於李管家，我們都是熟客了，還有什麼不可以。」

接下來就很簡單了，經理將我們一行領到一間雅間，說是雅間，在我眼中卻像囚籠多一點，不過卻是非常安全。先是給我們送來美味餐點，然後在我們享用的時候，他給我取來六十萬錢。

看著這一大堆花花綠綠的紙幣，我不由暗中撇嘴，這就是錢嗎，一點看不出有什麼好來，隨意的拿起十萬扔到烏金戒指中，把剩下的五十萬丟給李管家。

李管家又讓經理把這五十萬存到李家的戶頭上，等一切辦好。經理盯著我，好像想跟我說什麼，但又忍著不說。看他欲言又止的模樣，我問道：「你有什麼事要跟我說嗎？」

經理搓著手，猶豫著道：「請問，您剛才是把錢放在那個戒指中嗎？」

我稱讚道：「好眼力。」我從村子裏出來這麼長的時間，他還是第一個看出我戒指真正功能的人。

經理眼中射出熾熱的光芒，一眨不眨的盯著我的戒指道：「這可是最新科技發明出來的『儲存空間』，據說可裝百物，極爲方便，而且最神奇處是完全感受不到重量。」

我驚訝地道：「啊，你真的很內行，懂得這麼多。」

他呵呵笑著道：「不敢，我只是對高科技產物很感興趣而已，所以才對這種熱門東西略知一二，我早就想擁有一個，可惜這個實在太貴，以我現在的薪水恐怕一輩子都買不起，就算有錢也不一定買得到，據說這種東西不但要經過科學上的生產，還要經過古老煉器術的加工才能真正完成，所以產量極少。」

旁邊幾人都非常吃驚的望著我手指上的戒指，沒想到一枚不起眼的戒指，竟然是天價也難以買到的寶貝。我沒有注意到李管家這時候若有所思的望著我，心中已有所計議了。

我早就想知道二叔究竟在卡中給我存了多少錢，現在趁這機會問那經理。出乎意料，經理笑了一聲道：「對不起，我的級別太低，無法查看這種資料，不過你不用怕卡中的錢會用完，據我所知，這種卡，無論你怎麼花，一輩子都花不完，所以你不用擔心。」

心中懷著疑問從銀行走了出來，二叔怎麼會有這麼多錢的，可惜我以前從沒問過他。

出了銀行，李管家好像對我讓他出醜的事已經完全忘記了，熱情的邀請我去全城最有名的酒樓，給我擺酒席賠罪。見他一點也沒有虛情假意的意思，我也就爽快的答應了。

自然兩個女孩也在他的邀請名單中。

端坐在雅間，兩個女孩歡天喜地之餘，也好奇的東瞅西看，李管家一口一個小姐一口一個公子，卻已然和我們盡釋前嫌，和樂融融。我這時才真正體會到這個諂媚卻又無縛雞之力的管家的厲害，也總算明白銀行經理爲什麼會對他這麼客氣。

私仇小利全放在一邊，一切從大局出發，這樣的人才難怪會成爲在城中勢力最大的李姓家族的管家。

因爲我的關係，連帶著對兩個女孩子也非常客氣，酒樓的侍者很快送來了菜單，等著我們點菜。

李管家接過菜單，沒有給我，卻直接送到兩個女孩子手中，我暗暗佩服他對人心理的揣測之準。即便他把菜單遞給我，我也會隨手交給兩個女孩子的。

兩個女孩子可能很少來這種場合，瑤瑤拿著菜單看了半天，從頭翻到尾也沒有點出一個菜，見我正納悶的看著她，紅著臉道：「這裏的東西好貴啊，我不知道要點什麼。」

我正待說話，李管家搶先我一步道：「不要緊，儘管點就是了，今天我請客，就算爲兩位小姐壓驚了，希望以後不要恨我就好。」

話說得這麼明瞭，瑤瑤和小玉就算再怎麼恨他，也不可能說什麼了，兩人「困難」的點了幾個菜出來，然後菜單傳到我手裏，我對吃的也不是很懂，農家小村吃來吃去也就那幾樣，哪像這菜單上寫得那麼琳琅滿目，隨手劃了幾道菜，交還給李管家。

李管家見情形，也知道甭指望我們能點出什麼菜了，和我們客氣了一下，隨口說出一大堆菜名，有梅子排骨，早紅桔酪雞，炊石榴雞，羅漢上素，珊瑚花菜，玻璃鮮墨等一大堆。

隨後在主菜上來之前，七八個侍者依次給我們送上一桌精緻糕點，只是看就已經讓人流了大堆口水，香味更是飄香誘人，我和兩個女孩目瞪口呆的望著一桌子吃的。

我暗道：「吃一頓飯，需要這麼誇張嗎。」

他見我們吃驚的樣子，不禁有些得意起來，起身為我們介紹各種看起來誘惑力十足的精美糕點：「這是鮮果羹、醬酥桃仁、蜜汁紅芋，那是藕絲羹、蓮葉春捲、椰汁水晶凍、紅珊瑚……」

隨著他邊介紹，兩個女孩子跟著吃，雖然每種都吃了一點，但是到了最後，兩個女孩已經捧著肚子直喊飽了。

很快，糕點被撤下去換上了主食，滿滿當當的一直堆到放不下，才不得不停止上菜。經過對美食的一番介紹，氣氛漸漸融洽起來，兩個女孩子也消除了初始的拘謹。

幾次，李管家隱約的詢問我關於貴賓卡的事，可惜我自己都還一頭霧水，又能告訴他什麼，他見我不回答，以爲我還對他有戒心，於是決口不再提貴賓卡的事，岔開話題給我們介紹一些著名的風景。

李管家的博聞強記，不得不令我對他另眼相看。

突然，一陣肉耳難以尋覓的聲音傳來，令我興起熟悉的感覺，頓時猜到是「似鳳」回來了，剛一進城牠就不見了，搞到現在才回來，不知道哪個人又倒了牠的楣，被牠偷走了東西。

眼前一花，「似鳳」倏地落在我肩上，左顧右盼，看了一眼桌上的美食，不屑一顧的收回目光，悠閒歪頭梳理著羽毛。

幾人驚訝的看著我肩上忽然出現的那隻美麗而高貴的小鳥，見我只微笑的瞥了牠一眼，便沒再管，搞不清我和「似鳳」的關係。

瑤瑤盯看著「似鳳」忽然「啊」的一聲，詢問我道：「牠就是那個賊……那隻鳥吧，好漂亮啊，你看牠的羽毛好美哦。」

小玉在一旁點頭贊成，兩人欣喜的對「似鳳」評頭論足，好像小孩子得到新奇的禮物般那麼興致勃勃。

「似鳳」心無旁騖的梳理著自己的羽毛，對兩個女孩很冷淡，我隨口道：「笨鳥，人家在讚揚你耶，你好歹得回應一下吧。」

很難得這麼聽話，「似鳳」振翅輕拍了我一下氣我說牠笨鳥，然後「喳喳」的對兩個女孩叫了一聲，便又不再理她們。

兩個女孩彷彿見到了寶，喜叫道：「牠聽得懂你說的話耶，好聰明啊。」

李管家也看得心中暗訝，正想開口稱讚兩句，突然聽到有一把蒼老卻顯得底氣十足的威嚴聲音，不過此時卻顯得有些氣急敗壞，「那隻賊鳥呢，你們有沒有看到那只鳥！」

幾個侍者驚恐地道：「沒，沒看到！」

「氣死老夫了，一隻小小扁毛畜生竟然偷喝了老夫珍藏了整整十五年之久的好酒，不要讓我找到你，不然把你拔光毛，烤來吃！」頓了頓那個聲音又傳來，「你們這些傢伙要是敢隱瞞我，我就拆了你們的店，氣死老夫了，活了這麼大年紀，第一次被一隻扁毛畜生給戲弄了。」

屋內的三人都將外面的話聽得一清二楚，一起望著我，還用說嗎，罪魁禍首就是我肩膀上這位還若無其事的傢伙。

瑤瑤望著我忽然「噗嗤」笑了出來，呵呵道：「真是賊鳥。」

「似鳳」彷彿也知道自己是眾矢之的，偷偷的向我身後的部位靠去，我一把揪住牠的翅膀，放在桌子上，道：「你這個賊鳥，平常你偷那些猴子的東西也就罷了，現在還被人找上門來！」

其實我心中也在驚訝外面的人怎麼會追到這裏，「似鳳」的速度我可是深有體會，恐怕也只有像義父那種達到至高境界之人才能追上牠，「似鳳」剛飛進來不久，那人就追到，我真想看看外面之人究竟是何種樣的高人。

我光顧著想心思，沒注意到李管家臉上的變化，好像有些尷尬。

正在這時候，忽然響起一個脆生生的聲音，如泉水般純淨：「爺爺，你抓到那隻鳥了嗎，我要定了，好可愛的一隻。」

先前之人頓時有些尷尬：「這個，這個，那隻賊鳥跑得太快，嘿嘿，爺爺沒追著，不過孫女你放心，我一定會找到牠的。」

女孩有些不滿意這個答案，撒嬌道：「哼，什麼抓到嗎，都讓牠跑了，還說抓得到，爺爺你不是經常自誇很厲害的嗎，連一隻鳥都抓不到！」

爺爺受到質疑，立馬分辯道：「那怎麼一樣，爺爺的功夫你還不知道，只是，這隻鳥非同一般，飛得倒是真的快了我那麼一點……」

女孩低聲嘀咕道：「什麼快一點，明明就快很多，還好我把『小青子』帶來了，否則真的被隻鳥跑了。」說完不屑的又哼了一聲。

老者臉上微紅，暗道：「誰叫自己當時誇下海口說一定能把那隻賊鳥給捉住的，誰知道那隻賊鳥真的很賊，跑得比兔子還快，自己使出了十二分力量也還被遠遠甩在後面。」

這時候，見自己孫女把平時養得如寶貝似的『小青子』給拿出來，頓時臉上現出喜色，急道：「還是我寶貝孫女想得周到，快讓『小青子』聞聞那隻賊鳥的味道，牠身上有我那罈酒的味道。」

小青子，是一隻蟲蟲，青色，體積很小，喜食竹葉，背有雙翼，善於追蹤，傳說只要讓牠聞到味道，就算是跑到天邊也能被牠找到。傳說畢竟是傳說，誇大居多，但亦可看出這種小蟲子嗅覺確實很厲害。

聽到外面篤定的語氣，料定是躲不過去的，我尷尬的看了他們三人一眼，道：「不好意思，讓大家見笑了。」瑤瑤兩人正目露笑意望著我，彷彿一點不擔心別人找來。

在她倆心中，我是一個本領大深有來歷卻又很神秘的人，哪怕別人來找我麻煩。

李管家卻朝我苦笑一聲道：「公子，外面那是我家老爺。」

我愕然，暗道：「這下惹麻煩了，該死的笨鳥死性不改。」我起身道：「那，那就讓你家老爺進來一敘吧。」

李管家得我首肯，衝我點點頭，起身走過去打開門道：「老爺，小姐。」

透過門我才看清了老者的長相，老者身材高大，雙眼灼然如炬，氣勢威猛，面帶怒氣，一襲上好料子的白色長衫更添老者氣勢。

旁邊俏立著一個荳蔻少女，看見我望著她，長長的睫毛「呼扇呼扇」的眨了兩下，端的靈動古怪，粉雕玉琢，倒是一個美人胚子。一隻模樣古怪的青色小蟲子在身前「嗡嗡」的飛動著，此時彷彿受到驚嚇，突然鑽到女孩懷裏藏了起來。

老者料不到會在這裏碰到自己的管家，見他突然出來，愣了一下，道：「你怎麼會在這？」

李管家唯唯諾諾的應了一聲，接下來卻不知道該怎麼回答自家老爺的問題，「呃」了半天，低聲將我的來歷說了一下。

老者在他說完，突然向我望來，目光如炬使人不敢正視，我暗呼「好厲害」，只是目光就能產生不戰而屈人之兵的效果，肯定是個特級高手，立即將其立爲深不可測那種人。

老者剛想說話，卻一下子意外發現從我腦後探出一個頭來的「似鳳」，頓時目現喜色，斥道：「賊鳥！看你往哪跑。」

我暗道：「糟糕。」這個時候老者突然動了，迅若閃電，我終於知道他是怎麼追到賊鳥的了，以我敏銳的六識，也只是看到一個淡淡的影子，無法完全捕捉到老者的動作軌跡。

老者一手背立在後，另一手成爪狀，微微張開，疾快無比的向我身後的「似鳳」抓來，我不可能眼看著讓他把「似鳳」給抓住，再說這樣的高手，我還是第一次遇到，心中早有一分高下的念頭。

這時看他搶先動手，正合我意，意念轉動，右手也以非常快的速度在眼前畫出一個圓圈，同時手藏在圓圈之後，宛若毒蛇，隨時準備衝擊出去。

老者對他管家的話本就是半信半疑，心道一個手無縛雞之力的人能知道多少關於武道的事，多半是有所誇大。

此時突然受到我阻礙，不由得心中大訝，雖然小小一個圓圈，卻將自己所有的去路給封死了。忽然對我產生了興趣，以他的武道修爲，在受到阻礙的情況下，換招是輕而易舉，此時竟然不換招，硬向圓圈擊來。

我畫出的這個圓圈大有門道，叫作「袖中乾坤」，是三叔教給我的本領，堪稱最強的防禦招數，任你有萬千變化，都得在這招下俯首稱臣。

早就蓄勢以待的右手，駢指成劍狀倏地迎了上去。

爪指相擊，老者突然眼中精光暴增，功力隨之急劇提升一成之多，穩穩的站在原地，彷彿沒有出過手一樣。反觀我，交擊的一剎那，我就知道自己不是對手，悶哼一聲連退兩步才堪堪站穩。

我們目光在空中撞擊，互不相讓，突然老者撤去對我的壓力，哈哈朗笑道：「什麼時候，地球出現你這麼一個年輕高手，小傢伙，你功夫不弱，告訴我你師傅是誰，看老夫認得否？」

自從老者氣勢收發由心，我就可以肯定，他定是老一輩的成名人物，我使出八成功力仍被震的退後兩步，心中暗暗猜測他剛才一擊中用了幾成功力。

老者此時倒也不急著找「似鳳」算賬了，大咧咧的坐了下來，見我還站著，招手道：「小傢伙坐下來跟老夫說說看，你剛才使的那招是什麼功夫，竟然連老夫也破不了，兩個女娃子也坐下，我最不喜歡別人站著和我說話了。」

瑤瑤和小玉還沒從剛剛的突發事件中回過神來，在老者威勢下不由自主的坐了下來，我瞥了一眼李管家，果然見他正恭恭敬敬的坐在老者左手邊。

老者的孫女見她爺爺忽然滿口不提那隻可愛小鳥的事，反而坐下來好像跟人攀起關係來，急道：「爺爺！」

老者威嚴的瞪了她一眼道：「急什麼，天天不好好練功夫，就知道玩些狗兒貓兒、蟲兒、鳥兒的，看看這個大哥哥，大不了你幾歲，功夫已經這麼厲害了，我們李家指望你算是完了。」

少女見自己爺爺發了火，撅起嘴巴，不敢再說話，乖乖的坐在老者的右手邊。

「似鳳」看平靜下來了，又從我身後飛出來，停在我肩上，好像不關己事似的又開始理羽毛。

老者望著「似鳳」，忽然啞然失笑道：「你這賊鳥，竟然還敢出來，偷喝了半罈老夫珍藏的好酒，那就算了，竟然還把剩下的半罈給打翻，實在是該打。」

第十三章　飛馬城李家

我聞言敲了一下「似鳳」的小腦袋，這賊鳥實在太可惡了，偷喝別人的酒也就罷了，竟然還故意把剩下的酒給打翻，搞得人家找上門來。

這賊鳥不但不認錯，還別轉小腦袋，象徵性的啄我的手，拍著翅膀，「唧唧」的高聲對著我叫。

跟這傢伙相處長了，大致也能明白牠要表達的意思。

不等牠叫完，我伸出食指狠狠敲了牠一下，氣罵道：「你這死賊鳥，絲毫不知悔過，還敢跟我說人家珍藏的酒非常難喝！」

老者氣得兩眼一翻，絲毫無高手身分的驀地站起來指著賊鳥，問我道：「牠說什麼！竟然說我的酒非常難喝，實在不可饒恕，今天你要是不給我個交代，我就把牠油炸來吃！」

本來是罵鳥，後來忍不住怒氣，直接沖我這個主人來了，我苦笑著道：「不好意思，這笨鳥不會說話，我讓牠給您老道歉。」

老者的孫女，笑吟吟的望著賊鳥道：「呵呵，你主人保護不了你了，不如到我這兒，有我的保護，爺爺不敢拿你怎麼樣的，你喜歡喝酒，我天天買最好的酒給你。」

「最好的酒？爺爺的酒就是天下最好的……」

老者剛說到這，笨鳥又不安分的叫了出來，看牠又蹦又跳的樣子，顯得十分激動。

老者望著牠，恨不得馬上一口把牠給生吞了，問道：「這，這個賊鳥又說什麼呢！快給我翻譯。」

我有點爲難地道：「那個，牠說你的酒是牠喝過最差的，酒質低劣，差點令牠喉嚨發不出聲，所以牠把剩下的給踢翻，省得害了別人。」

老者頓時被氣得半天說不出話，吹鬍子瞪眼的盯著「似鳳」，「似鳳」也毫不示弱的回盯著老者，比綠豆還小的黑眼珠竟是一動不動，一人一鳥互不相讓的盯著對方。

老者的孫女「咯」的笑出聲，拍手叫道：「好好玩的小鳥哦，小鳥加油啊！不要輸給爺爺。」

被女孩一鬧，老者忽然想起自己的尊貴身分，憑自己的身分地位怎麼能和一隻鳥一般見識，不過不親手宰了牠，實在難以泄心中之恨，雖然氣得牙癢癢的，仍強自壓抑心中的怒氣，氣哼哼的坐下來。

在場的三個女孩忍俊不禁的偷偷看著氣呼呼的老者，感到此老真的是童心不滅。

我忽然想起，從野猴那偷來的猴兒酒還有一半沒被賊鳥喝完，當然這全得歸功於我，要不是我控制牠的酒量，這些酒還不夠牠一天喝的。既然老者非常愛酒，那麼我就賠他一葫蘆「猴兒酒」，想必他可以饒過笨鳥。

老者本來氣恨的表情，忽然哀傷起來，嘆道：「我的酒啊，我珍藏了十幾年的好酒，這酒是完全按照『猴兒酒』的配方釀製的，又埋在地下十幾年，今天取出來本來是要給清兒用的，這下子功虧一簣了。」

女孩愕然道：「給我用的？爺爺，清兒不喝酒的。」

老者嘆了一口氣道：「天意，這『猴兒酒』可是妙用無窮，有伐髓洗經的奇效，清兒你正修煉的『清心訣』有了『猴兒酒』之助，立馬就可以修煉『焚心訣』，唉，可惜了……」言下不甚惋惜。

沒想到老者這麼疼他的孫女，為了這一天，竟然準備了十五年之久，可惜到了最後被這笨鳥破壞了，導致功虧一簣。

老者悠悠地道：「既然，你們還不了我的酒，我也不想落個以大欺小的名聲，清兒非常喜歡這隻賊鳥，只要你把牠送給我的乖孫女，我就既往不咎。」

清兒在一旁眉開眼笑的望著我，等著我答應她爺爺的要求，好像我只有這一條路走了似的，不過從她懂事那天起，還沒看過誰敢忤逆她爺爺的意思。

我愣了愣，「呵呵」笑道：「笨鳥，看不出你還挺有異性緣的呢，你闖的禍，你自己搞定吧，對面的老爺爺太厲害了，我打不過牠，只有將你送給人家了。」

老者聞言終於露出笑臉答：「算你機靈，牠偷了我的酒，現在把自己賠給我的孫女，也算是一物抵一物了。」

「似鳳」這時候也意識到我不準備管牠死活了，倏地飛到眼前「唧喳」的叫個不停，被牠吵得頭昏腦漲，直到我同意不把牠送出去，才安然落在我肩膀。

老者沉下臉道：「小傢伙，出爾反爾可不好啊，不要以爲自己功夫不錯就敢這樣，要知道，老夫剛才只施展了四成真氣，你就不是對手了，我要是硬搶……」

見老者真的生氣了，我忙道：「您老放心，笨鳥帶來的損失，我一定會賠給你的。」

老者哼了一聲道：「賠？你賠什麼，賠我的酒嗎？我就算現在把配方煉製方法都給你，等你釀製好賠給我，也得十五年以後了！」

我呵呵一笑，道：「我馬上就賠您老人家，保證您十分滿意。」

老者見我一副胸有成竹的樣子，半信半疑的望著我道：「你會有『猴兒酒』，不可能的，我找遍了名山大川，就爲了一些正宗的『猴兒酒』，歷時兩年，都沒有找到，你一個毛頭小子又怎麼會找的到。」

我愕道：「這麼難找嗎？」

想想當時去偷那群野猴的『猴兒酒』，如果沒有賊鳥帶路，倒是真的很難找到，那群猴兒比什麼都精，這些寶貝似的東西，當然藏得十分隱秘，不過到最後也逃不過賊鳥的魔爪。

老者看我說得這麼篤定，有些激動，又有些不敢相信敢地道：「你，真的，你有『猴兒酒』！」

這番輪到賊鳥得意了，我還沒說話，牠就明亮的叫了一聲，然後很瀟灑的別轉過頭，故意不看我們。

我從烏金戒指中拿出一個比巴掌稍大點的葫蘆，葫蘆也是我從存放「猴兒酒」的地方發現的，正好摘下來盛放「猴兒酒」，葫蘆成玉質，給人厚實瑩潤的感覺。

老者一看我拿出的葫蘆，馬上兩眼放光，死死的盯住我的手，激動地道：「不，不錯，是正宗的『猴兒酒』，孕天地草木精靈的靈氣，絕對是上品！」

他說這話，我倒有了疑問，酒香完全被葫蘆封住，他怎麼可能知道這裏就是「猴兒酒」，我道出心中的疑惑。

老者唏嘘了一下，道：「那是很久很久以前的事了，那時我還很年輕，比清兒要大一些，也正好在修煉『清心訣』遇到瓶頸，無法更進一步修煉更為高深的『焚心訣』，後來我遇到了一個改變我生命的女孩子，她就用『猴兒酒』令我更上一層樓，得窺更高武道境界，而盛酒的容器就是這葫蘆，簡直就是一模一樣。」

清兒仰起頭，看著自己的爺爺道：「那就是奶奶對不對，爺爺和奶奶好浪漫哦。」

老者出奇的有些臉紅不敢正視自己的孫女，我也沒想到在這長相威猛的老人身上還有這樣浪漫的事發生，我呵呵一笑遞出手中的葫蘆。

老者有些不敢相信的望著我，道：「你知道這『猴兒酒』非常珍貴，你還送給我？」

我故意嘆道：「誰叫賊鳥做了壞事，壞了您老人家十五年的心血，這酒雖然很珍貴，但是和你老人家十五年的苦心相比，倒算不得什麼了，這是晚輩賠給你的。不怕跟您說，這酒啊，也是笨鳥纏著我從一群倒楣的山猴那裏偷來的，現在正好賠給您，也算是一報還一報。」

老者也不再拒絕，伸手接過，豪爽的哈哈笑道：「這麼說，我再推辭倒顯得我太俗了，不過我也不會白要你的寶貝，這樣，你以後需要李家幫忙，只管說一聲，我李霸天雖然隱居很久，但仍有一些分量的，只要提到飛馬城李家，道上朋友都會給一些面子的。」

我淡淡一笑道：「好，晚輩卻之不恭了，如果需要您老幫忙，我一定會找您的。」

老者收起自由迸發出的霸氣，哈哈笑道：「好，夠爽快，我就喜歡你這種年輕人，有朝氣不虛僞。」

李霸天把玩著手上的葫蘆，忽然輕輕撥開葫蘆塞，一股奇異的沁香悠悠揚揚的飄蕩出來，每個人都沉醉在這不凡的「猴兒酒」香氣中。

李霸天摩挲著手中的葫蘆，忽然徐徐地道：「這葫蘆也不是俗物，乃是秉承天地靈氣生長起來的好東西，不過對一般人是沒有用的，是用來盛放珍貴丹藥的最佳容器，因爲葫蘆身就是靈氣的產物，所以放在裏面的東西都會得到好處，放的越久，藥性越好。現在你知道了這葫蘆的好處，還捨得送給我老人家嗎？」

我淡淡一笑道：「不是晚輩大方，而是晚輩這裏還有四個葫蘆之多，『猴兒酒』也還有一葫蘆半。」

他見我突然自報家私，愣了半晌，突然哈哈大笑道：「好傢伙，原來你把那群猴子的家底都給抄了，難道那群猴子就這麼容易讓你們偷走了？我記得那些猴子可是很凶的，成群結隊，虎狼都不是其對手。」

憶起那天的情形，我苦笑道：「怎麼會，這群猴子鍥而不捨的追了我們幾十里地，才放過我們。」

李霸天道：「本來我想教你幾招功夫的，但是我看你功夫底子既厚，招式也變化靈巧，想來你師傅必然不會在我之下，所以也就放棄教你幾招功夫的打算，不知道你師傅是誰，看老夫認不認識。」

我笑笑道：「我修煉的家傳功夫，父母已經過逝，義父他老人家代兩位仙逝的長輩教我武道。」

他「哦」了一聲便不再說話，氣氛變得有些壓抑，我憶起父親和母親，一時也不想說話，四周突然靜了下來，連「似鳳」也安靜的不出一聲。

李霸天忽然道：「小傢伙，你這次從村子裏出來，是想到哪裏去嗎？如果沒有什麼要緊的事，就在我們李家待幾天，讓老夫好好寬待你幾天，這飛馬城周圍倒也有不少風景優美的去處，讓清兒帶你們去玩玩，這小丫頭最愛玩了，有人陪著，我這把老骨頭也可多活兩天。」

清兒聳了聳秀鼻，歡快的道：「是啊，大哥哥留下來玩幾天吧，還有兩位姐姐，讓清兒盡一下地主之宜嘛。」

清兒眼中充溢著殷切的盼望，小丫頭玩心重，這麼想我留下，恐怕是爲了「似鳳」更多一些，再來想是看看我這個突然出現的大哥哥還會有什麼更好玩的東西。

盛情難卻之下，我當然只有同意的份兒。

當天，我便住到了老者的家裏，李霸天將我介紹給他的家人，沒想到他的家人還真夠多的，四個兒子三個女兒，再加上一些旁支的親戚，竟然是個幾百人的大家族，這個大家族有數十種生錢的法門，不論法律允許的還是不允許都有涉獵，而放高利貸只是其中微不足道的一部分。

清兒儼然是整個家族的小公主，所有人都極爲寵她。瑤瑤和小玉也因爲清兒的盛情邀請，和我一塊入住進來。

沒想到，幾天後兩人辭去了現有的工作，開始專心的接受特殊訓練準備作明星了，原來李家在娛樂界也有不低的投資，瑤瑤和小玉模樣清秀，美麗大方，更難得的是兩個女孩的嗓子頗爲獨特，富有磁性。

我想很快在李家的包裝下，兩隻小雀兒可能就要升上枝頭作鳳凰了，心中倒頗爲兩人高興。

這樣一來，每天遊山玩水的就只剩下我和清兒兩人了，看著每個人都忙得昏天暗地，我暗嘆，爲什麼只有自己和那個愛玩的小丫頭悠閒的沒事做。

小丫頭給我的答案是：「大哥哥，你覺得這樣不好嗎，我們這樣才叫作有福氣的人，不用很辛苦就可以過無憂無慮的日子，他們都是天生勞碌命啦，有什麼好羨慕的！」

我無話可說，小丫頭不知世事，又怎麼會知道幸福的真諦。

有了「猴兒酒」的幫助，清兒的「清心訣」很快就有了質的飛躍，據她爺爺說，應該在一兩個星期後就可以修煉「焚心訣」了，這個功法是李家的中級功法，最厲害的就是「無心訣」，這「無心訣」共有八層，每一層都代表一種境界。

待在李家已有一個星期了，每天和清兒遊山玩水的早就熟到不行了。這天，我還在修煉「九曲十八彎」，小妮子門也不敲一聲就闖了進來，嘴裏嚷嚷道：「大哥哥，你得幫清兒個忙，清兒被人欺負了。」

她進到屋中見我正盤腿坐在床上修煉著，瞪大眼睛瞧著我周身溢出的金光，大咧咧的坐在我旁邊，肆無忌憚的就想來摸我，我雖然在修煉卻沒有關閉六識，她從進屋的一舉一動都在我掌握中。

真是拿這個傢伙沒辦法，和那個笨鳥一樣沒禮貌，她難道不知道很容易使別人走火入魔嗎，默默收功。

小丫頭狡黠的突然把伸出來一半的手又縮了回去，「咯」一聲笑道：「大哥哥，你不用怕，我是不會摸你的，我知道這樣會讓你走火入魔的，嘻嘻，快醒啦，清兒被人家欺侮了，要幫人家報仇。」

真是被她嚇到怕，精靈古怪的小丫頭又討人喜歡又讓人害怕，我徐徐吐出一口氣，睜開眼笑罵道：「拜託，我的耳朵是不是出問題了，有人欺負你？不被你欺負就已經偷笑了，誰敢欺負你啊！」

清兒出奇的沒有反駁我，氣鼓鼓地道：「你說氣不氣人，人家昨天晚上，一不小心突破了『清心訣』的羈絆進入了『焚心訣』……」

我聞言道：「那該恭喜你啊，你爺爺要是知道了，肯定高興壞了，這是好事，你怎麼反而不開心啊。」

「不要打斷人家的話。」小妮子氣道。

我投降道：「好好，你接著說，我保證不打斷了。」

清兒道：「本來人家也是很高興的，今天早上來找你的時候碰到了藍姐，藍姐知道我功夫精進就要試試我的功夫，我當然不好意思說不比啦，結果十招就敗了，你說氣不氣人，人家以爲進入『焚心訣』就算打不過她，也能打個平手吧。」

這麼多天相處，早就熟悉了她的性格，我不動神色的起身給自己倒了杯水，喝了一口才徐徐地道：「你說的那個藍姐就是那天我看到的，不苟言笑的美麗女孩嗎？」

清兒眨了眨美麗的大眼睛，不知道我說這個是什麼意思，點點頭道：「嗯，就是她，她是不喜歡說話，不然也不會被別人稱作『冰山美女』啦，不過你後半句就說錯了，她哪裏美啊，能比得過清兒嗎，哼，不知道爲什麼連雄哥都喜歡她。」

她口中的雄哥是李家旁支的年輕一代人物的代表，十分優秀，據說不但功夫非常高，而且頭腦也是非常的聰明，現在已經開始在李霸天這個大家長的示意下，開始慢慢接觸家族產業，隱爲李家年輕一代的翹楚，成爲下一代家長的呼聲相當大。

看小妮子不滿意的樣子，心中暗暗偷笑，情竇初開的小丫頭已經把李雄視爲偶像，看他喜歡李藍薇，不由自主的吃起醋來。

我悠悠地道：「恐怕不是這麼回事吧，定是你仗著自己進入『焚心訣』的階段，想向你藍姐示威，結果修爲不夠，三兩下敗下陣來吧。」說完戲謔的朝她擠了擠眼。

小妮子撇嘴道：「哼，猜出來就猜出來，幹嗎還要說得這麼清楚，一句話啦，幫不幫忙，你要是不幫忙，我，我，我就……」想要威脅我的時候卻發現沒有找到我什麼把柄，頓時氣焰大減。

我看著好笑，於是道：「大小姐您的仇就是我的仇，自當是赴湯蹈火，兩肋插刀。」

小妮子見我這麼容易就答應，眉開眼笑地道：「說好啦，不准反悔的喲，不愧是我的護花使者，這才像嘛。」

我啞然失笑，暗道竟把我當成了自己的護花使者，小丫頭還沒發育完全，就懂了這麼多東西。

李藍薇也是李家小輩中的傑出人物，兩年前就進入了「焚心訣」的境界，當然憑她個人的能力要想修煉到「焚心訣」的階段還得好幾年，倒是李霸天有辦法，不知從哪弄來的靈藥，加快了她的修爲。

可笑清兒這丫頭，憑著自己剛脫離「無心訣」的修爲，就想向已有兩年「焚心訣」修爲的李藍薇挑戰，自然是落得灰頭土臉。

恐怕能打到十招已經是別人手下留情了，沒想到這個小煞星不但是不服，還來請我這個救兵，在她看來，能和她爺爺拚一掌還沒有吐血的，自然是有一些本事的。

被打敗後，一點也沒耽擱，直奔我這就來了，真是報仇心切。

跟在小妮子身後向她藍姐姐住的地方走去，小妮子走得很快，巴不得我馬上就把她藍姐姐給打敗，爲她出口惡氣。

而我之所以答應，一是想看看李家的功夫神奇的地方，二是想檢查一下自己的修爲，與李家最優秀的新一代人物比試一下是能最容易得出準確答案的。

精彩內容請續看《馭獸齋》卷二　寵獸星球

【同場加映】

出場寵獸特色簡介

綠蟒：墨綠色，雙眼若貓瞳，體長十數米之巨，鱗片大若拳頭，螺紋其上，堅韌仿似鎧甲，力量巨大，可噴毒煙，張口吞吸，可產生巨大吸力，雖虎豹不可抗之。四大聖者之一化天王的寵獸，七級中品，傳說最接近龍的種族，修煉到極致，可蛻去蛇皮，成就王者之龍。

雪鷹：通體雪白，因而得名，雙目犀利如劍，雙翅展開有六米之巨，紅色尖喙一啄千斤，金色利爪鋒銳無比，鳴聲清脆嘹亮，震人心弦。四大聖者之一鷹王的寵獸，七級下品，空中的王者，僅次於鳳凰的高級寵獸。

白虎：大出普通虎數倍，體形龐大，四肢粗壯，鋼尾似鞭，利爪似劍，虎聲震耳欲聾，一身白色，四大聖者之一虎王的寵獸，七級下品，獸中之王，擁有非凡的力量，是大地上天生的王者。

巨猿：銀白色，額間的一撮金毛標示其獨特的身分，下肢站立，奔走如風，攀援似猴，懂得簡單的武道，力大無窮，合體後可使人具有天生神力，四大聖者之一力王的寵獸，七級下品，力量強大無比，生裂虎豹無人可敵，乃是無敵的霸者。

飛狗：烏亮的毛髮，身體健壯而普通，肋間有肉翼，快速稍遜雪鷹，爪似金鉤，齒若鋒刃，依天父親的寵獸，後成為依天的寵獸。神秘的寵獸，級品不可定，以其低級奴隸獸身分卻擁有不可小覷的力量，身上隱藏著巨大的秘密。

小黑：可愛的小東西，聰明乖巧，剛出生時，幼嫩的身體，通體烏色，靈動的小眼睛顯得十分機靈，合體後可給予主人很強的抗擊力。主角第一隻寵獸，得自一隻野生龜的卵，孵化後隨著依天一塊成長，為依天立下汗馬功勞，成就依天「鎧甲王」的尊號。乃是水中的霸者，後被依天煉為鼎靈，從奴隸獸進化至七級護體獸頂級行列。在成長過程中屢次幫助依天度過劫難。是依天不可缺少的寵獸。

小白：是小黑的孿生兄弟，除了通體如玉般白外，與小黑一般無二，並具有同等的力量，三級龜寵，野生龜寵的另一枚卵，孵化後認愛娃為主。

火狐：火紅色的毛髮，長毛在風中蕩漾，好像火焰跳躍，四級寵獸，擁有控制火的簡單力量，與主人合體後，可以使主人也擁有自己的部分力量，同時可令主人動作更為敏捷。

小白蛇：三級野生蛇寵，珍珠般的蛇皮，堅愈金剛，在水中尤為靈活，依天的第二隻寵獸，與小黑是天生的夙敵，由於出生比小黑稍晚，一直受到小黑的壓制。與主人合體後，可使主人身上附著一層堅韌的鱗甲，力量雖遜於小黑，卻使主人更為靈活。

似鳳：最接近鳳凰的種族，是鳳凰的旁支，體形嬌小，形似鳳凰而得名，身披鳳衣，在頭腹胸尾背分別有五種顏色鐫刻著「仁義禮智信」五字，善百音，可以將音樂轉化為克敵的強大武器，智慧無比，可懂人言，可惜貪玩、貪吃，是個狡猾的小東西。速度極快，任何一種寵獸都無法比擬。就因為有牠的存在，依天的英雄之旅才顯得不那麼孤單。與主人合體後，會在背後形成兩隻嬌小的翅膀，只是這對翅膀裝飾的作用更大些，是讓依天又喜歡又頭疼的小傢伙，是依天極為重要的寵獸之一。

小青子：是一隻蟲蟲，青色，體積很小，喜食竹葉，背有雙翼，善於追蹤，傳說只要讓牠聞到味道，就算是跑到天邊也能被牠找到。無法合體，是李清兒的小寵物，並不具有實際作用。

【同場加映】

出場人物簡介

依天：依天以龍丹之力硬闖五大傳世神劍，在第四行星，歷經數次生死，在眾多朋友和寵獸的幫助下，斬殺魔鬼，蕩平邪惡城堡。在后羿星除掉為害甚大的魔羅，又幫助梅魁登上家主之位，除去為禍后羿人民數十年的飛船聯盟組織。歷經各種磨難，終於獲得藍薇的青睞，暢遊方舟星太陽海，卻意外的驚醒了一個絕世兇惡的人物……

四聖老大：化天王，四大聖者中文韜武略並重，擁有七級中品寵獸綠蟒，參與屠龍一戰，二十年後參悟天道，隱居不知所蹤。

四聖老二：鷹王，四大聖者中智慧最高的一位，擁有七級下品寵獸雪鷹，參與屠龍一戰。在后羿星建立「洗武堂」，雄霸一方，後受化天王感悟，隨化天王一塊隱居參悟飄渺天道。臨隱居前，將洗武堂交給依天。並將自創的「御風術」傳於依天，一生所有煉丹菁華「百草經」也傾囊相授。

四聖老三：虎王，擁有七級下品寵獸白虎。四大聖者中，性格憨厚最耿直的人，武道高深莫測，善造各種威力巨大的兵器，幾可媲美傳說中的神器，在夢幻星創有「煉器坊」專門製造各種冷、熱兵器，以其卓越的品質和獨具匠心聞名於世，參與屠龍一戰。後在化天王和鷹王的感染下一同避世參悟天道，臨隱居前，將一生心血「煉器秘本」悉心傳授依天。

四聖老四：力王，擁有七級下品寵獸巨猿。四大聖者中脾氣最暴躁的人，急公好義。在后羿星創下「崑崙武道」，與地球兩大武道學校分庭抗禮。將年輕時行走天下的貼身武器「魚皮蛇紋刀」送給了依天。後也避世參悟天道，參與屠龍一戰。

愛娃：里威的孫女，美麗乖巧，性格溫柔可人，巧得主角依天的三級寵白龜。與主角關係親密，情同兄妹，後進入地球第一武道學校「北斗武道」進修。

李清兒：李家的掌上明珠，極受寵愛。古靈精怪，武道資質極佳，小小年齡，就獲得李家五大傳世神劍之一「風之無形」的認可。因為修煉李家武學「清心訣」與主角結下緣分，武學更上一層樓，從「清心訣」修煉到「焚心訣」。

李藍薇：清兒的姐姐，容貌氣質俱佳，美麗可人，後與依天喜結良緣。具有很高的武學天分，得到李家五大傳世神劍「霜之哀傷」的認主，並在依天的說明下喚出劍中沉睡了幾百年的上古神獸「九尾冰狐」，與依天感情深厚。

李雄：李家年輕一輩中第一高手，是從小被藍薇父母收養的孤兒，對藍薇有非同一般的感情，但在依天出現後，黯然退出。李雄擁有李家五大傳世神劍的「火之熱情」，是默認的下一代李家家主。

幻獸志異 ①神獸傳說（原名：馭獸齋傳說）

作　　者：雨　魔
發 行 人：陳曉林
出 版 所：風雲時代出版股份有限公司
地　　址：105台北市民生東路五段178號7樓之3
風雲書網：http://www.eastbooks.com.tw
官方部落格：http://eastbooks.pixnet.net/blog
信　　箱：h7560949@ms15.hinet.net
郵撥帳號：12043291
服務專線：(02)27560949
傳眞專線：(02)27653799
執行主編：劉宇青
美術編輯：吳宗潔

法律顧問：永然法律事務所　李永然律師
　　　　　北辰著作權事務所　蕭雄淋律師
版權授權：蔡雷平
初版換封：2015年8月

ISBN：978-986-352-215-7

總 經 銷：成信文化事業股份有限公司
地　　址：新北市新店區中正路四維巷二弄2號4樓
電　　話：(02)2219-2080

行政院新聞局局版台業字第3595號
營利事業統一編號22759935

定 價：280元　特價：199元

國家圖書館出版品預行編目資料

幻獸志異 / 雨魔 著. — 初版. —
臺北市 : 風雲時代, 2015.07-
冊 ;　公分
ISBN 978-986-352-215-7(第1冊 : 平裝). —

857.7　　104009473